深淵の沈黙

Im Lặng Hố Thẳm　PHẠM CÔNG THIỆN

ファム・コン・ティエン

野平宗弘 訳

東京外国語大学出版会

深淵の沈黙

〈越〉と〈性〉の思惟方法
ベトナム哲理の道

IM LẶNG HỐ THẲM

by Phạm Công Thiện

First edition was originally published
by nhà xuất bản An Tiêm in Sài Gòn, Việt Nam Cộng Hòa in 1967.
Japanese translated editions is published
by Tokyo University of Foreign Studies Press in 2018.

雲突き抜ける鴻山《こうざん》に黙して坐し、秋風に吹かれて老い、
東洋における最も偉大な詩人五人のうちの一人となった、
ベトナムの思想と詩歌の白髪の父　阮攸《グエン・ズー》[1]に

パリ　一九六六年五月二二日
ファム・コン・ティエン

目次

装丁・本文組　細野綾子

凡例

一　原文中の本文で、大文字で始まる語句については、訳文では〈　〉で囲って示す。斜体の箇所は、訳文では傍点を付して示す。ゴチック体の太字で強調されている箇所は、訳文でもゴチック体の太字で示す。原語が併記されている語句については、訳文ではその後に（　）で囲ってその原語を示す。主要な原語については適宜ルビを付した。《　》で囲ってある箇所は、「　」で置き換えて示す。ローマ数字は、すべて漢数字に置き換えて示す。

二　原文中の引用文はすべて斜体で示されているが、訳文では普通の字体とし、書名は『　』で示す。引用文中、ゴチック体で強調されている箇所は、訳文では傍点を付して示す。原文中の引用文のうち、ベトナム語訳が併記されている場合には、基本的にベトナム語から訳出した。

三　原文中の、引用文献の書誌情報（および一部の人名）については、参考の便宜のため、初出の場合、訳註に原語も記載する。その際、該当する訳註冒頭には＊を付けて原語情報であることを示すこととする。なお、頁数はp. あるいはpp. で示す。

四　〔　〕内に記されている言葉は、訳者の補足説明である。本書の場合、全体にわたって著者独自の言葉の使用が多く見られるが、訳出するにあたって、漢字に置き換えて表記し直せる単語のうち本書の思想の要となる重要な単語は、できる限り漢語表記の直訳とし、意味が分かりにくい語句については、適宜、本文中に〔　〕で囲った割註で訳者が意味の補足説明を加えた。訳註に訳者が挙げた書誌情報が外国語の場合には、初出時に〔　〕内に書名（および一部の人名）の日本語訳を加えた。

五　訳註内の引用文原文で（　）が使われている場合には、元の（　）は［　］に置き換えて示し、「　」は『　』に置き換えて示す。訳註内の引用文原文に改行がある場合、改行箇所は／で示す。

訳註内での漢文の提示に際しては、ベトナムの漢詩の場合には、基本的に、漢文原文と共に、書き下し文、現代語訳を記載し、それぞれの冒頭は【原文】【書き下し文】【現代語訳】というように【　】で囲って示す。その他の漢文については、適宜原文や書き下し文を省略した箇所もある。

高峰と深淵のはざまを行く

李朝時代〔一〇一〇―一二二五年〕の故郷の禅僧、空路は、かつて一度そびえ立つ山頂に独りきりで登り、ふいに孤独な叫びを一声上げ、白雲たなびく青空一面を凍えさせたことがあった。[1] 下方は荒野の深淵、故郷の深淵で、深淵の沈黙が突如、〈性《しょう》〉[2]〔ハイデッガーの Sein（存在）の訳語であり、禅の「見性」の性でもある、ティエンの術語〕と〈越《えつ》〉とを響かせた。ベトナムの哲理が誕生し、鳳凰のごとく羽ばたき飛び上がり、そして一〇年の後、[3] 化身して人類の空に翔け上がる龍となった。[4] 故郷の炎と血は、[5] 高峰と深淵を結婚させた。人生初期の詩の中でニーチェは、「現体〔現に存在すること〕の深淵」(Des Daseins Abgrund) に言及している（「憂愁に寄す」、一八七一年）。[6] ニーチェの現体〔現前〕は、西洋の現体である。西洋の現体は、ベトナムの現体、とりわけ二〇世紀後半の現体に密着している。[7]〈越〉と〈性〉は、〈越南《ベトナム》〉の〈越〉と、〈性命《しょうめい》〉[8]〔〈性〉の運命〕の〈性〉である。ベトナムの思想は、〈越〉と〈性〉の思想である。〈越〉と〈性〉の根源は、中国、インド、ギリシアから始まる。二〇世紀は、〈越〉と〈性〉の成就する世紀である。その成就こそが深淵なのである。深淵の声は、そびえ立つ山頂の声だ（有時直上孤峯頂、長嘯一声寒太虚）。その声、その沈痛な叫び声は、大空一面を凍えさせ、螺旋を描いて深淵に降《くだ》っていった。古人が「淵黙」[9]と呼んだ深淵の沈黙に降っていった。

一切の哲理は〈淵黙〉へと回帰しなければならない。それから、人間の言語ははじめて山頂の叫び声になる。人間は鬼神と言葉を交わし[10]、天空と深淵のための口舌となる。人間はもはや平原ではなく、高峰となる。高峰の天性は、この世のあらゆる平野の超越である。

〈越〉と〈性〉についての思惟方法

一　背理帰結法《レドゥクティオー・アド・インポッシビレ》

二　毀滅道《ウィア・ネガーティーワ》

第一章

背理帰結法《レドゥクティオー・アド・インポッシビレ》[1]

弁証法破壊の道

〈越〉とは何か？〈性〉とは何か？ この二つの問いは問いではない。すべての問いはすでにすべての答えを用意している。〈性〉と〈越〉は問いを問いにさせる。〈性〉と〈越〉とは、古代から現代に到るまで、ゼロから無数と無限に到るまで、この世におけるすべての問いと同時にすべての答えを、問いうるものすべてと同時に答えうるものすべてを、人間に見せるために広く開示された地平である。

ベトナムは極度に破壊され続け、ベトナムの民は、突然にそして自然に、二〇世紀の極度の悲惨、苦悶を、忍耐のため性賦され〔〈性〉より賦与され〕、その悲惨、苦悶を体認する〔現実に体験する〕ようになった。キリスト生誕後二千年のうち最後の五〇年はベトナムの〈命〉〔運命〕に属している。人類の最たる恐慌、混沌、混乱の一切が、ベトナム人を打ちのめしている。深淵が広く深く開かれている。炎と血が、天から注がれ大地より噴き上がる。この数千年来の人類文化の最も偉大な探求のすべてが、突然にそして自然に、ベトナムにおいて体認就形される〔現実のものとなる〕こととなった〔共産主義と資本主義、仏教とキリスト教、宗教と政治、国際主義と民族主義、機械と人間、理論と行動、伝統と革命、天命と人命、自由と隷属、暴力と非暴力、戦争と平和、実在と幻想、事実と仮象、社会参加と出家、社会と寺院、個人と群集、理想と絶望、夢と目覚め、生と死）。

すべての問題、すべての難問、すべての躊躇、すべての矛盾、すべての決定、すべての選択は、答えを得られるか、あるいは答えを得られない。問うことと答えること、あるいは問うことと答えないことは、西洋の現体〔現前〕の体格[2]〔「性格」という語の語呂合わせ。〈性〉を忘却したオンティッシュな位相での性格、特徴〕である。東洋も今はすでに西洋である。東洋と西洋を区別すること、一方を選んで別の一方を捨てることも西洋の性稟〔〈性〉より授かった性質〕である。〈越〉とは何か？　〈性〉とは何か？　この二つの問いは、西洋の問いの体調[3]〔〈性〉を忘却したオンティッシュな問い方〕に従って問われている。ベトナム語もまた西洋の体語〔〈性〉を忘却したオンティッシュな言葉〕と語体〔ラテン文字のことを示すか〕を用いている。ベトナム語の魂は、どこに飛び去り、なぜ逃げ隠れたのだろうか？（魂という語すらも、西洋的になっていて、肉体に対立するものとして理解されている）。

〈越〉とは何か？　〈性〉とは何か？　この二つの問いは、ベトナムの命系〔運命系〕と人類全体の命系を決定する。この二つの問いは、もう問えなくなるまで、問う者が絶望、絶意、絶思、絶想、絶念しなければならなくなるまで、問われなければならない。その時、この二つの問いは、二つの言葉、〈越〉と〈性〉に化体する〔変化する〕。この二つの言葉は読み上げられるだろう。もはや読む力がなくなるまでひたすら読まれるだろう。その時、二つの言葉は一つの言葉に化体する。その唯一の言葉は、〈性〉という言葉である。〈性〉という言葉は、そびえ立つ山頂の、深淵上の山頂の、大声、叫び声、喚き声に化体する。山頂に登ることは〈越〉であり、深淵に下ることは〈性〉である。深淵は〈性〉を破壊して絶性〔〈性〉が絶えた状態〕になり、その時残るのは、深淵の沈黙のみである。一切は、〈復〉の卦の中にあり、〈陽〉の点が出生する。[4]文化と文明が出現し、流動するのである。

〈越〉と〈性〉についての問いを立てようとするなら、進路を整理し、地平を開かなければならない。〈越〉と〈性〉に向かう道は、破壊の道（via negativa《ウィア・ネガーティーワ》[5]）である。東洋と西洋の思想を破壊すること、破壊できるものすべてを破壊すること、人間の意識に現れたあらゆるものを破壊することである。地平を開くとは、人間の意識に現れた破壊と同時に破壊することである。~に従って、~をもって、~とともに、~と同時に破壊することは入性〔〈性〉に入ること〕で、その用体〔手段〕は双話〔相手と同一地平に立ち同一方向を向いて議論すること〕である。双話は澄んだ鏡を前にしての独話である。

西洋の中世スコラ哲学においては、〈越〉はtranscendens《トラーンスケンデーンス》[6]であり、〈性〉はesse《エッセ》[7]である。〈性〉と〈越〉は漢越語〔漢語起源のベトナム語〕であり、ラテン字母で書くと〈Tính《ティン》〉と〈Việt《ヴィエット》〉となる。字喃《チューノム》[8]からラテン字母表の体語に移行したベトナム言語の歴史的出来事が偶然でないのと同様に、〈性〉〔Tính〕と〈越〉〔Việt〕がラテン字母で書かれるようになった出来事は、偶然ではない。これらの出来事はすべて、〈ベトナム〉と〈人類〉の〈性命〉にすでに従ったものである。今日のベトナムにおけるすべての崩壊と悲嘆、今日のベトナムの空に立ちのぼる血と炎の一切は、それらの出来事とそれらの出来事を出来事としたものすべての必然的な結果である。〈性〉と〈越〉は、ラテンの transcendens と esse の規定的意味に従って、性と越を現体させる〔現象させる〕。古代ギリシア哲学においては、〈越〉は ἐπέκεινα τῆς οὐσίας（プラトン『国家』第六巻、五〇九Ｂ）[9]であり、〈性〉はアリストテレスの τὸ ὂν ἔστι καθόλου μάλιστα πάντων という文（『形而上学』第三巻第四章、一〇〇一ａ二二）[10]の中の τὸ ὂν《ト・オン》における性である。中国語における〈越〉は、「越鳥巣南枝」[11]の、あるいは雄王の時代[12]の越裳《えっしょう》[13]の越である。〈性〉は、『中庸』第一章始めの言葉、「天命之謂性」[14]の性である。梵語（サンスクリット）は、〈越〉と〈性〉の源である。〈越〉は梵語では pāramitā《パーラミター》[15]であり、〈性〉は梵語では、ヒンドゥー教の Tad《タッド》あるいは仏教の Tattva《タットヴァ》[16]である。

　人類の歴史において、〈性〉は、人の上にいる人の化体において、この世の只中で体現される。その人の名はイエスといい、イエスの esse は、聖トマス・アクィナスの ipsum esse subsistens[17]における esse である。〈越〉は、人を超える人の化身において、この世の只中で体現される。その者の名は釈迦牟尼という。

　ヘラクレイトスとソクラテスは、〈歴史〉における〈〈歴史〉に言及する時には西洋の〈歴史〉のみである〉イエス・キリストのための地平を開いた。一方、パルメニデスとアリストテレスは、思想領域においてはヘーゲルとマルクスのための、物理科学の領域においてはヨハネス・ケプラー、ガリレイ、アイザック・ニュートン、クリスチャン・ホイヘンス、ジャン・ル・ロン・ダランベール、ジュリアン・オフレ・ド・ラ・メトリ、ハインリッヒ・ヘルツ、ルイ・ド・ブロイ、ニールス・ボーア、マックス・プランク、J・ロバート・オッペンハイマー、アーサー・S・エディントン、マリ・キュリー[18]らのための地平を開いた。

釈迦は自身の化身のために自ら地平を開き、東洋のすべての〈性命〉を、とりわけ強烈にベトナムの〈性命〉を、それも李朝から今日にかけての〈性命〉を導いた。〈越〉は釈迦において、彼の誕生時の最初の行動から最も完璧に体現されている。生まれてすぐに、釈迦は歩いた。全地平を見渡し、七歩歩いて、獅子の如き大声を上げた。「天上天下、唯我独尊、無量生死、於今尽矣」（天から地まで、我のみが尊者であり、無量の生死は今より尽きる）。言い終えると、他の赤ん坊のように横たわった。『マッジマ・ニカーヤ』（第三篇、第一二三経）、ニカーヤ・アーガマ、ヴィナヤの中で、釈迦の神秘的な行動は述べられている。七歩の歩み（sapta padāni）は、〈性〉に入体する〔入る〕〈越〉をしるし付け、空間的超越（aggo' ham asmi lokassa）と時間的超越（jeṭṭho' ham asmi lokassa）を語り上げる。[19]「唯我独尊」は時間的超越であり、宇宙の頂に立ち、宇宙の始まりと同時代的で同時的である（ミルチャ・エリアーデ「仏陀の七歩の歩み」、『王国のため聖所のため　ファン・デル・レーウへのオマージュ』所収、ネイケルク、一九五〇年、一六九―一七五頁。ミルチャ・エリアーデ『イメージとシンボル　魔術と宗教の象徴主義に関する論考』、一九五二年、ガリマール、九八―一〇〇頁参照）[20]。

〈性〉は、イエスの磔刑において成就する。〈越〉は、釈迦の七歩の歩みと微笑において成就する。〈西洋〉の〈哲理〉と〈文明〉は、ソクラテスの死において始まりそして終わる。哲理と文明は、イエスとソクラテスの死において始まりそして終わる。〈東洋〉の〈哲理〉と〈文明〉は、老子が牛に乗って西方に去っていった時に、[21]孔子が憔悴して自分は「主を失った犬」[22]のようだと言った時の城の東門の外において始まりそして終わる。仏は開始せず、また終わらせもせず、開始が開始となり、終わりが終わりとなるための地平を開いた。なぜなら、〈仏性〉とは〈越〉であるからだ。〈越〉は〈性〉を〈性〉にさせる。同時に、〈越〉は〈性〉でもある。〈性〉となった〈性〉は、キリスト教の神学語でπίστις《ピスティス》[23]と呼ばれる〈誠〉である。〈誠〉（あるいはπίστις）は、救済の必要条件（sine qua non）である。〈誠〉こそが救済なのである。〈誠〉は〈信〉である。上に立って見下ろすことは〈誠〉であり、下に立って見上げることは〈信〉である。πίστιςは〈誠〉と〈信〉を包含し、簡潔に訳せば〈誠信〉となる。〈誠信〉は、他に徳信と呼ばれる。仏教の『金剛経』の中には、〈信心〉という語がある。[24]儒教の『大学』の中には「意誠」というように、〈誠〉がある。[25]『中庸』の中には至誠があり、[26]とりわけ重要なのは二一章の「自誠明謂之性」[27]である。孔子の思想を導き、涵養するのは『易経』である。『易経』において、〈性〉は、草叢の地中深くにあって草を瑞々しくさせる泉流のように見え隠れしている。〈性〉は、〈太極〉を〈太極〉に成す。〈性〉は〈易〉なのである。[28]『道徳経』〔『老子』〕においては、〈性〉は漠として沈黙し茫として玄妙であり、白雲の地平を開いて、〈道〉を〈道〉に成す。〈性〉は、名無しを名にさせるのだ。〈性〉は、「玄之又玄」の中の

〈玄〉である。[29]『ヴェーダ』の思想全体は、〈天性〉についての明見〔見知〕(devatāy vidyā)の周囲を巡り回っている。上から下を見下ろせば〈性〉(-tā)と呼び、下から上を見上げれば〈天〉(deva-)と呼ぶ。上から下を照らすという意味はādhidaivika[30]と呼ぶ。下から上へという場合にはādhyātmika[31]と呼ぶ。『ウパニシャッド』の諸経典においては、たとえば『シュヴェーターシュヴァタラ・ウパニシャッド』第一章第三頌のdevātmaśaktim[32]という句、あるいは『ブリハドアーラニヤカ・ウパニシャッド』第四篇第四章第一五節のyadaitam anupaśyaty ātmānaṁ devam añjasā[33]という文のように(『カタ・ウパニシャッド』第一篇第二章第一二詩節および『チャーンドーギヤ・ウパニシャッド』第六篇第三章第二詩節と『ケーナ・ウパニシャッド』第一章第一節も参照のこと)[34]、〈天性〉(devatā)《デーヴァター》は〈我性〉(ātman)《アートマン》に同化する。上から下を見下ろすことは、devatāと呼ばれ、下の地上から見上げることはātmanである。〈性〉は、Hiraṇyagarbha,[35] Virāṭ,[36] Prajāpati[37]としばしば名を変える。ヴェーダの思想のすべてを要約すれば、(Tat tvam asi[38]のように)Tat《タット》[39]と呼ばれる〈性〉なのである。釈迦に到ると、その進む道は完全に異なっている。釈迦はウパニシャッド思想全体を破壊する。[40]これは反応ではない、というのも、もし〈越〉が〈性〉を〈性〉にさせないのならば、〈性〉は〈性〉ではありえないからである。分かりやすく言うなら、〈越〉は〈性〉の根源ということだ。仏とは〈越〉という意味である。別の言い方をするなら〈般越〉である。漢字音写では、般若波羅蜜多(Prajñāpāramitā)《プラジュニャーパーラミター》[41]となる。仏が開いた道は、誰も歩いたことのなかった道である(『マハー・

ヴァッガ』（ヴィナヤ・ピタカ）第一章、第五節。『マッジマ・ニカーヤ』第一篇、一七一頁、第二六経。『サンユッタ・ニカーヤ』第二集、一〇五頁を見よ[42]）。東洋思想全体を導き涵養するのは、釈迦の沈黙である。その沈黙はavyākṛta《アヴィヤークリタ》あるいは、avyākṛta-vastūni《アヴィヤークリタ＝ヴァストゥーニ》と呼ばれる（『中論』第二七章。『マッジマ・ニカーヤ』第一篇、四二六―四三二頁、第六三経。『サンユッタ・ニカーヤ』第三集、二五七頁参照[43]）。その神秘的な沈黙は、ナーガールジュナ[44]（Nāgārjuna、龍樹）の奇跡的な天才によって、徹底的に爆発し、東洋の思想宇宙全体を転覆させる。〈越〉は〈空性〉〔現象している事物事象には実体がないということ〕（śūnyatā《シューニャター》）になる。〈空〉はśūnya《シューニャ》であり、〈性〉は-tā《ター》である。ナーガールジュナの後には、無着（Asaṅga《アサンガ》）と世親（Vasubandhu《ヴァスバンドゥ》）がいる。〈空性〉は〈性空〉〔〈性〉には実体がなく、実在しないこと〕になる。〈性空〉は〈無性〉〔実体が無いこと〕になる。唯識の真如実性〔あるがままの真理では識のみがあるということ〕は勝義無性〔究極の真理では事物事象は実在しないということ〕である。（『唯識三十頌』を見よ。故仏密意説、一切法無性。常如其性故、即唯識実性[45]）。禅宗に到ると、〈性〉は〈越〉であり、〈性〉は〈仏〉つまり〈見性〉となる[46]。

ベトナムの思想は、〈性〉と〈越〉の思想である。〈性〉と〈越〉は李朝時代[47]に最も強烈に成就し、阮攸《グエン・ズー》[48]と阮秉謙《グエン・ビン・キエム》[49]において最も輝かしく体現された。李朝のある王は、禅に関する本の最初を〈性〉という語で始め[50]、〈性〉を〈越〉に返した。阮秉謙は〈性〉を〈易〉に返した。阮攸は〈性〉を〈命〉に返した（『清軒詩集』参照。性成鶴脛何容断、命等鴻毛不自知[51]）。荘子は老子を裏切り、そして老子の思想を破壊した。荘子こそが、老子の思想を廃滅に到らせる道を開いたのである。[52]『南華経』〔『荘子』〕において、荘子は〈性〉を〈生〉に落とし、〈生〉は性という意味になった（「徳充符」参照。「幸能正生、以正衆生」[53]）。荘子の老子に対する裏切りは、朱子学の、程子、周子の、墨子、孟子、旬子、董仲舒の孔子に対する裏切りと同様のものである。王陽明は再生させようとしたが、失敗してしまった。

阮攸こそが〈性〉を〈命〉に返した。〈性〉を〈生〉から〈命〉に返したのである。阮攸は荘子を転化し、そして荘子を越えた。〈性〉と〈越〉へと回帰するというやり方で、〈生〉を破壊した。阮攸の〈性〉は、〈命〉の〈性〉である。阮攸の〈越〉は（阮攸が千回以上読誦したと自ら語る）『金剛経』から生まれた〈禅〉の〈越〉である。[54]『易経』が中国思想において裏切られている時に、阮秉謙は『易経』を自身の九五年の生涯によって再生させた。阮秉謙は〈性〉を〈易〉に返し、〈仏性〉において〈易〉と〈越〉を成就させた。[55]

〈性〉とは何か？〈越〉とは何か？〈性〉はこの二つの問いを二つの問いにする。それゆえ、問いは、問いを問いに成すものを問い直すことはできない。〈越〉は、〈性〉を〈性〉に成すものである。〈性〉は人の上にいる人をイエスに成す。〈越〉は人を超える人を仏に成す。〈性〉と〈越〉は等価なのか、それともずれているのか？〈性〉は〈越〉に勝るのか、それとも〈越〉が〈性〉に勝るのか？　これらの問いはすべて、〈性〉と〈越〉から遠く離れている。等価、ずれ、勝る、劣るというのは、深淵から逃走する思惟の性体〔性質〕である。

この逃走はカール・マルクスの思想において、輝かしく完成した。カール・マルクスは

〈性〉と〈越〉を拒否し、〈性〉を〈体〉に落とし、〈越〉を〈用〉に落とした。〈用体〉〔用いるもの】は労働である。その〈用体〉の性体は、人間の歴史における労働の創造である。用体は人間の人間に対する離体〔疎外の意か〕を破壊し、人間を〈然性〉〔自然〕との離性〔離れた〕の場に送って、弁証法の行方を完成させる。マルクスの〈唯物主義〉は、唯物ではなく、唯体〔ただ体（存在者）のみが存在するという考え〕であり、〈行動〉の性体は〈用体〉であるから、〈行動〉は〈行体〉〔体の位相での行動という意味か〕という意味になる。「生活の、〈行体〉の観点が、認識に関する理論の最初で基本的な観点でなければならない」（レーニン『唯物論と経験批判論』、モスクワ、一九五二年、一五六頁）[56]。

認識論[57]は弁証法によって導かれる。それと同時に、認識論は弁証法である。唯体弁証法は、政治経済において徹底的に体用され〔オンティッシュな位相で使用され〕、同時に、歴史、哲学、政治、労働者階級の戦術策略、科学の諸部門において体用されてきた。レーニンにとっては、その体用こそが、マルクスとエンゲルスが人類にもたらした最も主要で、最も新しいものなのである。それは、「革命思想史において前方に投げ出された天才的な一歩である」（レーニン『マルクス＝エンゲルス＝マルクス主義』、モスクワ、一九五四年、六七－六八頁）[58]。カール・マルクスは、ヘーゲルの弁証法を転倒させた。マルクスは、自分の弁証法は「根本においてヘーゲルの弁証法と異なっているだけではなく、その方法と完全に対立している」（マルクス『資本論』一、第二版序文）[59]と述べてはいる。が、それにもかかわらず、マルクスの思想革命は一反応に対する一反応にすぎず、西洋の〈生命〉[60]〔運命〕の性体のうちにある。それは、この原子力の時代、原子力科学の起源も、西洋の〈生命〉の性体のうちにあるのと同様である。科学、機械と弁証法は同じ一つの血縁なのである。〈生命〉は西洋と同義である。〈生命〉は西洋を西洋に成す。「〈生命〉(西洋)の性体とは何か?」という問いを立てること、そういう問いを立てるだけですでに、諸々あらゆる道の基礎となる道に踏み込んでいる。科学、機械、弁証法は、すでに生命の性体によって規定され限定されてしまっている。ヴェルナー・ハイゼンベルクが成り上がり者の自己満足気な調子で意識していたように、西洋の使命とは、自分の生命を体現することなのである(ヴェルナー・ハイゼンベルク『現代物理学の自然像』「古典的教育、自然科学および西欧の関係について」ガリマール、一九六二年、六二―七八頁参照)[61]。

マルクスの弁証法は、機械と科学から分離することはできない。現代の機械と科学は、西洋の〈生命〉から分離することはできない。というのも、その生命こそが機械と科学を生み出したのだし、またそれだけでなく、将来における機械と科学の行方を生成させたからだ。科学は知体〔知識、知るということ〕であり、機械は用体〔用具。あるいは作用、派生体の意もあるか〕である。西洋の〈生命〉の性体について問いを立てるということは、機械と科学の潜体〔背後に潜在的にあるもの〕を見ているということであり、同時に、潜体、現体〔現象〕、無体〔無〕の間の連体〔連繋〕を見ているということである。潜体、現体、無体についての問いを立てるということは、今日の虚無主義の惨めな崩壊と倒壊を見たということである。体(τὸ ὄν)と世(κόσμος《コスモス》)の二語は、西洋の〈歴史〉の〈生命〉を導く。つまり、用体して〔体(存在者)を用いて〕、転世する〔世を転じる、世界を変える〕のである。キリスト教は、転世して、超体〔超越者〕（transcendens）に入体する。マルクスの弁証法は、無産革命を通じて用体して、転世する。ニーチェは、西洋の生命を前に見て、命愛〔運命愛〕（amorfati）および同体の復体〔同じものの永遠回帰〕についての知見を通じて、人性越体〔超人〕（Übermensch）というやり方で、転世する。サルトルは、与世〔世に与すること、社会参加すること〕の自由を通じて、無体（le néant）でもって超体の代わりとした。無体を前にした与世（projet）の眼差しによって転世するのである。カール・ヤスパースは、ある現体と他の現体との間のあらゆる連感〔連繫的感受〕を照らし出し、諸限界状況（Grenzsituationen）[62]を問い直して、越体〔超越者〕（Transcendenz）のための道を開き、そして包越者（das Umgreifende）[63]を唱えた。ハイデッガーは、体と世を入れあわせて、一つにさせた（in-der-Welt-sein）[64]〔世界＝内＝存在〕。時（Zeit）を用いて越体的地平を開き、〈性体〉と体性（Sein《ザイン》）についての問いを立てた。ハイデッガーは、西洋の〈生命〉の惨劇すべてに孤独に耐えた。ハイデッガーの思想活動の一切は、体ないし全体（das Seiende）と体性（das Sein）との間の体性分別[65]〔存在論的差異〕にある。この分別は、ハイデッガーの最も偉大な成功であるが、同時にまた、人間の最も悲惨で最も悲劇的な失敗でもある。この体性分別こそが、西洋の二千年以上の性体論〔存在論〕の歴史の破壊をハイデッガーに行わせる根体〔基礎〕を作り出した。その体性分別は、毒薬のようなものである。ハイデッガーは毒をもって毒を制する。しかし、その毒薬は極めて危険なもので、翻ってハイデッガーを殺すこともできるのである。ハイデッガーはそれを理解して、自らヘルダーリンを抱き、寂しい晩年のヘルダーリンのように、孤独に狂気を待っているのである。ソクラテスのように毒薬を飲む代わりに、ハイデッガーは詩を作り、とりとめなく綴り、話す。その体性分別こそが、ハイデッガーを思想の袋小路に向かわせた。なぜなら、その体性分別も、西洋の〈生命〉の只中にあるからだ。ハイデッガーの体性分別こそ、ハイデッガー思想そのものにおける最も強烈な離性〔〈性〉からの懸隔〕から生まれ出たものなのである。ハイデッガーは体性忘却〔存在忘却〕（Seinsvergessenheit）を訴えるが、しかしハイデッガー自身が最も悲劇的にその忘却の中にいるのである。というのも、体性分別そのものが、すでに〈体性〉忘却であるからだ。ハイデッガーは深淵の傍らに向かった。ハイデッガーに残されている最後の行動は、深淵に跳び込むことである。深淵の中は沈黙である。

〈越〉することがなく、〈性〉することがないならば、体性分別はありえない。なぜなら、〈越〉と〈性〉は、〈性〉は体であるという地平を開くからだ。〈性〉と体との〈如性〉からこそ、体性分別は生じうる。分別は、分別そのものの体性〔本性〕を分別することができない。体性を分別できるのは、すでに〈性〉の外に出ている時、すなわち〈忘性〉〔存在忘却〕（Seinsvergessenheit）の時だけである。

〈弁証法〉は西洋の〈生命〉の血であり、〈弁証法〉がなければ、〈哲理〉と〈科学〉もない。Dialectique《ディアレクティーク》という語は、「弁証法」と「易化法」と訳すことができる。[66] が、どうして、ベトナム語では「弁証法」という訳し方だけが一般的で、「易化法」の方は用いられないのだろうか？　この事体〔こと〕は、ベトナムの〈性命〉が西洋の〈生命〉に支配されてしまっていることを語るのに十分なものでもある。「易化」は〈易〉と〈性〉を志向しているが、「弁証」は〈体〉と〈生〉を志向しているのである。

Dialectique はヘラクレイトスの思想における「易化法」であったが、ソクラテスに到り、そして特にプラトンに到ると、dialectique は「弁証法」となる（『国家』第七巻、五三四E[67]。『ピレボス』、一五A[68]参照）。プラトンにとって、「弁証法」は「諸見識の見識」である（『カルミデス』、一七三Bを見よ。ἐπιστήμη ἐπιστημῶν）[69]。〈道徳〉が凋落して〈倫理〉が出現したように、ソクラテスに到り、特にプラトンに到ると、〈思想〉は凋落して〈哲理〉に変化した。〈原理〉〔本源的な理〕が凋落した時、〈弁証法〉は〈論理学〉とともに生まれたのである。

人間の最も卓越した思想は、しばしば、哲学者の作品よりも、詩人、作家、芸術家の作品の中にある。阮攸の一行の詩だけでも、荘子の『南華経』の思想をすべて破壊するのに十分である。チャン・カオ・ヴァンの一篇の詩（「詠三才」[70]）は、朱子学のすべてを集約するのに十分である。ハン・マック・トゥー[71]の二、三の詩文は、聖トマス・アクィナスと聖アウグスティヌスの思想をすべて言い尽くしてしまう。ランボーの一行の詩あるいはヘンリー・ミラーの一節は、キルケゴール、ティリヒ、ハイデッガーを十分言い尽くす。ウィリアム・フォークナーの『響きと怒り』（*The Sound and the Fury*）の短い一段も、カール・ヤスパースとジャン＝ポール・サルトルが言い得なかったことすべてを言い尽くす。「ほらクエンティン、父さんはおまえにこの時計をやろう、一切の希望と一切の欲望を埋めるための墓場をやろう……おまえはこの時計を使って人類のすべての経験を不条理へと帰結させることだろう、reductio ad absurdum[72]……おまえのおじいさんやひいおじいさん[73]のすべての欲求がそうだったように、おまえの人生のすべての欲求は決して満足いくことはないだろう。父さんがおまえにこの時計をあげるのは、おまえが時間を覚えておくためじゃない。一瞬それを忘れることができるよう、それを征服しようとじたばたもがくことがないように、あげるのだ。それはな、息子よ、人は決して勝ったことがないからだ。人はいまだ宣戦したことすらなかったんだ。戦場は、人間に自分のすべての絶望と愚かさをまざまざと見せるために開かれた場所にすぎない。そして勝利は、哲学者たちと愚者たちの幻想にすぎないんだ」(『響きと怒り』)。

このフォークナーの文だけでも、プラトンからマルクスとサルトルに到るまでのすべての〈弁証法〉を破壊するのに十分である。このフォークナーの文は、すべての弁証法の水源である。弁証法すらも不可体〔不可能なもの〕の深淵に到らされる、reductio ad impossibile。アルベール・カミュの不条理哲理も、不条理の深淵に到らされる、reductio ad impossibile。

深淵の沈黙は、ナーガールジュナ(龍樹)を背理帰結法(reductio ad impossibile)に向かわせ、すべての弁証法を破壊し尽くさせた。ナーガールジュナの道は、prasaṅga《プラサンガ》あるいはprasaṅga-vākya《プラサンガ＝ヴァーキヤ》[74] の道である。つまり、あらゆる思想を背理の場に到らしめるのである。先のフォークナーの文は、『中論』(*mādhyamika*) におけるナーガールジュナの響きを帯びている。

〈越〉と〈性〉とは何か? 東洋であっても西洋であっても、思想によっては、〈越〉と

〈性〉は定義できない。

以上、提示してきたすべてのことは、事体の周辺的な提示にすぎない。それは、背理帰結法（reductio ad impossibile）がこれから完全に破壊していくべき障害である。深淵の沈黙へと到る道は、破壊の道（via negativa）であり[75]、同時にまた、背理の道（reductio ad impossibile）でもある。究極まで破壊し背理した後には、さらに何が残っているというのだろうか？

この最後の問いは砂のない砂漠に飛んでいく。深渕[76]に跳び入る『易経』の龍[77]のように。

第二章

毀滅道《ウィア・ネガーティーワ》[1]

ヘラクレイトス、パルメニデス、
エックハルト、ニーチェ、
ランボー、ハイデッガー、
ヘンリー・ミラーを通じての
西洋思想毀滅の道

〈性〉は、〈性〉〔実体としての〈性〉の意か〕ではなく、性〔〈性〉を名指す言語記号としての「性」の意か〕でもない。〈越〉は、〈越〉ではなく、越でもない。この文はまったく難解なものというわけではない。コジプスキーの思想の意義のすべては、言語の意義を濾過し、言語をその限界に返し、そこから、すべての科学のために、すべての生活のために、そしてとりわけ現代生活における人間の神経系の活動のために、新たな根義〔根本的意味〕を打ち立てるということにあった。コジプスキーは、自身の思想を「総観的義体説」(sémantique générale)[2]と呼んだ。コジプスキーの発見は、義〔意義、意味。コジプスキーの「一般意味論」に即して解釈するなら、何らかの実体を指示する言葉、および言葉に帯びる意味のこと〕と体〔実体〕との間の連関、すなわち、体は体ではなく、義にすぎない、ということを今一度提示したことである。それゆえ、体を用いることは義を用いることから始まらなければならない。コジプスキーの大きな失敗は、ただ変義〔意義、意味を変えること〕を通じて用体し〔体、実体を用い〕、転世のために転義し〔意義、意味を変化させ〕ようとしたことにある。コジプスキーは、西洋の〈生命〉を転向させるために、アリストテレスの逆を行こうとしたが、しかし、コジプスキーも、アリストテレスがかつてもがいた川を泳いだにすぎなかった。義こそは体なのである。ヴィトゲンシュタインの場合もコジプスキーと同様である。

西洋の〈生命〉〔運命〕の流れから抜け出ようとするなら、体を破壊し、〈越〉と〈性〉へと向かわなければならない。今日では、東洋すらも、自らの〈生命〉の破壊に耐えて、〈性〉の深淵と〈越〉の高峰を通じて〈性命〉へと向かわなければならない。

義は、西洋の〈生命〉の特体〔特徴〕である。〈性命〉は、〈義〉を破壊する。〈越〉と〈性〉は、〈義〉と義を破壊する。

〈義〉、〈影〉〔姿や形〕、〈形〉〔ベトナム語では「形影」(hình ảnh)で「イメージ」の意〕は、〈深淵〉に対する〈生命〉の逃走である。逃走は、意義の場を形成する。あらゆる意義は、深淵から遠く隔たる。あらゆる形影《イメージ》も同様である。

〈性〉は、中国哲理における〈性〉ではない。中国哲理一切における〈性〉は、偽性である。〈性〉と〈越〉は、インドとギリシアの〈哲理〉における〈性〉と〈越〉でもない。中国、インド、ギリシアの〈思想〉のすべてを破壊してこそ、待つことに到る。〈性〉と〈越〉こそが、その待つことである。闇夜の中で待つことは、深淵の傍らで待つことへと向かう最初の一歩である。深淵に跳び込むことは、待つことの成就である。

待つことへと向かう道は、破壊の道である。西洋の〈生命〉の破壊は、西洋の〈生命〉を、もっての破壊である。双話の性体は、〜をもっての破壊ということである。〈越〉と〈性〉の思想は、破壊思想と並行して進む。破壊思想がなければ、西洋の〈生命〉は夭折すること久しく、今日のように世界に君臨することはなかっただろう。

破壊思想との双話は、破壊思想をもっての破壊である。それによって、西洋と東洋の〈生命〉の性体が、その光輝の一切をもって現れる。

あらゆる破壊は、意義の破壊であり、西洋の〈生命〉の中にある破壊は、〈意義〉の中にある意義の破壊である。

対話は、双話の中でのみ意義を持つ。双話は、破壊の中でのみ意義を持つ。あらゆる破壊は、〈意義〉の破壊の中でのみ意義を持つ。

破壊思想との双話は、その思想をもっての破壊である。西洋の〈生命〉における最も破壊的な思想は、次の七人の天才の思想である。すなわち、ヘラクレイトス、パルメニデス、エックハルト、ニーチェ、ランボー、ハイデッガー、そしてヘンリー・ミラーの思想である。

西洋の〈生命〉は、これらの天才とともに始まり、そして終わる。彼らの破壊によって、ソクラテス、プラトン、アリストテレス、アウグスティヌス、トマス・アクィナス、カント、ヘーゲル、マルクス、ケプラー、ガリレイ、ニュートン、アインシュタイン、オッペンハイマーらの文化構築が形成される。すべての構築は、破壊の後から進む。「後から進む」性相〔性質〕は、〈思想〉の体相〔特徴〕でもある。「先に進む」性相も、〈思想〉の体相である。〈思想〉の〈性理〉〔性質と原理の意か〕は「先に進む」こともなければ「後から進む」こともなく、「並んで進む」。事物の先に進むこと、事物の後に進むこと、事物と並んで進むこと、〈思想〉のこの三つの性相は、西洋の〈生命〉の中にある。

ヘラクレイトスは、事物と並んで進む思想家である。彼は、〈体〉を〈性〉に並んで進ませたが、しかし、ヘラクレイトスの破壊は、始まったばかりのものであり、そして、ヘラクレイトスの開始は、西洋の〈生命〉の流れにおいて最も偉大な開始であった。二千年以上、このように開始できる二番手は現れなかった。ヘラクレイトスに道を開いたのは、アナクシマンドロスであった。ヘラクレイトスは、アナクシマンドロスの開始をもって破壊するというやり方で、再び開始したのである。開始の意義は、アナクシマンドロスの思想において最初に出現していた。その意義は、意義ではなく、〈性義〉であり、開始は、あらゆる開始のための開始であり、アナクシマンドロスのギリシア語でἀρχή《アルケー》と呼ばれるものである。アナクシマンドロスの思想においては、ἀρχήこそが元体〔元のもの〕である。元体は全体〔存在者全体〕にとっての源である。アナクシマンドロスは「全体」をὄντα《オンタ》と呼んだ。元体（ἀρχή）はまた無限体〔無限なもの〕でもあり、アナクシマンドロスはそれをἄπειρον《アペイロン》と呼んだ。全体はὄνταであるが、全体が諸々の対体〔対立的実体〕に定め分けられると、φύσις《ピュシス》（然体、化体、自体）と呼ばれる。また、アナクシマンドロスにとって、徳正（δίκη《ディケー》）は、全体における無限体の用〔作用〕である。対体〔実体同士の対立〕あるいは矛盾は、元体と無限体に端を発する。体が体に対する時、体が体から離れるか矛が盾に対する時、それは全体の開始である。体体相生相壊〔アナクシマンドロス断片B一の漢語表現か〕、一方の徳体が他方の徳体より盛んである時には、逆徳正と呼ばれる。徳正は全体のために中和を保つ。生類全体は徳理〔χρεών（必然、必需や収用）のことか〕に従う。無限体（ἄπειρον）は包囲する（περιέχειν）[3]。それゆえ、全体の相克の外部にある。アナクシマンドロスの思想のすべては、次の文の中に凝縮されている。「全体の『元体』（ἀρχή）は、無限体（ἄπειρον）である。全体は、それが発生した所に戻り、徳理に従う。というのも、定時に従い、逆徳正を通じて、全体は相用応感する〔相互に作用し合い反応し合う〕からだ[4]」。

この極めて独特な文を通じて、アナクシマンドロスは、ギリシア思想における偉大な破壊を行った。アナクシマンドロスは、タレスの思想全体を破壊した。タレスにとって、元体は元水〔万物の根源としての水〕である。アナクシマンドロスは、元水を体として見、全体（ὄντα）の中に水を置いた。全体は生成壊滅する。それゆえ、アナクシマンドロスは「源源本本」〔窮極的根源〕の道に向かい、元体（ἀρχή）を、全体（ὄντα）の壊滅生成の外部に持ち出し、元体を無限体（ἄπειρον）と呼んだ。つまり、全体の外部にあるのである。水は、元体ではありえない。なぜなら、水は、全体（ὄντα）の諸限体（事体）の中の限体〔限定されたもの〕にすぎないからだ。元体は、アナクシマンドロスが天体とも呼んでいた無限体（ἄπειρον）である。

無限体は、アナクシマンドロスが西洋思想のために開いた〈性義〉である。アナクシマンドロスこそが、西洋の〈生命〉の地平に入っていった最初の人なのである。アナクシマンドロスの体知経験〔体（存在者）が存在しているのだという覚知体験〕は、ヘラクレイトスとパルメニデスのために道を開き、現在のすべての〈哲学〉と〈科学〉が形成されることとなった。アナクシマンドロスの最初の歩みは、二千年以上の西洋の転世のすべての行方のために道を開いた。アナクシマンドロスの像勢〔像形のやり方〕と像体〔像形〕の体向〔体の位相における方向、行方〕は、西洋の〈生命〉のために〈体性〉を開示した。アナクシマンドロスの思想は、〈性命〉の〈深淵〉へと荒れ狂い流れていく滝水のために源を開く泉のように出現した。

アナクシマンドロスの道は、二つの道を開いた。ヘラクレイトスとパルメニデス、西洋の〈思想〉において最も孤独で、最も孤立し、最も玄遠で、最も傲慢で、最も悲壮で、最も沈黙し、最も偉大な二人の天才の道を。この二人のギリシアの天才は、二つの眩《くら》んだ高峰の頂であり、西洋全体の〈生命〉を統治した。アナクシマンドロスは、〈性義〉を撃ち出した。ヘラクレイトスとパルメニデスは、〈性義〉の外へと体義〔体（存在者）の意味〕を切り出した。アナクシマンドロスは〈性〉であり、それが転化して双体に、つまりヘラクレイトスの易〔流動的なもの〕とパルメニデスの常〔恒常的なもの〕になった。双体は転化して二体になり、二体は転化して対体になり、対体は転形して双用になり、双用は転形して二用になり、二用は転形して対用になり、そして西洋の生命を畢命〔運命の終わり〕[5]へともたらす。白鳥の最後の歌はまもなく終わり、沈黙が深淵の上を飛ぶ。

ヘラクレイトスは、鷹のように深淵の周囲を旋回し飛ぶ。ヘラクレイトスの口は、人間の全宇宙を燃やす神の炎を吹く。ヘラクレイトスは、雷鳴の驚天言語を話し、人類の眠りの上に血を吐く。ヘラクレイトスの風采は、黙して、暗く、漆黒で、奥深く、神秘的である。

ヘラクレイトスは、アナクシマンドロスの元体を破壊する。アナクシマンドロスの無限体は、ヘラクレイトスを悩ませない。無限体（ἄπειρον）の代わりに、ヘラクレイトスは元体（ἀρχή）を全体（ὄντα）に下降させ、理体（λόγος《ロゴス》）によって、全体と元体を縛り付けた。理体は一全なのである。ἓν πάντα ―― 〈一全〉、すなわち、一全体。[6] 一はすなわち一理、あるいは〈理〉である。全はすなわち全体である（πάντα τὰ ὄντα）。性体において全体と合一する理体は、すなわち徳理（σοφόν《ソポン》）である。徳理を愛する者（ἀνὴρ φιλόσοφος）は、σοφόν を愛する者（ὃς φιλεῖ τὸ σοφόν）であり、σοφόν とはすなわち、徳理あるいは明徳である。ヘラクレイトスにとって、徳理を愛するとは、率理、あるいは率性体、すなわち理体（λόγος）に率《したが》うという意味である。[7]

ヘラクレイトスを通じて、性体は、理体（λόγος）によって出現する。理体は、（〈全一〉あるいは〈一全〉（ἓν πάντα）と呼ばれる）全体の理である。徳理（σοφόν）を愛することは、理体（λόγος）に従うことである。理体は、全体を包含する。それゆえ、理体（λόγος）は、共体（ξυνόν）であって、私体（ἴδιον）ではない。[8] ゆえに、理体は離体なのである。離体は、体の外に、私体の外に分離することである。この離体の性格を、ヘラクレイトスは κεχωρισμένον[9] と呼んだ。それゆえ、ヘラクレイトスの思想においては、越体が性体（理体）と同時に出現する。理体（λόγος）は、法体〔法〕（νόμος）を生み出す。

ヘラクレイトスは、先人のすべての思想を破壊し、あらゆる偉人を否認し、当時の政体〔治政〕を否認し、すべての細かい見識を否認して、徳理（σοφόν）すなわち理体（λόγος）に向かった。ヘラクレイトスの思想はまだ、思念（φρονεῖν）の意味での思想であり、徳理（σοφόν）に準じ、化体（φύσις《ピュシス》）に従って行われ、明徳（ἀρετή）の正しい意義を保っていた。[10]

ヘラクレイトスの思想は、徳理（σοφόν）の思想であり、それは涵養し導く性体の地平である。パルメニデスの思想も、徳理（σοφόν）の中にある。だが、ヘラクレイトスとパルメニデスの後、その後二千年の西洋の思想はすべて、〈哲理〉（φιλοσοφία《ピロソピアー》）にすぎなくなり、もはや〈徳理〉（σοφόν）ではなくなった。ヘラクレイトスとパルメニデスの後、思想はもはや思想ではなくなった。〈思想〉が凋落した時に、〈哲理〉は出現する。〈哲理〉が凋落した時、〈哲学〉は出現する。〈哲学〉が凋落した時、〈科学〉は出現する。〈科学〉が凋落した時にはじめて、〈性体〉の〈朝陽〉を回復させるため、〈徳理〉（σοφόν）が出生する。

不誠の（ἀπιστίᾳ《アピスティアー》）人々に対して、理体（λόγος）はしばしば逃げ隠れるが、しかし人間は待たないことを待つということ、「期不期」を分からなければならない。ヘラクレイトスの思想は、「期不期」（待つことができないものを待つこと）の体用〔体の作用の意か〕を通じて、体分〔体の本分〕の絶頂へと飛んでいく。というのも、「人間の体性は神体である」（ἦθος ἀνθρώπῳ δαίμων）[11]からだ。

ヘラクレイトスは、ソクラテス、ヘーゲル、ニーチェ、マルクスに強烈な影響を及ぼした。ヘラクレイトスはまた同時に、たとえば、聖ヨハネの福音のように[12]、理体（λόγος）についての思想を通じて、キリスト教神学に強烈な影響を及ぼした。

ヘラクレイトスの破壊は、西洋の〈生命〉の地平において、パルメニデスによってさらに強烈に破壊された。パルメニデスこそが、ὄν《オン》という語を用いた最初の人であり、ὄνとは体〔存在する個々別々の事物、存在者〕という意義である。パルメニデスの前には、全体という意義の、ὄντα《オンタ》という語しかなかった。パルメニデスは体（ὄν）を全体の外に分離した。ὄνταの外に分離したのである。この分離は、パルメニデスのὄνという語の極めて強烈な破壊を刻み付けたのだが、このことは、西洋の〈哲理思想〉全体を導くことになる。パルメニデスの後、二百年近く後に、アリストテレスが、体（ὄν）についての思想を系統化し、次の文を通じて、哲理の性体にした。「こうして、哲理が久しく運行して今日に到るまで決して止むことがなかったもの、哲理が到達できていないものとは、『体とは何か？』と問われた問いであった」（καὶ δὴ καὶ τὸ πάλαι τε καὶ νῦν καὶ ἀεὶ ζητούμενον καὶ ἀεὶ ἀπορούμενον τί τὸ ὄν）（『形而上学』第七巻第一章、一〇二八b二以下[13]）。

体の性体について掲げたアリストテレスの問い τί τὸ ὄν〔体（存在者）とは何か〕は、西洋〈超体学〉〔形而上学〕（すなわち〈超形学〉[14]）の〈生命〉のすべてを導く問いである。アリストテレスの答えは、彼の性体の問いとともに、西洋の〈哲理〉と〈科学〉のための地平を開くこととなった。パルメニデスは、プラトン、アリストテレス、そしてとりわけこの二〇世紀のハイデッガーに、強く影響を及ぼした。

ἐὸν ἔμμεναι、[15] 必体言念体体、体があると言い、考える必要がある。ἔστι γὰρ εἶναι、[16] 如是体体、そう体はある。パルメニデスは、二つの神秘的な思想を語ったが、二千年後の今日に到るまで、西洋の思想すらも、この二つの文の忠実な内容をまだ了解できないでいる。

パルメニデスの〈体〉（τι τὸ ὄν）は、性体である。パルメニデスの真性（ἀλήθεια《アレーテイア》）は、偽理（δόξα）を破壊し、[17]「しるし」「痕跡」（σήματα）に沿ってさぐることで、体性（εἶναι《エイナイ》）に回帰し、[18]静心（ἡσυχία）を回復させる。[19]

パルメニデスにとって、「念体一体」であり、思想と性体は、同じ一つの体性である。[20]パルメニデスは、体と全体、真理と偽理を通じて双勢〔対の様相〕になる性体の曲がり角を示すことで、極めて凶暴に破壊した。パルメニデスの思想の双対の道は、西洋の〈歴史〉すべてを動かした。それから、道は次第に対に分かれ、窮極まで細かく分離した。今日に到るまで、偉大な科学者たちが、細かくなったすべての道を一理あるいは一体に回帰させようと努力したが、彼らは皆、失敗している。

パルメニデス以来、体性（εἶναι）は分かれて、全体（ὄντα）と体（ὄν）の二つになる。全体（ὄντα）は、分かれて、体ὄνと体性（οὐσία《ウーシア》）の二つになる。アリストテレスは、体（ὄν）についての問い（体とは何か?）の意義を明らかにして、「体の体性とは何か?」（τοῦτό ἐστι τίς ἡ οὐσία）とした。[21]二〇世紀に入って、ハイデッガーは「体性」をSeiendheit〔存在者性〕と呼び、ヤスパースは「体性」をDasein, Sosein, Wesenと呼んだ。古代には、プラトンはその「体性」をἰδέα《イデア》（観性）と呼んでいた。キリスト教の中世スコラ派はοὐσίαをessentia《エッセンティア》と呼んだ。

ギリシア語　ラテン語　ドイツ語　フランス語　ベトナム語

εἶναι	esse	Sein	Être	tính thể 〔性体〕
ὄντα	existentia, ens	Existenz	Étant	thể 〔体〕, toàn thể 〔全体〕
ὄν	ens	Seiendes	étant	thể 〔体〕
οὐσία	essentia	Wesen	essence	thể tính 〔体性〕
ἔστιν	est	ist	est	là[22]

西洋の〈歴史〉において最初に、パルメニデスは、〈体〉と〈性〉の豊かな地平を作り上げ、〈体〉と〈無体〉を前にしての〈愕体〉〔驚異〕を打ち出した。東洋の思想は〈愕然〉であるが、西洋では〈愕体〉、つまり〈体〉の現前に対する恐れおののきであり、不思議に感じることである。

ヘラクレイトスとパルメニデス、二人はそれぞれ、随一の円環の頂点に立った。ヘラクレイトスが上がればパルメニデスは下り、パルメニデスが下ればヘラクレイトスが上がる。この二人の傲慢な天才は「〈ある〉とは何か?[23]」という問いを掲げた。ヘラクレイトスは「易体」(πάντα ῥεῖ《パンタ・レイ》[24])と答えた。パルメニデスは「常体」(ὄν)、すなわち体性(εἶναι[25])と答えた。二つの答えは、外見は異なるが、しかし実際にはどちらも同じ思想の地平にある。二つは、アナクシマンドロスに端を発する二つの道にすぎない。アナクシマンドロスの ὄντα が、パルメニデスのὄνとヘラクレイトスのλόγοςとの、二つの道に分岐したのである。

　ヘラクレイトスとパルメニデスは、極めて傲慢な天才であった。彼らは、純粋な思想の道の中で孤独に生きた。彼らは、人類の思想において、最も誠実に破壊した思想家であった。パルメニデスは、ヘラクレイトスとアナクシマンドロスを軽蔑していた。ヘラクレイトスは、すべての人を軽蔑していた。ホメロス、ヘシオドス、ピュタゴラス、クセノパネスを、ヘラクレイトスはひどく軽蔑していた。ヘラクレイトスは、「最期の歌と最後の対決」（ルネ・シャール）[26]へと向かっていった。

　ヘラクレイトスの破壊は、理体（λόγος）が見え隠れしながら導く対立矛盾の相克の中での思慮[27]（φρονεῖν）を通じて、理体（λόγος）へと向かう道を開いた。一方、パルメニデスの破壊は、真性と偽性との間の判定[28]（κρίσις）における思惟[29]（νοεῖν）を通じて真体（ἀλήθεια）へと向かう道を開いた。ヘラクレイトスとパルメニデスの思想は、覚醒の思想、夢の中にまどろんでいる人類の眠りを破壊する思想である。

　ヘラクレイトスとパルメニデスの後、一五世紀以上経つと、〈思想〉は身をよじらせて死に、〈哲理〉と〈哲学〉に変わった（とりわけスコラ哲学）。ヘラクレイトスとパルメニデスの破壊は、人類の思想領域上にあまりに強く及ぼされたので、一三―一四世紀に到るまで、全キリスト教神学を揺り動かす驚天動地の破壊の出現を見ることはなかった。そして西洋の〈生命〉の流れの中で出現したのが、エックハルトである。エックハルトは、離性思想の長く続いた眠りを今一度目覚めさせた。二〇世紀に到って、黄昏の田舎の野の道（Feldweg）で、ハイデッガーが心を開き、化体〔ピュシス〕の無言の不思議な思いに耳を傾けた時、彼も「情感神交」の愛の心をもって、エックハルトに思いを馳せた。エックハルトは人間に〈天命〉の〈体性〉へと回帰する道の上で「読みそして生きること」を教えたのだ、とハイデッガーは語っている（「野の道」『問いⅢ』所収、ガリマール、パリ、一九六六年、一二頁参照）[30]。

　エックハルトの〈天体〉（Gottheit）と〈無体〉（Nichtheit）は、エックハルトの激しい破壊のための地平である。エックハルトは、自分より前にあったすべての神学思想を消し去った。エックハルトの用具は、〈元言〉（Wort）と連言（Beiwort）[31]との橋架けをする言辞である。エックハルトの主動的な思想は、正意（rechte Meinung）を巡りまわった。エックハルトは、慈善、祈禱、独居、懺悔贖罪、断食等のあらゆる信仰生活を否定した。エックハルトにとって、それらの生活は〈有〉を展開するだけで、〈性〉を展開するものではなかった。エックハルトは、人間が心を開いて〈元言〉を迎えるための道を阻む三つの障害を暴いた。その障害とは次の三つである。

一、〈身　体〉

二、〈複　体〉〔多、複数〕

三、〈時　体〉〔時間〕

〈元言〉と〈天体〉(Gottheit)に到る道は、身体、複体、時体の三体の貧窮化である。天体に入体する〔入る〕ため身体を貧窮化し、一体を回復するため複体を貧窮化し、越体の域を、非時間と非空間の域を逍遥するため時体を貧窮化することである。〈正意〉(rechte Meinung)とは意の貧窮であり、「貧心」とも呼ばれる(心の貧しい人たちは、幸いである。「マタイによる福音書」第五章第三節)。

エックハルトの最も強烈な破壊は、窮心あるいは貧心へと到る。エックハルトにとってみれば、人間がまだ天意を受け入れ、まだ天の心につき従いそれを成就させようと努力している時には、人間はまだ窮心には達していない。というのも、人間にはまだ、意志、成就させようとする意志、天意を成就させたいという意志が残っているからだ。人間に、〈永久〉を目指し、〈神〉を目指す心がある時には、人間はまだ智に貧しい人間ではないのである。

救済を求めるならば、智に貧しく、心貧しく(pauvre en esprit)なければならない(「マタイによる福音書」第五章第三節。心の貧しい人たちは、幸いである、天国はその人たちのものである[32])。窮心に到った人間は、真に貧しい人間であり、何も欲望せず、何も期待せず、何も求めることはない。

エックハルトは、〈神〉とあらゆる事物からの脱離解脱をしたと自認していた。エックハルトは神に、「私たちが〈神〉から解脱できるよう」祈った。エックハルトは、すべての意志、見識、知識、博愛を否認した。エックハルトの最も大胆で聡明な破壊思想は、「どうして私たちは神からさえ自由になるべきなのか」[33]という説法の中に凝縮されている（マイスター・エックハルト『説教と論述』、フィッシャー叢書、フランクフルト・アム・マイン、一九五六年、一九一頁）[34]。貧心についての思想は、次の一段において最も明白に体現されている。「神の居坐るための場所が人間の中に残っていなくなるまで、人間にどんな場所もなくなるまで、人間は貧しくなければならない、と私たちは言う。人間が何らかの場所を心の中に保持している時には、まだ何らかの分別を保持している。それゆえ、私は〈主〉に祈る。私を〈主〉より解脱させたまえ、と。というのも、神が万物の根源であると私たちが考える時、私の真の性体は神よりも高いものだから」（Wir sagen also, der Mensch muß so armstehen, daß er nicht sei noch in sich habe eine Stätte, darin Gott wirken könnte. Solange der Mensch noch irgendeine Stätte in sich behält, behält er auch noch Unterschied. Darum bitte ich Gott, daß er mich Gottes quitt mache ; denn mein wesenhaftes Sein ist über Gott, sofern wir Gott als Ursprung der Kreaturen auffassen）。

エックハルトは、キリスト教の、わけても中世キリスト教の、ドミニコ会の修道士であった。それにもかかわらず、エックハルトの思想はこれほど強烈な破壊であったため、当然、エックハルトの言葉は、生涯、ただ砂漠の中の叫びであった。エックハルトは、この世における最大の誤解すべての現身であった。当時のすべての人間が谷間にいる時に、エックハルトだけが一人孤独に立っている高くそびえる山頂の叫びを、人が聞くことなどどうしてできるだろうか。

　エックハルトは一三二七年に死んだ。二年後（一三二九年）、教皇ヨハネス二二世はエックハルトの思想を排除する判決を下した（一三二九年三月二七日ヨハネス二二世の教皇勅書）[35]。こうして、西洋の〈思想〉は、ニーチェの出現の時まで、つまり五百年以上、また果てしない眠りに就き始めたのだ。

　エックハルトの破壊の後、人は普通、カントの哲理を重んじて、それを哲学における一つの「革命」であると見なす。が、実際には、カントの哲理は些細な破壊、眠りの中の覚醒、夢の中の目覚めにすぎなかった。カントは、思想の諸範疇を通じて純粋理性の限界を暴き出し、実践理性、すなわち本分に到り、そしてついには徳信の眠りにいざなわれて、西洋の〈畢命〉の〈信条〉の中にいつまでも横たわってしまった。

　ニーチェが誕生して、ようやく西洋の眠りに雷が炸裂した。ニーチェは立ち上がり、手をふりかざし、深淵を指差した。

　底無しの深淵が開く時……

　Und ein Abgrund ohne Schranken that sich auf …

そして沈痛にため息をつく。

私たちは眠った、私たちは眠った
すべては眠った——ああ、ぐっすり眠った、まどろみ眠った……
Wir schliefen, schliefen
Alle — ach, so gut ! so gut ![36]

この二段の詩はニーチェの「神秘の小舟」（*Der geheimnissvolle Nachen*）の中にある。これは、最も奇妙な幾つかの詩の一つで、西洋の〈生命〉に対するニーチェの神識〔精神あるいは意識〕と潜識〔潜在的意識〕のすべてが凝縮されている。そして、その生命を表象するのは小舟（der Nachen）である。

エックハルトの後、立ち上がって、人間の思想を叩き起こし、エックハルトの破壊を引き継いで破壊を行ったのは、ニーチェだけだった。ニーチェこそ、彼が「完全な人間」と呼んだ人、エックハルト（『ツァラトゥストラはそう言った』「覚書と箴言」、ガリマール、一九四七年、三二九頁参照）[37]の被害について、キリスト教に判決を下したのである。

（ニーチェが「私の祖先」と呼んだ）ヘラクレイトスのように、ニーチェはまさしく「戦場の舞踏者」（in der Schlacht ein Tänzer）であり、「最後の孤独、第七の孤独」へと上がり（meine siebente letzte Einsamkeit）、「雲のかからぬ微笑み」〔der Heiterste〕をこぼし、そしてみずからに問う。

だが、おまえは、ツァラトゥストラよ、
おまえは〈深淵〉を愛するのか
樅《もみ》の木が〈深淵〉を愛するように？
Aber du, Zarathustra,
liebst den Abgrund noch,
thust der Tanne es gleich?[38]

ニーチェはディオニュソスを讃え、高くそびえる山頂と暗黒の深淵がただ一つであることを看破した。

もう進む道はない！　どこもかしこも深淵と沈黙だ！
Kein Pfad mehr! Abgrund rings und Todtenstille![39]

その時、「閃光が深淵から空へと一撃する」(ein Schlag gen Himmel aus dem Abgrund)。ニーチェは深淵で叫ぶ。

深淵を愛する時、人には羽が生えなければならない。
Man muß Flügel haben, wenn man den Abgrund liebt.

自らの〈生命〉の上に、ニーチェは一つの〈生命〉を置いた（auf seinem Schicksal ein Schicksal stehend）、温厚に、慎重に、寛大に、堅固に、黙して、孤独に、二つの〈虚無〉の間（zwischen zwei Nichtse）に立ったニーチェは、**疑問符**（ein Fragezeichen《フラーゲツァイヒェン》）を、〈炎〉のしるし（Feuerzeichen《フォイヤーツァイヒェン》）を打ちつけた。

闇夜よ、沈黙よ、死の域の沈黙のざわめきよ！……
Oh Nacht, oh Schweigen, oh todtenstiller Lärm!…
私は一つのしるしを見る。
Ich sehe ein Zeichen《ツァイヒェン》.

そのしるしは、疑問符（ein Fragezeichen）であり、星座であった。

〈性体〉の最高の星だ！
Höchstes Gestirn des Seins![40]

ジルス・マリーアに立ち、ニーチェは突然、〈一〉が変わって〈二〉になるのを見た（Da, plötzlich, Freundin, wurde Eins zu Zwei）、そしてニーチェは、新たに〈待つこと〉のうちに、腰を下ろし待った。

私は待つことのうちに腰を下ろした、何も待たず、無体を待ち、待たないことを待ち
……
Hier saß ich, wartend, wartend, – doch auf Nichts[41]

ここまで引用したニーチェの詩句はすべて、神秘的で、深く、凝縮され、豊かな文であり、西洋の〈生命〉の流れの中でのニーチェの破壊の一切を語り上げている。ニーチェは、〈超体学（超形学）〉の〈生命〉の悲壮で沈痛な思いのすべてをもって、〈世界史〉の〈生命〉の中にある〈生命〉の〈問い〉を問うた最初の人、最初の思想家である。ニーチェは人間の生体〔生存、生きること〕を問い直し、人生の性体を掲げた。人間は、ソクラテス以来、今日に到るまで眠っていた。（ヘラクレイトス、パルメニデス、エンペドクレス、アイスキュロスを通じての）ギリシアの〈朝陽〉の黄金時代の後、西洋の〈生命〉は、「神秘の小舟」（der geheimnissvolle Nachen）の上に横たわり、うとうとと眠っていた。こうして、人間は、地上統治の役割を担うための

準備が十分整ったわけである。ニーチェは人間の性体のために越体〔超越〕を呼びかけた。人間は、自ら人間を乗り越えて、自分の使命的役割に並び及ぶまで歩んでいかなければならないのだ、と。人間の超越は、越人〔超人〕（Übermensch）と呼ばれる。力意あるいは意力〔力への意志〕は、全体の性体である。ツァラトストラの性体は、永久回帰、すなわち同体の復体を教えることだ。生命は、宇宙周期の大きな円環の中の小さな円環である。人間の生命において最も重要な瞬間とは、人間がこの地上を統治する役割へと向かう時である（ニーチェの予言は二〇世紀に入って、原子力の始まりの科学時代に、体現された）。こうして、人間は、人類の歴史の生命を導くことが十分出来るようにするため、人間を乗り越えるという人間の性体に、つまり人性越体〔人間性の超越〕へと進まなければならなくなった。人間を人間の本当の性体に向かわせる橋（越人）とは、人間が憤体〔敵意〕あるいは体憤から解脱しなければならないということである。この憤体は、人間に仇体〔体（存在者）に対する復讐〕[42]精神を生ませる。仇体は、体に対する人間の仇打ちの精神である。ソクラテス以降ニーチェが出現するまでのあらゆる思想家、哲学者の、熟思（nachdenken）はすべて、どれも仇体（Rache）の精神を帯びたものであり、人間の熟思は、体と性体に対する人間の相体〔相対すること、相対関係〕である。その相体が体立される〔確立される〕のは、〈越体〉の視座の中で行体〔体を動かすの意か〕、用体〔体を用いること〕、対体〔体に対すること〕を通じて体性の性体における体を前像させる〔主体の前に像として立たせる〕[43]という、前像（vor-stellen）の体調〔オンティッシュなやり方〕によってである。前像すること（Vor-stellung）の性相〔本性と性質〕は、仇体の性相によって規定されてしまっている。そのため、人間は、用体の積極的な性質を通じて体と性体との相観〔相対的な視座〕を保ってきた。こうして、体に対する人間のすべての関わり[44]は、〈超体学〉〈超形学〉の性質を持つことになる[45]。

ニーチェからハイデッガーに到って、西洋の〈生命〉は、自らを悲劇的に意識した。ハイデッガーは、〈性体〉と〈体性〉（Sein－Seiendes）との区別（Unterschied）によって、哲理と哲学を眠りから目覚めさせた。ハイデッガーは、仇体精神を論じ、その精神が体と体性に対する人間のあらゆる関わりを調律規定してきた（durchstimmt und bestimmt）[46]のだということを看破した。この仇体の精神は、〈超体学〉〈超形学〉の性質である。ハイデッガーは〈生命〉を〈哲理〉に同化させ、〈哲理〉を〈超形学〉（〈超体学〉）に同化させ、〈超体学〉を〈本体学〉〔存在論〕に同化させ、〈生命〉を〈西洋〉と〈歴史〉とに同化させた。ハイデッガーによれば、もし人間が自らの関わりを〈性体〉（Sein）へと通じさせうる別の地平を開かなければ、〈倫理学〉、〈心理学〉、〈哲学〉は、人間の性体を解脱させることなどできない（ハイデッガー『思惟とは何の謂いか』、三四頁参照[47]）。ハイデッガーは、西洋の〈哲理〉と〈哲学〉を破壊し、ニーチェ思想の限界を問い直した（ニーチェが西洋の〈生命〉の最も完成した哲学者であっても、ニーチェが〈深淵〉の傍らでの強烈な意識をもって、仇体（Rache）の精神を完成させたのであっても、それでもニーチェはその仇体の精神から解脱していない、とハイデッガーは見なす。ニーチェは、彼自身が解脱を呼びかけたものから解脱できなかったのである）。ハイデッガーは、ヘラクレイトスとパルメニデスの思想との双話を開き（ヘラクレイトスとパルメニデスは西洋の〈生命〉における最も偉大な二人の思想家であるとハイデッガーは見なしている）、野原へと戻る道を整え、擦り減った道端の草木の沈黙を通じて、故郷の芸術家たちの詩の魂、音楽の魂を通じて、〈性体〉の話し声に耳を澄まし、如体（das Selbe）〔如きもの、あるいは同じもの〕を求め、単体（das Einfache）〔単純なもの〕を回復させ、現代の機械に対する現体（Dasein）〔人間〕の関わりを濾過し、人間を人間の根に、現代の人間の故郷喪失感のうちにある新たな根に返した。人間がその新たな根に戻ることができるのは、人間の熟思が〈性想〉〔*Tính tưởng*〕である時だけであって、併想〔*tính tưởng*〕である時ではない。〈性想〉〔*Tính tưởng*〕は〈性体〉〔*Tính thể*〕についての熟思であり、一方、併想〔tính tưởng〕は併算〔*tính toán*〕[48]（calcul〔計算〕）の熟思である（ハイデッガー『問いⅢ』参照[49]）。

　ハイデッガーの破壊は、ニーチェの破壊を完成させた。ハイデッガーはニーチェの失敗を意識していたが、しかしハイデッガー自身、自分の思想そのものの失敗も同時に意識していた。ハイデッガーも、自分の思想は失敗の思想（…‹von einem scheiternden Denken›。『「ヒューマニズム」について[50]』）であることを認めていた。しかし、同時にハイデッガーは傲慢でもあった。というもの、その失敗こそが、西洋の〈生命〉の最も輝かしい成就であることを知っていたからである。ハイデッガーの思想は、論考『ヘルダーリンと詩歌の性体[51]』の中の次の二文に集約されている。

一、——私たちは断じて、渕源[52]〔淵深〕（Abgrund《アップグルント》）の中に根源〔拠根〕（Grund《グルント》）を見出すことはない。

二、——〈性体〉（Sein《ザイン》）は、断じて一つの体（Seiendes《ザイエンデス》）ではない。

この二文は、ハイデッガーの思想の最も輝かしい成就をしるし付けたが、同時にまた、西洋の〈生命〉の最も悲惨な失敗をもしるし付けた。西洋の〈生命〉の体面〔オンティッシュな次元〕に立つ時、この二文は、生命が畢命に落ちないための新たな地平を開く道である。しかし、東洋の〈性命〉の性面〔〈性〉の次元〕に立つならば、逆のことを言わなければならない。

一、——私たちは常に、渕源（Abgrund）の中に根源（Grund）を見出す。

二、——〈性体〉（Sein）は、常に一つの体（Seiendes）である[53]。

というのも、〈越〉と〈性〉の地平の中にいるなら、もはや区別はなくなるからである。区別（Unterschied）を保つということは、〈生命〉の中にいるということであるが、〈生命〉の中にいるなら、畢命の外に〈生命〉を導くことはできない。〈性命〉があって、はじめて生命を導くことができる。性体（Sein）と体（Seiendes）の間のハイデッガーの区別（Unterschied）は、西洋の〈生命〉に端を発する区別なのである。それゆえ、ハイデッガーも、その生命から解脱して次のようなことをするのは不可能なのだ。

性体を体性させたままにする
sie läßt das Sein — sein[54]
elle laisse l'Être — être

というのも、ハイデッガーもニーチェの道を進む、すなわち「自らの生命の上に一つの生命を置く」(Nietzsche: ‹auf seinem Schicksal ein Schicksal stehend›) からである。

ニーチェからハイデッガーに到る〈哲理〉の道は、西洋の〈生命〉の流れの中でのランボーからヘンリー・ミラーに到る〈文芸〉の道とも同様のものである。が、ただ一点異なっているのは、ヘンリー・ミラーは西洋の〈生命〉の文芸領域における破壊の道 (via negativa) を成就させ、また同時に〈性命〉の〈深淵〉における背理の道 (reductio ad impossibile) さえも成就させたという点である。

アルチュール・ランボーの詩集『地獄の季節』(*Une Saison en Enfer*) は、ニーチェの全作品よりも強烈狂暴な生命の思想を形成した。ランボーの「神なんて糞くらえだ」(Merde à Dieu) という言葉は、ニーチェの「神は死んだ」(Daß Gott tot ist) よりも偉大なスローガンである。

ランボー、この一六歳の少年は、百ページに満たない薄い一冊の詩集によって、西洋の全〈文化文明〉を夕暮れの深淵に押し込んでしまった（ランボー『地獄の季節』、メルキュール・ド・フランス、パリ、一九五一年参照）[55]。

　ランボーは、人間のすべての希望を消滅へともたらした（Je parvins à faire s'évanouir dans mon esprit toute l'espérance humaine）[56]。ランボーは「公理、公平に反抗するため自ら武装し」（je me suis armé contre la justice）[57]、あらゆる職業を恐れ（j'ai horreur de tous les métiers）[58]、故郷、祖国に辟易し（j'ai horreur de la patrie）[59]、「獣、黒人」を自称し（je suis une bête, un nègre）[60]、飢え、渇き、叫び、狂乱のダンスを踊り（faim, soif, cris, danse, danse, danse, danse!）[61]、前進し続け、肺が燃えている時にも歩き、太陽が熱する時にも歩き、歩き続け、まだまだ歩き（en marche!）[62]、歴史を信じず、あらゆる原則を忘却し（plus de foi en l'histoire, l'oubli des principes）[63]、あらゆる神秘を暴き（je vais dévoiler tous les mystères）[64]、「本当の人生は不在だ」（la vraie vie est absente）[65]、「私たちはこの世にいないのだ」（nous ne sommes pas au monde）[66]と叫び、現代の絵画と詩歌のすべてを軽蔑し（trouvais dérisoires les célébrités de la peinture et de la poésie moderne）[67]、沈黙や夜を書き上げ（j'écrivais des silences, des nuits）[68]、無言を記し（je notais l'inexprimable）[69]、砂漠を愛し、焼かれた果樹園を愛し（j'aimai le désert, les vergers brûlés）[70]、好んで狭く臭い道をさまよい、目を閉じて、太陽に、人間の炎の神に自らを捧げ（je me traînais dans les ruelles puantes et, les yeux fermés, je m'offrais au soleil, dieu de feu）[71]、土と焼けるような岩を愛したのだ（si j'ai du goût, ce n'est guère que pour la terre et les pierres）[72]、孤独な夜

に、炎を上げる昼に（malgré la nuit seule et le jour en feu）[73]。ランボーは、すべてが混沌となるよう、もがき狂い叫び、破壊し、怒鳴り散らし、そしてそのまま地に倒れ（Je suis rendu au sol）[74]、極度に絶望し、さしのべる手もなく（pas une main amie!）[75]、仇体精神から脱しきれず（damnés, si je me vengeais）[76]、西洋の〈生命〉の流れの中を泳ぐことに甘んじ（tenir le pas gagné）[77]、西洋の〈性体〉の〈使命〉を抱き（Il faut être absolument moderne）[78]、詩作を放棄し、あらゆる希望を捨て去り、ヨーロッパを投げ打って（ma journée est faite, je quitte l'Europe）[79]、果てしない地平に向かった（parce qu'il faudra que je m'en aille, très loin, un jour）[80]。

最も神秘的で不思議なことは、ランボーは、西洋の〈生命〉を小舟のイメージで表象しており（『地獄の季節』、八三頁参照。notre barque élevée dans les brumes immobiles）[81]、ランボーの表象が、ニーチェの小舟の表象と同様のものであることだ（「神秘の小舟」参照）。

ランボーの破壊は、次の六つの詩句の中にある。

一　私は深淵のどん底にいて、そしてもう経を読むこともできません。
je suis au plus profond de l'abîme, et je ne sais plus prier.[82]
（『地獄の季節』、四七頁参照）

二　俺は見た、あらゆる物体が幸福の畢命を持っていることを。

je vis que tous les êtres ont une fatalité de bonheur.[83]

（『地獄の季節』、六〇頁参照）

三　科学の宣言以来、すなわちキリスト教は、人間は、自らふざけ、明白な事柄で自らを証明し、証明を繰り返しては、自らを誇張し、そうして生きる他なかった！

depuis cette déclaration de la science, le christianisme, l'homme *se joue*, se prouve les évidences, se gonfle du plaisir de répéter ces preuves, et ne vit que comme cela ![84]

（『地獄の季節』、六九頁参照）

四　哲学者たちよ、おまえたちはおまえたちの西洋に属している。

Philosophes, vous êtes de votre Occident.[85]

（『地獄の季節』、七〇頁参照）

五　人間の労働！　それは時に俺の深淵を照らす爆発だ。

Le travail humain ! c'est l'explosion qui éclaire mon abîme de temps en temps.[86]

（『地獄の季節』、七五頁参照）

六　俺にはもう話すすべさえない！

je ne sais plus parler![87]

（『地獄の季節』、七九頁参照）

一の文はニーチェの言いたかったことを語り尽くしている。二の文はヘラクレイトス、パルメニデス、エックハルトが言ったことを語り尽くしている。三の文はハイデッガーが『超体学〔形而上学〕とは何か』（*Was ist Metaphysik ?*）で言いたかったこと、すなわち超体学（超形学）の性体を通じて科学の限界を問い直したことを語り尽くしている。四の文はハイデッガーが『哲学――それは何であるか』（*Was ist das – die Philosophie ?*）で言いたかったこと、すなわち西洋と哲理の同化、哲理（φιλοσοφια）と科学の誕生およびこの地上における人類の歴史での機械の統治の同化を語り尽くしている。五の文は共産主義と資本主義が生命の性体において人間に対し行ってきたものを語り尽くしている。六の文はすべての神秘主義者（mystiques）が人類の歴史の中で言い述べてきたものを語り尽くしている。

ランボーの破壊は、これら六つの詩句において成就する。ランボーは西洋を捨て、「最初にして永遠の徳理を求める」ため、東洋に回帰した（『地獄の季節』、六九頁参照。je retournais à l'Orient et à la sagesse première et éternelle[88]）。ランボーにとっては、「行動は生活ではなく」（『地獄の季節』、六〇頁参照。l'action n'est pas la vie[89]）、また「倫理は頭脳の弱さにすぎなかった」のだ

(『地獄の季節』、六〇頁参照。la morale est la faiblesse de la cervelle)[90]。

西洋の(そして現在の東洋の)〈生命〉の性体は、〈行動〉である。しかし、〈性命〉の地平に立つ時、ランボーが看破したように、「行動は生命ではない」[91]のだ。だが、その意識と看破はランボーを転倒させ、そして西洋を捨て去ってからは、ランボーは独りうち捨てられて生き、仇世〔この世に対する復讐〕と仇体の精神から抜け出せないまま自らの生命と西洋の〈生命〉の惨めな失敗に到るまで生きた。ヘラクレイトスの死、ソクラテス、イエス、ランボーの死は、西洋の〈生命〉の悲惨な死を、極めて残酷で、悲痛で、孤独で、神秘的で、深遠で、無数の意味を持つほど豊かな一つの死を象徴している。西洋の〈生命〉の死は、シュペングラーが「あらかじめ開かれていた道」と呼んだ、抜け道なしで、希望もない――というのも「希望とは臆病なもの」(l'espérance est Lâcheté)であるのだから――死であった。その悲壮で勇敢な死は、ヴェスヴィオ火山が噴火しているというのに、代わりに見張ってくれる者がいないため、定位置に立って見張りを続けるローマの哨兵の死であった。シュペングラーは、そのように栄誉あるやり方で、西洋の〈生命〉を自らの〈畢命〉に向かわせようとした(オスヴァルト・シュペングラー『人間と技術』、ガリマール、一九五八年、一五七頁参照)[92]。

シュペングラー、ニーチェ、ドストエフスキー、ランボー、ホイットマン、エマーソン、ソローらが自らの生命のために完全に実現することのなかったすべてのことを、自らの生命のために実現させた唯一の人物、その唯一の人物こそ、この凶暴な二〇世紀に現在も生きているヘンリー・ミラーである。ヘラクレイトス、パルメニデス、アイスキュロスなどからハイデッガーに到るまでの人物で、ヘンリー・ミラーのように絶対的に破壊した思想家、芸術家は誰もいなかった。

ヘンリー・ミラーは独りで立った。西洋の〈文化文明〉の二千五百年間にわたる〈性命〉の〈深淵〉の最高峰の頂に立った。ヘンリー・ミラーは、西洋の〈生命〉を超越し、独り立って、西洋の〈畢命〉の予言者となり、そして、〈人類全体〉のための〈越性天命〉〔超越的な〈性〉より与えられた運命〕へと回帰する道の上に〈東洋〉の〈香草〉のための地平を開いた。

ヘンリー・ミラーはアメリカ人で、原子力時代の人間生活の規範、機械と科学の最新見識すべてを有し最も輝かしい状態にある西洋の〈生命〉を象徴する都市、ニューヨークに生まれた。だが、ヘンリー・ミラーこそ、アメリカ調の生活を破壊し、激烈にアメリカ文明を打破した人物なのである。ヘンリー・ミラーにとって、最も乱暴で、最も愚劣で、最も蒙昧で、最も悲惨で、最もからっぽで、最も浅薄なあらゆるものは、彼の故郷、アメリカから発したものなのである。ヘンリー・ミラーの本はすべて、アメリカ文明を告発し、西洋の腐敗を告発し、同時代の人間の浅はかな生活を告発し、社会、集団、宗教、党派、倫理、道徳の狂った幻想を告発している。ヘンリー・ミラーは、文学、詩歌そして芸術の終焉を刻みこんだ。「一年前、半年前には俺は自分を芸術家だと思っていた。今では、そんなことなど考えない——俺はただ〈存在する〉！」（ヘンリー・ミラー『北回帰線』、一頁）[93]、「文芸文学であったものの一切が、俺から抜け落ちた」（同書、一頁）。ヘンリー・ミラーは「『芸術』の面に唾を吐きかけ、〈神〉、〈人間〉、〈生命〉、〈時間〉、〈美〉、〈愛〉の尻を蹴り飛ばした」（同書、二頁）。ヘンリー・ミラーは、ランボーは「時がまだ熟しておらず」（The time was not ripe）、そのため痛ましくも失敗してしまったのだと言う（ヘンリー・ミラー『わが生涯の書物』、アイコンブックス、一九六三年、九六頁参照[94]）。ヘンリー・ミラーは、ランボーの勅令、「歴史をひっくり返せ！」（A bas l'histoire !）の中の一切の意義を開示した（同書、八六頁参照）。ヘンリー・ミラーは、ランボーを讃え、「青春のコロンブス」と呼び（『ニュー・ディレクションズ』第九、第一一巻参照[95]）、（西洋を離れ、アフリカでのあの奇怪で厭わしい生活を過ごした）ランボーの行動を一種の自殺と見なした。というのも、ランボーが失敗したのは、西洋がその痛ましい〈畢命〉から抜け出せないと分かった時だったからである。ヘンリー・ミラーが人生で初めて書いた文章は、ニーチェの『反キリスト者』についての論考だった[96]。ヘンリー・ミラーはハイデッガーを軽蔑していたが、しかしエックハルトを尊び、エックハルトの文を引用している、「見るんだ、すべては唯一の〈今〉だ[97]」（ヘンリー・ミラー『追憶への追憶』参照[98]）。そしてヘンリー・ミラーは声を上げた、「すべては一つにちがいない[99]」。「すべては一つ」、それはヘラクレイトスの'Εν Πάντα の逆だ。ギリシアのミュケナイに立った時、クリュタイムネストラの墓を前にして、ヘンリー・ミラーは、古代ギリシア悲劇のすべて（アイスキュロス、ソポクレス、エウリピデス等）を生きた[100]。ヘンリー・ミラーの最も偉大な作品は『マルーシの巨像』（Colossus of Maroussi）であり、ギリシア世界を発見し、西洋の〈生命〉の〈朝陽〉を生き直した時のヘンリー・ミラーの根源への回帰が語られている。『マルーシの巨像』には、不思議な覚醒の無限の歓喜が満ち溢れている。

ヘンリー・ミラーは（西洋の〈生命〉の数千年間において）、完全に覚醒し、〈深淵〉を愛し、羽を生やして〈深淵〉から青い〈天空〉へと飛び立ったただ一人の人物、唯一者である。彼は、宇宙を、この世を、愛に満ちた両手の中に抱き（Henry Miller: Instinctively, just as a bird takes wing, he threw out his arms in an all-encompassing embrace）[101]、限りなく溢れ出す喜びのうちに満ち満ちた幸せに酔いしれ、最後の瞬間、歓喜して叫んだ。「ついに！ やったぞ！」（At last, At last !）[102]と。

ヘンリー・ミラーは「道化師」を自称していたが、彼の短編『梯子の下の微笑』では、人類史上これまでいたことのない最も変わった道化師について語っている。ヘンリー・ミラーは、その物語を「私が書いた中で最も変わった話」（undoubtedly it is the strangest story I have yet written）[103]であると言っている。その話の中で、ヘンリー・ミラーは〈生命〉を畢命に到らせ、〈深淵〉の〈夜明け〉に広がる〈性命〉の青空へと飛び立った。

> 喜びは川のようだ。それは止まることなくとうとうと流れる。私にとって、それは道化師が私たちに伝えようとしているメッセージみたいなものだ。私たちに止まることな

く流動し移動する流れに入体する〔入る〕ように、というメッセージであり、考えたり、比べたり、分析したり、抱きうけたりするために立ち止まることなく、途切れることのない音楽の調べのように尽きることなくいつまでも引き続き流れるように、というメッセージだ。それは、奉捨、放下、超脱だ。道化師はその超脱を象徴的に演じた。一方、私たちは、その超脱を現体〔現実〕にしなければならないのだ。

Joy is like a river: it flows ceaselessly. It seems to me that this is the message which the clown is trying to convey to us, that we should participate through ceaseless flow and movement that we should not stop to reflect, compare, analyze, possess, but flow on and through, endlessly, like music. This is the gift of surrender, and the clown makes it symbolically. It is for us to make it real.[104]

ヘンリー・ミラーは、人生の困窮苦悶の矛盾と悲劇を生き尽くした。

私たちは、この世に生まれ出ようともがいている時に死ぬ。私たちは、けっして存在しなかったし、今もけっして存在してはいない。私たちは、いつも変易の進展の中にあり、いつも分離し、隔離している。いつまでも外側にいる。

We die struggling to get born. We never were, never are. We are always in process of becoming, always separate and detached. Forever outside.[105]

この一節は、もはや〈性命〉の川の流れの中を流れなくなり、岸辺でもがいている〈生命〉を物語っている。

再び生きたいのなら、私たちに必要なのは開示し、見出すことだけだ。すべては私たちの中にすでに存在していたのだ（we uncover and discover. All has been given, as the mystics say）[106]。私たちに必要なのは、全体[107]と一つになるために目と心を開くことだけだ（we have only to open our eyes and hearts, to become one with that which is）[108]。

ヘンリー・ミラーは、〈生命〉から解脱できた数少ない者の中の一人である。ヘンリー・ミラーは、常人の目で見る見方とはまったく異なった、新しい色彩を通じてこの世界を見た。ヘンリー・ミラーは、世の中を別の目で見た。ヘンリー・ミラーは、現在の瞬間において完全に充実して生き、彼の出現は、明け方の輝く光を照らし、梅の香りに満ちた歓喜の不滅の歌を溢れさせた。ヘンリー・ミラーは、梯子の下で微笑んだ、広大な、絶世の天使の微笑みを（it was a broad, seraphic smile）[109]。

ヘンリー・ミラーは道化師を自認していた。西洋の霞んだ〈生命〉の流れの中で、〈思想〉の二千五百年の歴史において、突然、天地から、輝かしい笑い声が起こった、虚無を打ち破る笑い声、畢命を叩き潰す笑い声、青、紫、黄、黒、赤、白、灰色、オレンジ色、ぼろきれ色、緑色、土色、杉色、波立つ遠洋色、一人きりの日々を過ごす少女の服の色、黒い春の十字架に架けられた人生の鮮やかな薔薇色の笑い声、星を破裂させる笑い声、地震の笑い声、無常の人生の笑い声、ヘンリー・ミラーの、道化師の、行動する詩人の、自分が演じる話の、何千年も繰り返される話、つまり、奉祀、崇拝、磔刑――〈天命〉の鮮やかな薔薇色の磔刑（adoration, devotion, crucifixion ― 〈A Rosy Crucifixion〉）[110]の話の、笑い声が起こったのだ。

ヘンリー・ミラーにとって、〈生命〉は〈性命〉である。〈畢命〉は〈天命〉であり、西洋は東洋であり、フランスは中国であり、ギリシアはインドであり、すべては一つであり、すべては一つであるはずであり、すべては詩であり、すべては夢であり、すべては現実であり、すべては神秘であり、すべては『道徳経』の世界であり、『ヴェーダ』の宇宙であり、ギリシア神話であり、千一夜物語であるのだ。

> すべては一度きりしか起こらない。だが永遠の中にいつまでも残り続ける……もし失うものがなければ、得るものも何もない。残るものだけが残るのだ。〈我、有り〉[111]。
>
> （ヘンリー・ミラー『追憶への追憶』）

ヘンリー・ミラーはよく、禅仏教の禅師を自認していた。このことは、〈空路〉の、道なしの、〈見性〉へと向かう西洋の〈生命〉の源の分岐をしるす、なんらかのしるしとして十分なものではないだろうか？　Prajñāpāramitā-hṛdaya-sūtra《プラジュニャーパーラミター＝フリダヤ＝スートラ》〔『般若心経』〕の中の以下の連なりほど、高くそびえる山頂に到って〈太極〉の深淵を凍えさせる毀滅の道（via negativa）は、西洋にも東洋にもない。

… iha Śāriputra sarva-dharmāḥ śūnyatā-lakṣaṇā anutpannā aniruddhā amalā na vimalā nonā na paripūrṇāḥ. tasmāc Chāriputra śūnyatāyāṃ na rūpaṃ na vedanā na saṃjñā na saṃskārā na vijñānāni. na cakṣuḥ-śrotra-ghrāṇa-jihvā-kāya-manāṃsi, na rūpa-śabda-gandha-rasa-spraṣṭavya-dharmāḥ, na cakṣur-dhātur yāvan na mano-vijñāna-dhātuḥ.

na vidyā nāvidyā na vidyā-kṣayo nāvidyā-kṣayo yāvan na jarāmaraṇaṃ na jarāmaraṇa-kṣayo na duḥkha-samudaya-nirodha-mārgā, na jñānaṃ-naprāptir aprāptitvena

Bodhisattvasya prajñā-pāramitām āśritya viharaty a-cittāvaraṇaḥ. cittāvaraṇa-nāstitvād atrasto viparyāsāti-krānto niṣṭha-nirvāṇaḥ …[112]

（密呪であるので、今日のベトナムの表面的な顚倒状況下ではベトナム語に訳すのは差し控えたい。）

a- と na（不と無）という語は、毀滅の道（via negativa）の性体であり、破壊の道（neti, neti）《ネーティ、ネーティ》[113]の究竟は道なき道、すなわち〈空路〉である。〈空路〉は、〈越〉と〈性〉の道である。それは、道を破壊する道であり、あらゆる希望を破壊し、あらゆる信念を破壊し、あらゆる期待を破壊して、〈待つこと〉を、〈青天〉の〈深淵〉の傍らで待つことを残す（Hölderlin: und hoch vom Äther bis zum Abgrund nieder ... 〔ヘルダーリン、「そしてエーテルの高みから深淵の底にわたって」〕[114]）。〈ベトナム哲理〉の道は、故郷の血と炎の中にすでに現れているのではないだろうか？

パリ　一九六六年五月二二日

附録

ランボーの歩みの上に……

……ベトナムの詩人、私の歩みは、
フランスの詩人、ランボーの歩みを踏みつけ進む。
あなた方も私の後をついてくるがいい。
そしてもしできるのならば、
私の歩みを踏みつけ進んでいくがいい。
それは実現しがたいだろう。というのも、
私の歩みは足跡を残さないからだ。
私は亡霊のように、悪魔のように、
蛇のように生命〔運命〕[1]を踏みつけ進む。

ファム・コン・ティエン

フィレンツェからジュネーヴを経て
アテネに向かう道の途中　一九六六年晩秋

一

向こう見ずに生きること、海鷲の翼によって、黒い鴉の瞳によって、向こう見ずに自己の人生を創造すること。ランボーは、詩的言語の砂漠の只中に、絶対的な溝を深く掘り下げた。ランボーの前、そしてランボーの後に残っているのは、砂漠の熱い砂と無尽の地平線だけだ。約束することもなく、待つこともなく、冬を、都合よく心地よく、芽を安らかにあやし育てる季節を待つこともできなかった。ランボーの前と後にいるすべての詩人は、駱駝の足跡を残すため砂漠を這いずり過ぎていく。それは駱駝の、一時の、一段階の、一季節の、午後の一歩の、あるいは朝の気息の痕跡にすぎない。そして、明け方の果てなき竜巻が起こり、砂漠は永久におし黙る。砂漠の声は、谷のように深く、淵のように深い、深淵な溝の上に響き、踊る。沈黙は、砂漠を横切る絶対的な溝による言語へと変化する。溝は道になる。砂漠は、草が芽生えるのを決して見ることはない。溝、道は、砂漠に水を撒き春を生み出す川ではない。春と砂漠は、神と悪魔のように対立しあう。砂漠は、あらゆる凶暴な悪魔を育てる。砂漠はまた、すべての修道僧、苦行と孤独の聖者たちの魂が身を隠す所でもある。ランボーは砂漠を招き、砂漠を呼び、砂漠を誘い、太陽とともに敵を討ち、月から逃げ、熱い砂の上をふらつき、心臓を燃やし、肺を燃やし、肝臓を燃やし、ヨーロッパを拒絶し、ヨーロッパを月に送り、砂漠で太陽に告白し、そして、「すべての太陽は辛辣で、すべての月は残忍である」[2]ことを理解した。

砂漠を抱くために生まれ、太陽を撫でるために生まれて、ランボーは出発し、そして帰ってきた。抑えのきかない二本の脚で向こう見ずに行き、誇らしい一本脚で薄命の中を帰り、病院のベッドに横たわり、最期の瞬間、ランボーは一つの手を見ず、二つの手を見ず、太陽は生じず、月は現れず、砂漠は魂の一状態にすぎず、悪魔と神は象形言語で、移動する二本の脚は意識の運行で、炎は心臓で、炎が燃え上がる時、心臓は脈打ち、炎の一つ一つは小さな太陽で、すべての言葉は炎と戯れる煙であり、詩と炎、詩と煙、詩息《ホイトー》〔hơi thơ〕と気息《ホイトー》〔hơi thở〕、心臓の鼓動と鉄床を打ちつける槌の音、道と溝、炎を盗む者と炎を守る者、太陽と太陽を見つめる瞳、地獄の一季節と地獄の永遠、ランボーは黙って病院のベッドに横たわった。ベッドの脚は四本、人の脚は二本、ランボーの脚はたったの一本だ。生まれた時、ランボーは二本の脚で地球に入った。一本の脚の名は〈虚無〉であり、一本の脚の名は〈体性〉〔存在〕だ。生を離れる時、ランボーは一本の脚で地球を離れた。絶対を前にした不自由者のイメージ、一本脚で時間と空間の上に立ち、谷間に飛ぶ黒い鴉の影のように、現れて消え、生きて死に、一人の生命〔運命〕は、人間の生命〔運命〕の意味をうち立てた。悪魔と神の犠牲者、あるいは悪魔と神を生み出す者、創造する者、そこにあるのは二方に分かれた道であり、ランボーはその二方の道を、太陽と月と共謀して進み、そして太陽と月がもはや昇らなくなると、悪魔と神もまた逃げだし、二本の脚のうち一本の脚だけが残った。身体が炎を消すと、一本の脚は、一つの不動の事物にすぎなくなった。事物は時間と空間とともに朽ち果てる。二は一になり、そして一は〈零〉になった。〈零〉は宇宙となり、宇宙は太陽、月そしてすべての星となる。地球が出現する。詩人が再び生まれる。気息の一つ一つは、詩息を造り出す。気息は止む。だが、詩は生き続ける、後の人の気息の中で生きる。砂漠と溝は、森と川に変わる。都市や村落が生じ、人が暮らし、留まり、立ち去り、戻ってくる。生命の意味とは、初源の無意味と最後の無意味とによって意味を創造することである。

　ランボーの人生はランボーの思想だ。一人の者の生命の思想は、そこにいることの無意味と戻ってくることの無意味が作る去り行くことの意味によって導かれる。それは、現代の人類の性命〔〈性〉の運命〕における、西洋の生命の意味でもある。

二

始まりは月の出てない闇夜、無意識が狂暴にのたうち回る。シャルルヴィル[3]は、ランボーの心的世界における無意識の表象だ。自分の生まれた土地は自分を追い払う土地でもあり、自分の生まれた土地は、自分が無意識とともにのたうち回り、狂暴にまた絶望的にのたうち回り、揺りかごの中でのたうち回り、母親の胸の中でのたうち回り、宇宙の闇夜を引き裂き、そしてそこから彼を完全に離すために、のたうち回る土地だった。そこからのランボーの歩みは、断固とした拒絶であった。ランボーは闇夜から逃げ、無意識から逃げ、シャルルヴィルから逃げ、意識と身体を捕らえるあらゆるものから逃げた。引き裂き、ずたずたにし、ぼろぼろにする、移動、運動、動きを描写するすべての動詞は、無意識からもがき出ようとする意識的生活の語彙だ。無望のもがき、絶望のもがき、希望をもってのもがき、これはランボーの人生における三つの道のりだ。ランボーの最後の道は闇夜への回帰、黙って横たわり、もがくことなく、希望と無望の一切は窓の外に放り出された。壁の穴は白雲浮かぶ空へと開き、ランボーはそこを泳ぎ、余計な音符のようにすべてのもがきは弱りきって終わった。宇宙はただ漂う煙の中にしかなく、ランボーは夏の朝を抱き、長い夢は子供の笑い声のようにやさしく留まるだけだった。夏の間に、ランボーは春を再び生きた。「春は俺に愚者の笑い声をもたらした」[4]。生命は廃絶の場を成就させ、千々に重なる山、砂漠、谷間、都市、川、湖、砂地、森林を横切る逃走をもって始まる。生まれた場所をもって始まり、病床での微笑、死に際の瞳、野生の空間、壁の穴、窓枠、都市の喧騒でもって終わる。愚者は神になる。その笑い声は遥かな惑星から発する声だ。春は、長く待たれた死だ。夏の朝の間、砂漠において、また溝において待たれた死だ。海鷲の羽ばたく翼は黒い鴉の瞳と結婚する。気息と詩息は婚姻する。病室の白いベッドは砂漠の溝だ。悪魔は老いた母であり、神は妹だ。のたうち回る唯一の脚は、幼い頃の揺りかごの中の無意識だ。シャルルヴィルの街は依然そこにあり、ランボーの家出は、シャルルヴィルを、博物館に、天才の永遠の失敗をすべて刻み記しつける場所、意識を埋める墓場、疲弊した足跡の砂漠、廃れた溝、熱い砂の両岸の間で夭折した川、愚者の二本指の間で潰された蟻に変え、生命は定命〔定められた運命〕の土地を成就させた。

三

自由は夜明けに始まり、朝を進み、そして昼に終わる。「ぼくは夏の夜明けを抱きしめた」[5]。朝の間中、ランボーと夜明けは抱きしめ合い、「目覚めた時にはもう昼だった」[6]。

どうして夜明けなのか？　どうして始まりなのか？　終わりなのか？　昼一二時に目覚めたのか？　これらは奇妙な問い、朝方の問いだ。答えは、問いがまだ問われない時にしか答えられない。

「ぼくはしっかり抱いた、夏の朝を抱きしめた」。享楽は朝の教会の鐘のように、つれなく始まりそして終わる。ぼくは朝を抱いた？　ぼくは夜明けを抱いた？　夏の夜明けは初恋なのか？　何かが始まれば、それはそのように終わりもする。夜明けは身を隠している昼だ。「目覚めた時には昼だった」。昼になっていた、つまり朝がすっかり過ぎたということであり、すっかりということは、つまり、終わったということであり、昼が過ぎれば太陽は沈む。

「ぼくは歩いた、暖かく、生き生きとした気息を目覚めさせながら[7]」。夜明けの夢の中で起こすのか？　夜明けと愛？　一輪の花が自分に名を語りかけるのか？　それは最初の征服か？　その花の名は、フオン、トゥー、マイ、リエン、ビック、アイン、フオン、ヴァン[8]という名か？　擦り減った道の、淡く涼しい日の光、最初の征服、最初の漂流は花、自分に名を語りかける一輪の花だ。夜明けは昼に目を覚ます。「夜明けと子供は、森に落ちた[9]」。太陽が絶頂にある時に、自由が成就するために、そして自由が目覚めるために、森に落ちたのだ。性命の神秘的で奇妙な光を前にして生命のすべての意味は後退し、ギリシアの夜明けは、東洋の白昼に成就する。「目覚めた時にはもう昼だった」。

四

神聖な瞬間、「高貴な瞬間」[10]、それは生命〔運命〕を作り、生命の意味を開く。日々の朝は神聖な朝だ。昼は高貴、夕方は高雅、夜は神秘、深夜は秘密だ。時間は、絶望の沖へと流れ出る洪水ではない。時間は空間に変わり、道になる。道は歩みになる。歩みは、朝、昼、夕、夜の上を進んでいく。歩みは自らを夜明けの生命と黄昏の畢命〔運命の終わり〕へと導く。ランボーは生と死の域の最も深い夜の道を歩んでいった。ランボーの一歩一歩の歩みは、神聖な瞬間、「高貴な瞬間」、狂った夜の火山で主性と客性が抱き合い踊る絶対的な瞬間だ。「高貴な瞬間」、その瞬間は天国と地獄の扉を開き、夜中に明け方の扉を開き、ランボーは「高貴な瞬間」、凝縮した瞬間、素晴らしい脱俗の瞬間を貫いて生きた。忍耐はすべての天才の虐待だ。天才は忍耐をもって敵を討つために生まれ、そしてついには、その決定的な闘いが、すべてのちっぽけな人間には持ちえない辛苦の忍耐であることをふいに理解する。ちっぽけな人間の忍耐は、安易で愚劣な妥協にすぎない。天才の忍耐は鳳凰と海鷲の忍耐だ。天才の忍耐は高貴な忍耐であり、「高貴な瞬間」と一つになるのであり、高貴な瞬間は一度きりしか到来せず、そして宇宙の聖火の中に消え去る。高貴な一瞬一瞬は永劫であり、天才の忍耐は絶対的瞬間における歩みなのだ。ちっぽけな人間の忍耐は時計の時間上の時間潰しであり、合理的で、慣習的で、結果を重んじる正しいやり方で時間を費やす。天才は、結果を破壊する、たとえ、放浪の人生の、死刑の人生の、悪魔の、囚人の人生の極刑的虐待を受けなければならないと分かっていても。天才は炎の盗賊だ。天の炎の盗賊、それは長い道と短い道との間を結ぼうとする者だ。

科学と忍耐
あからさまな極刑だ[11]

最初の段階では、ランボーは科学と忍耐との間に「をもって」と書いた。

忍耐をもって科学[12]

『地獄の季節』を書いた際に、ランボーは修正した。

科学と忍耐

「をもって」から「と」へと移ったことは、心の激しい方向転換をしるしている。「をもって」は親密な繋がりであり、「と」は深淵に架けられた木の橋であり、さらなる懸隔しか呼び起こさず、両岸の隔絶を色濃く示すものだが、しかし「をもって」という語が「と」に変化する時、「と」という語はもはや木の橋ではなく、絶壁、間隙、科学「と」忍耐を二つに分ける深い穴となるのだ。科学から忍耐へ行こうとするなら跳ばなければならない。この跳躍こそが西洋の生命を決定するのだ。高貴な、気高いものは悠然とし、そして平然としているが、矮小なものはせわしない。科学は意識の慌てふためいた歩みであり、忍耐は高貴な瞬間における詩人の悠然たる歩みだ。ランボーの生命は、科学「をもって」の最初の歩みと、忍耐「と」科学の間の最後の歩みだ。

五

人生、「人生」の二文字、それは、始まりには凶暴な言葉だ。凶暴な言葉は、無意識の外に出る意識の切断から始まる。始めの凶暴な性格は時とともに次第に静まり、おとなしくなる。おとなしさから温厚まではたった一歩の隔たりだ。温厚から動揺まではたった一ミリの隔たりだ。動揺から反復的な衰弱まではほんの一瞬の隔たりだ。人生はもはや人生ではない。人生は、不在で、なげやりで、中途半端で、色褪せ、騒々しい凡庸な人生になる。温厚な人生だ。生きている人間は生きることを強制される人間になる。毎日は、行うことを強制された運命だ。閑暇は避けることを強制された罪悪だ。すべては強制だ。人生は途切れることのない強制だ。人生は騒々しい行動の連続だ。行動は強制の意味を持つようになる。人生は生まれた時の凶暴な性格をすっかり失う。人生はもはや始まりの凶暴な言葉ではない。人生は、ぼんやり漂い、危険なく、害なく、利己的なこと極まりない言葉の連なりでしかない。というのも、話し言葉と書き言葉は、行動を促し、人生のために意味を援けるためのおとなしい道具なのだから。逆説的に言っても素直に言っても、次元の高いことを言っても低いことを言っても、軽い言葉を言っても重い言葉を言っても、これらすべての言い方は安閑な心を寓意している。というのも、話し言葉と書き言葉が、話し手と書き手の性命に危険を及ぼしたりはしないのだということを、話者の意識は言葉によって完全に保証されているからだ。

　性命に危険が及ばないということは、生命の完璧さを保証するということであり、生命は世命〔世界の運命〕を保証する。通常の次元に下げて言うなら、人生、生活、暮らし、それらこそが世界、世間、世の中である。生活が不在のたびに、本当の生活が失われてしまうたびに、人間ももはや本当に世の中に留まらなくなる。「本当の生活が不在で、私たちはもはやこの世にはいない」[13]。これは危険な詩句であり、始まりの凶暴な言葉を、こちらとあちらとの間の、秩序的な人間のおとなしい生活と埒外に立った人間の凶暴な生活との間の痛ましい断絶を孕んでいる。性命の本性は、危険の外にあるのではなく、性命こそが危険そのものなのである。性命が危険を育て、そして危険を生活へと送り出す。生活というものが、危険と語りあうということである時にのみ、生活は生活、つまり本当の生活であるのだ。性命に及ぶ危険を恐れない時、性命ははじめて生命と畢命との間に立っていることができ、生命が畢命と交わるのを助け、生活を豊かで、貴重で、唯一のもので、一瞬ごと、瞬間において濃密なものにする。「本当の生活が不在だ」。この詩句は、「神は死んだ」という文よりも重要である。語り手が報告者だから重要なのだというのではない。知らせは出来事が起こった時に不在だった者らにとってしか価値がない。「本当の生活が不在だ」。詩句は知らせではない。すべての知らせは、生活の不在に端を発する。生活の中で、毎時間、毎日、人間はみな手紙あるいは知らせを待っている。郵便箱、郵便配達人、新聞は、生活が不在であることを知らせるしるしだ。不在は現前につながろうとする。が、つながりを求めようとすればするだけ、不在と現前との間の溝はさらに深まっていく。つながりは、意識の連続を切断することだ。現前こそが、心の中の意識の不在なのである。そのため、つながりとは、ただ生活とこの世との断絶を求めることであり、生活こそがこの世であることを理解しないことである。それゆえ、生活が不在ならば、「私たちはこの世にいない」、というわけだ。

　ランボーは不在と現前をつなげようとしたが、この世と生活の間の矛盾には陥らなかった。それゆえ、ランボーは狂暴な言葉を用いて、果てしない逃走、尽きることのない退去、残酷な断絶、拒絶、放棄、逃避、天と地の絶対的な粉砕、自分を生んだもの、自分を作り出したものの破砕、生性〔生の性質〕と命性〔運命の性質〕からの訣別によって、自身の生活における、その凶暴、乱暴を体現したのだ。「本当の生活が不在だ」、ランボーは危険極まりない言葉を発した。その詩句は、偽りの生活が居坐っているという意味だけではない。それだけではなく、生活における最後の危険とはまさに、生活がもはや危険でない時、つまり生と命とがもはや闘いあうことがないということ、すなわち、死が不在の時なのだということを言いたかったのである。

　「本当の生活が不在だ」。詩句の意味は極めて簡潔だ。「本当の生活」とはまさに死である。死が不在である時、人間はもう生きてはいない。生きるすべを知らない。「私たちはこの世にはいない」。続く詩句の意味も極めて簡潔だ。人間が身を隠す場所はないということなのだ。なぜなら、死だけが、本当の生活の、始まりの凶暴な言葉の身を隠す場所であるからだ。

六

どうして暴動を恐れなければならないというのか？　生は暴動だ。が、人は暴動を恐れてしまうというただその理由のために、あらゆる動作、行為、挙動、思考、人間の生活を成り立たせるものすべては衰弱した凡庸なものとなる。あえて暴動を起こすのだ。あえて行動を暴動に変えるのだ。あえて実行を暴動にするのだ。大胆に生きろ。暴虐に生きろ。残酷に生きろ、極めて残酷、残忍に、自分に対して残酷に、そして周囲の者に対して残酷に。生命、ランボーの生命の意味は、炎の立ち上がる暴動の意味、驚天動地の暴行の意味であり、三七年間続いた恐るべき地震のように狂暴で激しい三七年の人生の意味だ。ランボーは、戦慄すべき地震のように、地球の亀裂のように、溢れ出し都市村落を洗い流す海のように、人類の詩歌の中に出現した。言語において暴動を起こし、人生において暴行を行い、生命はランボーの意識の中で暴命〔暴動的な運命〕に変えられた。その一六歳の詩人は、詩、文学に対して残酷だったばかりでなく、愛に対して（「愛は、また発明されなければならない！」[14]）、故郷、祖国、人間、神、太陽、月、空の星々に対してすらも狂暴残酷であった。へりくだることなどあってはならず、礼節などわきまえることなく、躊躇、慎重、用心深さ、敬遠はすべてただちに断ち切らなければならない。人間の足の歩みなのか、それとも臆病な慎重さが歩いているのか？　人間の目が見ているのか、それとも怖じ気づいている慎重さが見ているのか？　あなた方の耳が聞いているのか、それとも礼節が聞いているのか？　すべての尊敬は、徹底的に除去されなければいけない、尺度を叩き壊し、一切の神聖を打ち砕き、すべての神を破壊し、暴行しなければならない、絶対的に狂暴に、極度に残忍に、北極よりも冷たく、砂漠よりも激しく熱く、残虐でなければならない、暴動を起こさなければならない。あなた方はあえて暴動を起こすだろうか？　どうして暴動を恐れなければならないのか？　どうしてランボーを恐れなければならないのか？　でたらめな世論、収集のつかない世論、非難の世論、覗き見の世論、あなた方は何を語っているのか？　世論に暴動を投げ込め、爆弾を投げ込むように、世論を粉々に打ち砕け。「愛は再び創造されなければならない」、言語は再び創造されなければならない、人間は再び創造されなければならない。創造は、暴動の最後の意味だ。創造を恐れることは命懸けになろうとしないことだ。創造は尊敬ではない。創造は、地雷のように遅かれ早かれ爆発することだ。すべての感覚に反逆するための暴動だ、すべての感覚を掘り起こすための暴動だ、すべての気息の催促だ。「ぼくは歩いた、暖かく生き生きとした気息を目覚めさせながら。宝石たちは仰ぎ見、翼たちは音もなく飛びたった」。暴動は目覚め、呼吸であり、羽を生やし飛ぶための弾みだ。暴動は、小さなシャルルヴィルの街から飛びたつためにもがいている意識だ。「ぼくは歩いた」、ランボーの歩みは人間の原初的生命の最も生き生きしたイメージだ。人間は進んで行くために生まれる。進み行くとは歩いていくということであり、二本の足で進んで行くということであって、自動車、汽車、飛行機で進むことではない。「ぼくは歩いた」、ランボーの詩「夜明け」で最も重要な言葉こそ「ぼくは歩いた……」という文だ。歩みは運行であり、挙動だ。歩みは、すべての静寂への暴動だ。夜明けは夜への暴動だ。夏は他の三つの季節への暴動だ。「ぼくは夏の夜明けを抱きしめた」、包容、抱き込み、抱きかかえ、包み込みは暴動的行為だ。「ぼくは夏の夜明けを抱きしめた」、ぼくとは誰だ？「ぼくは他人だ」[16]、つまり、ぼくとは、暴動によってシャルルヴィルからぼくを断ち切る「ぼく」だ。これは弁証法の第一段階だ。弁証法の第二段階はこうだ。つまり、暴動によってぼくをぼくから断ち切ってぼくを他人に変える時にだけ、ぼくはただぼくであるということだ。弁証法の第三段階は、すべての弁証法の過程に暴動を起こし、暴動をすべての気息を養う気息にさせておくことだ。「ぼくは抱きしめた」。暴動が暴動そのものを抱く。「ぼくは夜明けを抱きしめた」。暴動は夜明けの暴動そのものを抱く。夜明けは夜を撃った。ぼくは抱きしめることで夜明けを撃った。夜明けは夏を撃った。「ぼくは夏の夜明けを抱きしめた」。別の言い方をするなら、つまり言語の意味に暴動を起こすなら、詩句は、暴動が暴動そのものを抱く、ということになる。「ぼくは歩いた」、歩みは身体の静寂を目覚ますことだ。「ぼくは歩いた、暖かく生き生きとした気息を起こしながら。宝石たちは仰ぎ見、翼たちは音もなく飛びたった」。ランボーは狂暴に暴動的に生き、人生の最期、自分が羽ばたき飛んで地上を離れる時には、翼は音もなく飛びたった。マルセイユの病院のベッドの上に片足で横たわり、死ぬ一瞬前にランボーは、暴動とは不動であると分かった。「翼は音もなく飛びたった」、翼は闇夜の翼、〈虚無〉の、身体に這い上がる死の翼だ。ランボーは理解する、そして暴動的に理解したのだ、暴動は始まりもなく終りもない無尽の域の不動にすぎないことを。だが、始まりは暴動であり、終りもまた暴動だ。始まりも間も終りも暴動だ。極度の暴動を起こしてこそ、暴動は不動であることを暴動的に理解できるのだ。というのも気息は暴動であり、歩みの一歩一歩、気息の一つ一つが暴動であるからだ。「ぼくが歩いた」時は、暴動だ。「目覚めさせる」時は、暴動だ。「暖かく生き生きとした気息」の暴動。歩みの一歩一歩、気息の一つ一つ、視線の一つ一つが暴動なのだ。見つめること、仰ぎ見ることは無意味の世界への暴動だ。「宝石たちは仰ぎ見て」、暴動だ。「翼は飛びたち」、暴動だ。「音もなく」、暴動だ。

病院に横たわり、息を引き取る前に、ランボーは動かずじっと横たわっていた。暴動は不動になった。ランボーの生命全体は短い詩文に集約されていた。「ぼくは歩いた、暖かく生き生きとした気息を目覚めさせながら。宝石たちは仰ぎ見、翼たちは音もなく飛びたった」。

七

決して一箇所に留まらず、一箇所に腰を落ち着けず、いつも息もできないほど、耐えがたいほどの苛立ちを感じ、落ち着かず、身体と魂のうちに安らぎを感じることもなかった。ランボーの生命力は満ち溢れても、抜け道を見出せず、滞って煙に変わり、身体に重くのしかかり、思想と気息を圧迫した。他の誰もがなしえない無数の事業を自分はなしえるとランボーは思っていた。ただ事業に手を差し伸べ、ただ手を動かし、ただ事業に取りかかるだけで、体現し、実現できるのだ、と。企画を作り、計画を練り、予測判断し、そして、順風を待つことなく、躊躇することなく、冷たい無意識の論理的なやり方で延期し事業から逃れることなしに、全力で、それらの企画、計画、予測をただちに実現させること。ただそれだけだ。ただ自分の意図するものをすぐさま始めるだけ、単にそうするだけ、それなのにランボーは決して行うことができなかった。こちらに坐って、ランボーはただ向こう側を見るだけだった。向こう側に行ったら、ランボーはまたこちらに戻りたがった。こちら側と向こう側とは、ランボーが決して一つにできない、決して消すことのできない対立矛盾だった。ランボーの意識は決して現在を意識せず、ただ後方に、昨日へと跳び込むか、前方に、まもなくやってくる時へと、明日へと跳び出すか、あるいは上に跳び上がるか下に落ちるかだった。ランボーは常に自分の意識を追い払い、別の場所に逃れて新たな感覚を享受しようとした。新たな感覚は別の新たな感覚を召喚し、いつも不満のままだった。探し行くことをいつも心待ちにし、結果を求め、他のことが起こるのを待ち、いつも待つことを望み、いつまでも探求し、待ち望み、繰り返しを恐れ、凡庸な味気なさを怖れ、絶対を渇望していた。「ぼくは他人だ」、それは「ぼくは別だ」という意味もある。それゆえ、私は私とは同じではなく、相対と絶対は崩壊して、（大文字の）相対が現れる。この矛盾が尽きればまた別の矛盾へと向かう。相対、絶対と絶対的、それは生命の窮極的矛盾を表し、気息と気息の間を切り離す虐待を表す三つの名詞、三つの形容詞、三つの表象だ。最初の気息が後の気息を押し出す。宇宙は廃棄され、そして宇宙が形成される。太陽と月は生命の二つの側面だ。太陽に忠誠であれば月に殺され、月に忠誠であれば太陽に虐待される。忠誠を欲しないなら、逃走しなければならない。逃走とは、自分が終らせようとしていることを決して終らせないということだ。常に訂正のための理由を十分用意し、常に言い訳の機会を十分用意しているということだ。不動と不動を追い払うための暴動、無力と無力を追い払うための暴力。ランボーはシャルルヴィルの重苦しい空気のもとで無力であり、不動であった。ランボーはもがき、すべての力を振り絞って嵐のように行動し、無力を、故郷での受動的な生活の重苦しい抑圧に対する自分の意識の不動を叩き潰した。企画をやり終えたばかりだというのに、すぐさま放棄したくなる。ランボーの人生において最も偉大な悲劇は、参加するか放棄するかの間での恐しいほどの葛藤にある。放棄しては加わろうとし、突然放棄し、突然参加し、しまいには、どこにもたどり着くにふさわしい場所などないと分かっていても、どこにも行かずに、どこかに向かおうとする。理由は？　理由を立てることは、放棄しようとし、参加しようとすることだ。理由を求めることはすべて、放棄と把握の弁証法的な寓意だ。弁証法の運動は、放棄と把握の概念を一時に一緒にする。放棄＝把握、だ。そのため、把握するために放棄＝把握し、放棄するために放棄＝把握するのだ。従って、理由とは、その理由そのものの意味における放棄＝把握の体現という意味である。理由は意味だ。意味を求めること、理由を求めることは、どちらも放棄＝把握の把握を、放棄＝把握の放棄を求めるということだ。一方は他方を呼ぶ。そして呼ぶことできるのは、他方のおかげである。それゆえ、一方を断ち切れば、すべてが断ち切られ、一方を断ち切れば他方も続いてうち倒れる。分かりやすく言うならば、一つの理由を求めることはすべての理由を求めることであり、そしてすべての理由を求めることは、すべてを求めることである。こうしてすべては、求める理由すべてを含んでいるのだ。最終的に、求める者は夜と昼とに巻き込まれ、足を天に向けて、頭を地面に向けて逆さに縛りつけられる。地上のいたる所へ逃げ、そうして、逃げたがっていると同時に逃げたくないでいる自分に気付くのだ。放棄したいと同時に把握したいと思い、仕事をしたいのに仕事に取り掛かれないでいる。不動、暴動、自動、受動、作動、すべての行動は自らを行き詰まりにまで追い込む。そして行き詰まりは不動を前にしての不動だ。行き詰まりを変えたければ、暴動を起こさなければならない。すべてはすべてだ、全無、全有、全生命、全棄命〔運命の棄て去り〕、全畢命と全定命、全運命と全性命、全世命と全相命〔運勢の意か〕だ。

　ランボーは迷宮の前に押し出されてしまった。ランボーは行動の易化過程[17]の矛盾に陥ってしまった。ランボーは完全な無力を感じ、不動のままだった。「盗まれた心臓よ、どうして行動できようか？」、痛ましい詩句、絶望的な嘆きの言葉、限りない嫌悪、「どうする、どうしよう？」。この詩句は「盗まれた心臓」という名の詩の中にある。この詩の別名は「罰せられた心臓」だ。この詩はランボーが一七才の時に、一八七一年五月に作られたものだ。その年の二月にランボーは三度目のシャルルヴィルからの逃亡をしている。汽車に飛び乗りパリに向かい、半月ほどいた後、逆境にあって戻された。突然去り行き、突然戻ってくる。突然生き、突然見つめ、話し、進み、立ち上がる。ランボーは一生を、突然のうちに生きた。そしてランボーの生命は、受動的な突然を突然の暴動に変えることだった。突然、不意にランボーは自分が心臓をなくしたことに気付いた。彼の心臓は盗まれ、そしてその心臓は汚された。「いかに行動すればいい、盗まれた心臓よ?」、ランボーは彼の生命だけにではなく、西洋の全生命に対して重要な問いを問うた。ランボーの問いは決定的な問いだ。その問いは生命を決定する。人類文明の生命をすべて決定する。ランボーはその問いに自分の人生でもって答えた。そしてランボーの生命の意味は、その生命を袋小路まで押し進めることだった。行動は盗みだ。なくなったものを再び盗み、まだないものを、現にないものを、持ちえないものを、持つ権利のないものを盗むことだ。最後の行動は「炎を盗む」こと。炎を盗んで、聖なる炎をもって自らの生命を燃やすことだ。

「どうすればいい、どう行動しようか、盗まれてしまった心臓よ?」[18]。詩句は問いだ。問いは地平を開き、地平は深淵を開く。深淵を前にしてどう行動するというのだ、自分がもはや自分でない時に、自分が盗まれてしまったという時に、大衆、世論、世間、群集の間で盗まれてしまった時に。「ぼくは他人だ」、だが、大衆は敵だ。深淵を覆い隠す奴らだ。大衆は自分の心臓を盗んだ。大衆は罵倒し、自分の心臓を汚した。心臓を失うとは、本当の人生を失うことだ。心臓を失うとは本当の人生の不在だ。不在の人生に炎を投げ込むのだ。地の炎と天の炎で、神の炎と悪魔の炎で、地獄の炎と天国の炎で、自分の人生を燃やすのだ。詩人は炎を盗む者だ。詩人は自分の生命を燃やす者だ。詩人は生命を濡らす者ではない。「水は死んでいた」。詩「夜明け」の中の詩句は、ある神秘的な意味を含んでいる。「水は死んでいた」。詩人とは夏の夜明けを強く抱く者だ。夜明けは炎であり、夏は炎だ。夏の夜明けは炎の炎だ。ぼくは抱く、「ぼくは夏の夜明けを抱きしめた。楼台の前には、動くものはまだ何もなかった。水は死んでいた」[19]……すべては不動のままだった。炎の季節の炎を抱くことで、詩人は喚きたて、暴動を起こした。「水は死んでいた」、というのも、水こそ死であるからだ。水は死の表象なのだ。詩人は泣きくれる者ではない。詩人は炎を盗み、「夏の夜明けを強く抱き」、季節の炎の日の炎を握り、日を燃やして炎にする者でなければならない。

見張りの魂よ
俺たちはささやこう
空虚な夜の
そして燃える日の告白を[20]

日々はそれぞれ一つの太陽だ。それぞれの季節は夏だ。「どうすればいい、心臓が盗まれて？」。一七歳の時のその詩は、生命の前に置かれた生命の問いでもあった。その詩は、「どうすればいい、炎をなくして？」という意味でもある。一八七一年という年は、ランボーの生命の意味において最も重要な年だ。その年、ランボーは一七歳、決定の歳、凶暴な決裂の歳だった。ランボーの意識は燃えて炎となった。ランボーは詩歌に炎を吹き込み、人生に炎をもたらし、「地獄の一季節」を通じて自分の生命を燃やして、聖なる炎を人間の心臓に返した。

八

虚無を抱きしめおののきながらも尊大で、おののいて目を見開いてあまりに黒い一万本の川を見つめ、おののいて炎を燃やし顔と目から煙を吐き、ランボーのすべての挙動と姿態は、虚無の後と虚無の前に生きる一人の人間の限りないおののきを物語っている。虚無はおののきを生活に送り込んだ。「ぼくは夏の夜明けを抱きしめた」。つまり、ぼくは性体〔存在〕の虚無を抱きしめたということでもあるのだ。虚と実、無と有はランボーの抱擁によって交合する。生命の舞台に立った道化師の涙と哄笑の声。臭い路地を、谷間と平野を過ぎ行く傲慢な歩み。「平野をすぎて、ぼくは彼女のことを雄鶏に訴えた」[21]。ランボーは夜明けを女神と呼んだ。ランボーは夢中になって奥深い道を、森の道を走りすぎ、谷間を走りすぎ、そして夜明けのことを明け方の雄鶏に訴えた。「ぼくは夏の夜明けを抱きしめた」、ランボーは西洋の生命と、つまりギリシアの夏の夜明けと愛しあった。ランボーはその生命を追いかけて走り、その生命を握りしめ、夜明けの、女神（すなわちブロンド色の滝）の、たなびく髪に笑いかけた。ランボーは夜明けを追って走り、自分の生命を追って走り、西洋の生命を体現して、夜明けとともに森の中で倒れ横たわった。ランボーの抱擁は、その森で倒れたことと同様に、欲情的な意味を強く帯びている。欲情は欲性の直接的な発露であり、欲性は生命の本性である。欲性、欲情と生命は実と虚の、無と有の地平を開き、人生の望みのないおののきは、夜明けと人間との、虚無と生活との、覚醒と寝起きとの間の激しい衝突から生まれる。「目覚めた時にはもう昼だった」。太陽が完全に昇りきった時には、夜明けは逃げ去り、実在するのは太陽の激しい燃焼だけになる。太陽は夜明けを生み、昼において、昼一二時に、極度の覚醒を、燃え上がる神経の緊張を完全に成就させる。ほんの一秒さえあれば、太陽は月と一つになるだろう。昼の一二時は深夜の一二時に変わる。夜明けは幼児であり、覚醒は夢であり、西洋は東洋であり、そして生命は性命だ。

ランボーの人生の限りないおののきは、彼の意識の限りない覚醒に端を発する。ランボーの意識は、正午の太陽だ。病床での最期の瞬間、その昼一二時の太陽が、深夜一二時の月と一つになったかどうかは、ランボーだけが知り得たことだ。問いが問われ、答えは決して現われない。というのも、すべての道は、最後のおののきに、つまり生と死の対面に導かれるからだ。「ぼくは雄鶏に夜明けのことを訴えた」。ランボーは、明け方の雄鶏でもあったのだ。雄鶏は寝ている者を起こす。雄鶏が鳴くたびに、限りないおののきが人生の中に出現する。おののきは意識の通常の状態、意識の覚醒だ。ランボーはおののきを極限まで押し進めた。ランボーの人生と思想は最初から最後までのおののきだ。その限りないおののきは、昼一二時の太陽だ。雄鶏の鳴き声で始まり、太陽がもうすぐ逃げ去る際の限りない覚醒によって終わる。午後には太陽は沈み始め、「暗殺者の時」(le temps des ASSASSINS)[22]が始まる。ランボーは、残酷な時代を、人間と蟻が睦まじく対話を始める時代を告げる雄鶏だ。というのも、すべての詩人は、犯罪人、有罪者、被虐者、怪物、悪魔、太陽を罵倒した傷痕、〈絶対〉を前にした絶対的なおののきになるからだ。

追伸

シャルルヴィルから送られたヴェルレーヌ宛ての一八七二年四月付けの手紙の中で、ランボーは次のように書いていた。

俺ナンテ糞クラエ！　俺ナンテ糞クラエ！
俺ナンテ糞クラエ！　俺ナンテ糞クラエ！
俺ナンテ糞クラエ！　俺ナンテ糞クラエ！
俺ナンテ糞クラエ！　俺ナンテ糞クラエ！

『深淵の沈黙』附録のリズムを刻むため、絶対的な経典の神聖な反復句として、ランボーのこの言葉を使わせてもらうことにする。

P・C・T

カルカッタ　一九六六年一一月一〇日

信条<ruby>クレードー<rp>（</rp><rt>1</rt><rp>）</rp></ruby>

一

「黙って、堂々と、そして希望を持たずに深淵へと旅立つこと、それがおまえのなすべきことだ」。

（ニコス・カザンザキス『苦行』、五六頁）[2]

筆者はニコス・カザンザキスの魂を持って、カリフォルニアの白い屋根を越え、ニューヨークの凍てつく夜を一晩中歩いた。酔っぱらいの黒人が歌う街灯下の歌声の中で、詩人ディラン・トマスが死刑の酩酊の中につぶれたカフェで、苦悩のジャズとほの暗いランプの間で、グリニッチ・ヴィレッジがちょうど目覚めた。

筆者の歩みは、枯れつつある秋にパリへと向い、カザンザキスの影を追い、灰緑のサント・ジュネヴィエーヴの丘に建つ図書館に坐り、パンテオンの石段に坐って一晩中煙草を吸い、午前三時にセーヌ川沿いを進み、百の古びた城壁のように荒廃した夢を見、夜中の二時にイタリア国境を越え、肩にはニーチェとヘンリー・ミラーの作品すべてが入った重いバッグを担ぎ、モンパルナスで、ダナという名の孤独なユダヤ女と永別したのは、イェルサレム神殿の重苦しいすべての惨劇を二度と見ないようにするためだった。筆者は、昼一二時の太陽の青春のうちにあったニーチェの揺らめく髪が目撃された場所、スイスのバーゼルに向かい、ローマに下って、スペイン広場にあるキーツとシェリーの家でアニータ・オーデンに会った（アニータ・オーデン……アニータ・オーデン……午後四時にローマのスペイン広場を通りすぎた一七歳のイギリス人の女の子。筆者はもう二度と会うことはないだろう、赤く燃える地球で一千万年が過ぎるまでは）。

二

死刑囚は起きて梵語の経を読んだ。「不生不滅……」（anutpannā aniruddhā …）[3]。

三

ケイトウの赤い花の中で永別する地球、国境を過ぎ行く途中、太陽と汗が残酷にぶつかり合い、バッグが重過ぎたから、ニーチェは無意味になったから、筆者は、べルン、ボーリンゲンの丘で、ニーチェの著作のすべてを捨てた。鳥の群が羽ばたいてボーリンゲンの丘を白く飛ぶ、白い鳥なのか、白い雲なのか、筆者は酔いすぎて、区別がつかない。ウィスキーの匂いなのか、風の匂いなのか、筆者は酔いすぎて、もう嗅ぎ分けられない。ボーリンゲンの青い丘を過ぎ、ベルンの惨めなセメント橋へと向かう電車の音、一棟の高い教会、一本の川、人生の路上で出会った一千の見知らぬ顔、歩みと死。

四

「黙って、堂々と、そして希望を持たずに深淵へと旅立つこと、それがおまえのなすべきことだ」。

五

ニューヨークでの萎えしおれ干からびていた日々、公園の葉は乾いた血のように赤黒くなり、一層寒く風は吹き、筆者はごみ箱にヘンリー・ミラーの著作をすべて捨てた。今、それらの本がどこにいってしまったのか知るすべもない。路上清掃人の誰かが拾っただろうか？　いや、ニューヨークでは路上清掃はしない。ニューヨークはパリではない。ニューヨークは、いつの日かのディラン・トマスのように、すべての詩人が死刑の酩酊の中に倒れる街だ。ホイットマンだけがニューヨークの殺人の酩酊を生き抜いた。しかしホイットマンはどこかに消え失せてしまい、朝の廊下で掃除をしている黒人召し使いの神聖な歌声のように、アメリカは荒廃している。宙を横切る電車の線路、木の生えていない道を通り過ぎ、電気ストーブの熱すぎるアイドルワイルド空港、ニューヨーク最後のイメージは、パリに発つ前の出国検査員の冷たい目だった。

六

死刑囚は夜中に目覚めて、口の中で呟いた、「不生不滅……」。

七

私は生きているが私の中で生きてはいない、そのため死ぬことを望んでいる、なぜなら私は死んでいないのだから。

Vivo sin vivir en mí,
y de tal manera espero
que muero porque no muero

（サン・フアン・デ・ラ・クルス）[4]

八

筆者はニコス・カザンザキスの『グレコへの手紙』を地中海に捨てた。海か空かを経て、それはギリシアに流れるだろう。魚はぼろぼろの紙面をつつくだろう。魚が死ぬと、海の底の海藻のための食料となり、海藻は貝を育てる。貝は陸に流れ着くだろう。漁師は、牡蠣を一つ捕らえ、持って帰って料理し、牡蠣の口を開けてみると、元の『グレコへの手紙』を目にするだろう。

筆者はカザンザキスの最後の本を海に捨てた。

凡庸だが、六年かかってやっと理解した一文、

「黙って、堂々と、そして希望を持たずに深淵へと旅立つこと、それがおまえのなすべきことだ」。

九

たとえ夜だとしても
aunque es de noche

（サン・ファン・デ・ラ・クルス）

一〇

沈黙への道で、毒蛇は画眉鳥に変わり、教会の鐘楼から寺の鐘楼へとさえずり飛び、
そして、季節を寝かしつける二つの風の間で、ケイトウの赤い花に止まる。

一一

泉に底がないことを、そして誰も泉を越えられないことを、私にははっきり分かる、
たとえ夜だとしても。
Bien sé que suelo en ella no se halla
y que ninguno puede vadealla,

aunque es de noche

（サン・ファン・デ・ラ・クルス）

泉は永遠に身を隠しているが、泉のもとはどこなのか、私にははっきり分かる、たとえ夜だとしても。

Aquella eterna fonte está ascondida,
que bien sé yo dó tiene su manida,
aunque es de noche.

（サン・ファン・デ・ラ・クルス）

ついには、眠りがすべてを占めた。ついには、すべて沈黙に包まれ、盗人すらも眠っていた。恋人さえも起きてはいなかった。

El sueño todo, en fin, lo poseía ;
todo, en fin, el silencio lo ocupaba ;
aun el ladrón dormía ;
aun el amante no se desvelaba ...

（ソル・フアナ・イネス・デ・ラ・クルス[5]）

一二

昔の鐘が五時の鐘を鳴らし終え、鐘の音は西洋と東洋の淡い金色の夕暮れへと漂い流れていく。古く荘厳な教会の鐘楼と苔むす寺の鐘楼は、人類の夕暮れの霧の中に霞んでいく。岩の賢明な忍耐……

一三

死刑囚は夜中に目覚め、聖歌アヴェ・マリアを歌い終わると、梵語の経を読んだ。

anutpannā aniruddhā amalā na vimalā nonā na paripūrṇāḥ …[6]

一四

ジャン・ジオノの『丘』でジャネが死んだ時、乾いた泉からは急にまた水が流れ出した。

一五

虚しい風を追い求めて、私は悶えるほど憂鬱で鋭い痛みの中で息を切らすのだろうか？

ああ、平野よ！　ああ、森よ！　ああ、川よ！
ああ、絶世の秘密の隠れ家よ！

… Si en busca de este viento
ando desalentado
con ansias vivas, y mortal cuidado ?
¡ oh, campo ! ¡ oh, monte ! ¡ oh, río !
¡ oh, secreto seguro, deleitoso !

（フライ・ルイス・デ・レオン）[7]

一六

新聞、ラジオ、テレビは、現代ベトナムにおける極度の堕落の三象徴だ。帰ってはじめて故郷を目にした日、筆者は、自分にはもはや故郷がないのだと思った。自分の手の中にはトマス・ウルフの *You can't go home again*〔『汝故郷に再び帰れず』〕があった。「おまえはもう故郷には戻れない」――！

一七

魂の最も神聖で孤立し孤独なものの一切が突然、ニドンの新聞のための茶番劇に変わった。

『文芸と哲学における新たな意識』[8]の五一八ページ、「ニーチェへの手紙」の中の、ニーチェの訳文を筆者は読み返した。

だがどうして、聞く者が誰もいないというのに、私は語らなければならないのだ？　ままよ、荒れた風吹く全方位に向けて私は叫ぼう。おまえたちは、ちっぽけになりつつある。ますますちっぽけになりつつあるのだ、ちっぽけな者たちよ！　おまえたちは崩れつつある、安閑たる者たちよ！　そして、これから、おまえたちは、おまえたちのあまりに多くのちっぽけな徳性によって、滅びてしまうことだろう。おまえたちの土地は、あまりにもやさしく、あまりにも歩み寄りすぎる。だが、一本の木を大きく〈偉大〉にしようとするなら、その木は固い岩へと強く深く根を下ろさなければならないのだ。

（ニーチェ『ツァラトゥストラはそう言った』第三部）[9]

一八

アテネの燃えるように熱い岩の丘の下、筆者は冷めた心でギリシアコーヒーを飲んだ。街中にいる狂人の煙草の煙のように、雲はさっと過ぎ去った。また一つの道が過ぎ去って、人生が深淵の中に消えていく。死刑囚は国境に向かった、堂々と、黙って、希望を持たずに。

フィレンツェのアルノ川は、講堂の二つの廊下に挟まれた閉めきった部屋の中にしか流れていない、爆弾がベトナムの貧しい瓦屋根を粉々にした日々。

サングラスをかけて、無理強いに生きること、人生にはもはや見るべきものなど何もないのだから。友人が次第に離れていく、煙草の箱から煙草が燃えて次第に減っていくように。鳥たちが、ベトナムの田舎の人々の後を追って次第に死んでいく。道は掘り起こされてしまった。昼に鳴く鶏の声は、空に浮かぶ機械の音の中に消えてしまった。みんな死を恐れている。死刑囚だけが、落ち着いて、ゆっくり、黙って、冷静に、希望もなく、恐れもなく、雲のように広い心で、ケイトウの赤い花のように軽やかな胸で、太陽と月の間を、深淵に向かって歩いていく。

一九

死刑囚は夜中に目を覚まして、梵語の文を読んだ。anutpannā aniruddhā amalā …[10]

二〇

筆者は、ドストエフスキーが『死の家の記録』のために書いた序文を六六六回読み返した。

アレクサンドル・ペトロヴィッチは一晩中起きて小さな部屋の中を行き来し、独り言をつぶやいていた。そして彼は、完全な孤独のうちに、一度も医者に行かず、秋になって死んだ……

二一

「黙って、堂々と、そして希望を持たずに深淵へと旅立つこと、それがおまえのなすべきことだ」。

二二

パリ郊外、サン・モール・デ・フォッセの長い道を歩き続け、筆者は人の往来のない、誰もいない道を探し、周囲を見渡し、『文芸と哲学における新たな意識』をそっと取り出し、道端のごみ箱に投げ入れた。不満だったからではない。太陽が沈み、晩秋の雨が坂道に葉を舞い散らせるように、それは、自然に起きたことだった。

二三

筆者がフィレンツェに着いた時には、アルノ川は干上がっていた。

二四

太陽、炎、炎、沈黙。

二五

フオン、フオン……[11]パリはただ、カルチェ・ラタンの夢のような夕暮れ時の、昔の二〇本の指の中にしか残っていない。ブラックの二羽の青い鳥の絵が、暖炉をふさいでいる。

二六

死刑囚は夜中に目覚めて、遅く訪れた冬の日々の叙情的な歌を口ずさんだ。

二七

炎と水。あとは？　土と岩。

二八

司祭が一人、独房の扉を開けて入ってきて説教し、死ぬ前に罪を洗い流すよう勧める夢を死刑囚は見た。その司祭があのニーチェであったことに気付き、死刑囚は身震いした。死刑囚は、ニーチェが福音書を開いて読むのを聞いた。

正午

こうしてツァラトゥストラは走り出し、走り続けたが、誰にも出会うことはなかった。彼はまた孤独に、自身を見出し、自分の孤独な心を享受して酔いしれ、孤独を味わい、何時間もの間、素晴らしい事々について考え続けた。だが、ちょうど正午になって、ツァラトゥストラのちょうど頭上に太陽が昇った時、彼はよじれて節くれた老木の前に歩み来たが、その木は葡萄の木の深い愛情によって四方しっかり抱かれていて、木幹は、すっかり覆われているほどだった。木から黄色い葡萄の房がたわわに垂れ下がり、旅行者を手招いていた。そこで、ツァラトゥストラは、葡萄を一房取って、渇きを軽く潤そうとしたが、しかし、手を伸ばして摘もうとしかけたところで、彼の体を別の強烈な渇きが襲った。正午の間、木の根元に横になって眠りたいという渇望だった。

そこで、ツァラトゥストラは横たわった。地に横たわると、彼はあの軽い渇きを忘れ、多彩で鮮やかな草の静寂の中、秘密の中での、眠りにすぐさま落ちた。

ちょうど、ツァラトゥストラの箴言、「他のことよりも必要なことがある」のように。だが、眠りながらも、ツァラトゥストラの目は開いていた。なぜなら、老木とそれにからむ葡萄の愛をいつまでも眺め、そしていつまでも讃えていたからだが、しかし彼はそれに飽くことはなかった。だが、眠りながら、ツァラトゥストラは、次のように自分の心に語っていた。

「沈黙せよ！　沈黙せよ！　世界はもう成就したところではないのか？　ならば、私に起こっていることは何なのだ？」。

なでさするように、羽毛のように軽やかに、きらめく海面に吹きつけ踊る眼に見えないそよ風のように、眠りも、そのように私の体の上で踊っている。

眠りは私の目を閉ざさず、私の魂を目覚めたままにさせた。眠りは軽い、羽毛のように本当に軽いのだ。

眠りは私に諭した。私にはもはや理解できなかった。眠りは、あやしつけるような手で、私の心の深くを撫でた。眠りは私に強要した、ああ、私の魂をゆったりさせるため、眠りは私を占領した。

――疲れた、長く伸びきった魂、私の魂の奇妙なこと！　七日目の夕方が、正午に私の魂に訪れたのではないか？　私の魂は、成熟した見事な彩香の間で万古の昔から幸せにさまよっていたのではないか？

私の魂は長く伸びる、あまりに長く伸びる！　私の魂は、静かに横たわっている、私の奇妙な魂は。私の魂は、あまりに多くの彩香を味わった。黄色く熟れた悲しみが私の魂にのしかかる。そして私の魂は身もだえる。

――最も静かな入江に着岸した船、そのものだ。――私の魂は今、大地に寄りかかっている、長い旅路と定まらぬ海に疲れ果てて。大地は、もっと忠実ではないか？

甘えさせてくれる岸辺に近づく船、そのものだ。そしてその時、一匹の蜘蛛が、陸地から糸を船へと張るだけ、どんなしっかりしたロープも使う必要などない。

――最も静かな入江の疲れきった船、そのものだ。今、私は、大地に顔を近づけそのように休み、忠誠と、信頼、期待のうちに休み、大地と私を繋げているのは、この世で一番かすかな蜘蛛の糸のみだった。

ああ、幸福！　ああ、幸福なこと！　一体、何を歌おうか、私の魂よ？　おまえは、草の中で休んでいる。だが、ここは、秘密の荘厳な瞬間が支配していて、笛を吹く牧童もいない。

慎重に！　燃え上がる正午が草むらで眠っている。歌うな！　沈黙せよ！　世界は円満成就している。

歌うな、草原の鳥、わが魂よ！　ささやいてもだめだ！　じっと見るのだ――

〈沈黙せよ〉！　正午は眠っている、正午は口もとをすこし動かす。正午は今、幸福の滴を飲み込んだのではないか――黄金に染まった幸福の、黄金の酒の、古い黄金の一滴を？　心の中で笑っている幸福が、彼のそばをさっと過ぎ去る。そのように笑っているのは聖なる神だ。〈沈黙せよ〉！

――「幸せだ、本当は、ほんのわずかなものだけでも十分幸せなのだ！」、かつて、私はそう言い、自分が賢いと思っていた。だが、それは冒瀆にすぎなかった。私は今日、そのことを学んだ。利口な狂人たちは、私よりも上手に語る。そう、ほんのわずかなもの、最もかすかなもの、最も軽いもの、草むらのトカゲのかすかな動きの音、一息、風のそよぎ、一瞥――ほんのわずかなものだけで、絶世の幸福を生み出せる。〈沈黙せよ〉！

何が私に起こったのか？　聞くがいい！　時間は飛び去ってしまったのではないか？　私は落ちたのではないか？　聞くがいい！　永遠の深い泉[12]の中に私は落ちたのではないか？　何が私の中で起こったのか？〈沈黙せよ〉！　私は心臓を刺されたのか？　心臓を！　破れ、破り砕けろ、心臓よ、このような幸福の後には、このように刺された痛みの後には。どうした？　世界は今や成就したのではないか？　円くなり、成熟しているのでは？　黄金の円環よ――どこに飛んでいくのか？　私はそれについて行くべきか？　急げ！〈沈黙せよ〉！〈そして、ここでツァラトゥストラは、伸びをし、自分が眠っていることを感じた〉。

「さあ、起きろ！」、彼は自らに諭した。「昼寝の者よ！　昼間に寝ている者よ！　もう起きて、起ち上がれ、もうろくしている両足よ！　時が来た、もう時は過ぎた。遥かな遠い道がおまえの前にはまだある。おまえは、あまりに眠りすぎた――そして多くの道を忘れてしまった――どれほどか？　永遠の半分だ！ああ！　もう起きろ、私の老いた心臓よ！　そんなふうに眠りこけていたのだから、どれほど長く目覚めていられることだろう？」（だが、彼は心折れて、また眠った。彼の魂は彼に抗言し、抵抗して、また横たわったのだった）。「一人にさせてくれ！〈沈黙せよ〉！　世界は今や成就したのではないか？　おお、黄金の丸い球よ！」。

「さあ起きるのだ！」、ツァラトゥストラは言った、「おまえ、小さな盗人、おまえ、時間の盗人、小さい怠惰な盗人よ！　何だ？　まだ体を横たえ、あくびし、ため息をつき、深い泉の中に落ちているのか？　おまえは誰なのだ？　私の魂よ！」（ここまで語って、彼は突然驚いた。太陽の光が高みから彼の顔に差し込んできたからだ）。「私の頭上の大空よ！」、彼は言いながら長く息を吐き、起き上がった。「おまえは私を見ているのか、大空よ？　おまえは私の奇妙な魂に耳を傾けているのか？　この世のすべての事物の上に落ちてきたあの霧の滴を、おまえはいつ飲むのだ？　おまえはいつ、この奇妙な魂を飲むのだ？　いつ、いつになったらだ、永遠の深い泉よ！　昼一二時の陽気で身の毛もよだつ〈深淵〉よ！　おまえはいつ、おまえの中の私の魂を一飲みに飲むのだ？」。

　ツァラトゥストラはそう言い、起ち上がって、不思議な酩酊から離れるように、休んでいた木の根元から離れた。すると、見よ、彼のちょうど頭上に、太陽はまだ留まっていた。そのことから、ツァラトゥストラがそれほど長くは眠らなかったのだということは、躊躇なく推測できる。

夢の後、死刑囚は、はっと目覚めたが、ニーチェの言葉はまだ無意識の中を巡り回っていた。正午の太陽が、焼けつく日差しを独房の鉄格子に注いでいた。

二九

夜中、死刑囚はふいに目覚めて、梵語の経を読んだ。a ... a ... na ... na ... na ... a ... a ... na ... na ... sarva-dharmāḥ ... śūnyatā.....śūnyatā ... śūnyatā ... lakṣaṇā ... anutpannā ... aniruddhā..... amalā ... na ... vimalā ... nonā ... na paripūrṇāḥ ...[13]

三〇

天池の亀裂に、君の吐息を聞く
風が寺を吹き抜ける
路地に雨が舞う
鬱血した幼少期
小さな夢は夜通し東海に流れる
地は砕け村はうなり
亡霊が喚き風が動く
道すがら刺を抜く
街角の青い月
少女、夕暮れ、平原、梟
窓によじのぼる黒猫の影
母さん、春になったらぼくは太陽を越えて行く
青い布きれを拾い、夢を軽く拭く
六時の鐘楼

黒塗りの壁
寝過ごした老人
金を落とした子供
季節風が吹きつけ、蜘蛛は行く当てもない

三一

鶏のように鳴く夜中の蝶がいる
白河、鉄橋
白い川、黒い風
太鼓の音で、憑依して
アヒルのように霊が叫ぶ
昔の川で風がうなる
君はまだそこにいる
雨の降らない丘で風がうなる
月はまだ小さい
正午の狂気のように白い川

夕方、戸は閉まり
影が一つ、この世を去る
影が二つ、揺れ動く
影が三つ、思いを馳せる
暗闇、蠟燭の明かり
君の影が過ぎゆく
毎年の大晦日の夕べ
ぼくの影が過ぎゆく
パリの通り
雨が舞い、煙草の煙が漂う
ぼくは咳をし、川は流れる
夕市の魚
まだ水滴がついた
新鮮なキャベツを売る人
暖炉に火をつけた時、君はまだ幼かった
赤ワインを一杯
梧桐《ごとう》を吹き払う風

地下鉄は今日は止まっている
花粉の季節、ぼくはまだ咳込んでいる
夕暮れの酒場
風はもう入ってこないだろうか

三二

死刑囚は叙情歌のリズムを刻んだ。昔、遥か昔、その昔、人間がまだ生まれていなかった頃……

三三

風が淀む鐘の音、一二の鐘の音。昼一二時が螺旋を描いて深夜一二時と一つになる。人類の言葉は、砂埃と海塵に沈んでしまった。

「……不生不滅不垢不浄不増不減……」。

雨は成就したのだろうか？　海塵は波先で白く輝くのだろうか？　砂埃は成就したのだろうか？

沈黙、静寂、迷子の帰り道。乾いた石くれ、私は乾いた石くれを愛する。乾いた石くれは、尽きることのなく、流れ、ゆったり、頑なで、心地よい音楽の調べ。乾いた石くれは、螺旋を描いて尽世〔世が尽きること〕に向かう。尽世と尽体〔体（存在者）が尽きること〕は、ざわめきへと回帰する沈黙、ミケランジェロの心の中で砕けた石音へと回帰する沈黙だ。

死刑囚は、宮殿で裸にされた聖者のように、笑った顔を手で覆った。

三四

誰の息の音だ？　砂の？　海の？　月と太陽を嫌悪する敵の？　沈黙、沈黙、深淵へと回帰する旅立ち。

三五

黒い森が話しているのか？　トートナウの丘の頂が話しているのか？　ハイデッガーが話しているのか？　鐘楼で一二の鐘の音が響き、放たれ流れ……

「最後に打ち鳴らされた音とともに、沈黙がさらに深まる。沈黙は、二つの世界大戦で若くして犠牲になった者たちにまで届く。〈単体〉はさらに単純になる。依然として常に〈如体〉〔das Selbe（同じもの）〕であるものは、違和感を感じさせ、解放する。野の道の呼び声は、今やまったくはっきり聞こえる。魂が語っているのではないか？　世界か？〈天体〉〔神〕か？　すべては、〈如体〉へと導く放棄の心を語っている。放棄は奪いはしない。だが、送り与える。放棄の心は、〈単体〉の無尽の力強さを送り与える。呼び声を通じて、遙かな〈淵源〉から、故郷の地が、私たちへと戻される」（ハイデッガー『野の道』[14]）。

三六

根は天から伸び、葉は揺れ地に落ち、筆者は、希望を持たず、黙って、堂々と深淵へと旅立つ。死刑囚は、もう経を読むすべを知らない。一二度打ち鳴らされた鐘の音は虚無へと解き放たれた……

三七

筆者が、〈西洋哲理〉の二千五百年との一切の意識的な関係を断ち切り、〈東洋道理〉の八千年との一切の血統的な関係を断ち切る日をしるすために、〈深淵の沈黙〉

は生まれた。地上の木の根、蜘蛛の糸で筆者を拘束できる伝統など、もう何も残ってはいない。冬の海岸で礼拝されるべき偶像など、もはやない。この世での筆者の存在は、海の黒と現在の青を前にしては、まったく重要なものではない。筆者は、無数の星々が作る恐るべき旋風の中の芥子粒のように、やって来、そして歩んでいる。〈文化〉と〈文明〉は、遥か昔から続いている毒ガスにすぎない。人間は日増しに、怖じ気づき、卑しくなり、堕落し、救いようもないものになっている。夢は鳥のように追い払われてしまった。詩人はみんな殺されてしまった。筆者は、遥か以前から死んできた無数の人と限りない後に到るまで死ぬであろう無数の人のように、今日明日にでも死ぬだろう。筆者は狂ったように人生を愛している、というのも、桂の森に水が流れるのを気長に待つすべを分かっているからだ。筆者は、世の中で最も凡庸なすべてのもののように凡庸だ。それゆえに、死ぬ前の二分間の、最も高貴なすべてのもののように高貴である。筆者は夜明けにもう何も求めはしない。一切は極めて必要なものであり、最後まで頑なな忍耐がなければ、泉は昔のように再び流れることはないだろう。最も必要なのは失敗し続けること、親しい友人をみんな追い払うこと、体が青くなるまで苦悶すること、絶望し、素晴らしい人生を抱きながら死ぬことだ。

筆者の名、筆者の人生は、夢にすぎない。それゆえに、事実よりも本当なのだ。あらゆる過ち、迷いは、真理の千倍も重要だ。筆者の人生は、黒蝶が書いたすべての詩よりも素晴らしいのだ。

筆者がこの人生に残していくのは、空気のように、瓦屋根に干す服の青さのように、空の雲のように、残すことのできないものすべてである。

一九六六年一一月二日

Credo quia absurdum〔不条理なるがゆえに我は信ず〕

Abyssus abyssum invocat …〔深淵は深淵を呼ぶ〕

ニーチェの沈黙への回帰　一八八九—一九〇〇年

一

どうしてニーチェは沈黙しなければならなかったのか？　どうして深淵は沈黙しなければならないのか？　どうしてこの世で素晴らしく最高のものはすべて沈黙によって断ち切られなければならないのか？　どうしてニーチェは、夜もまた燃える太陽だと見なしたのか？　ニーチェは、生涯で最大の作品を半ばで放棄した。『力への意志』はすべて、断片のみで構成されている。また、どうしてハイデッガーは、ニーチェの失敗についてとやかくしゃべるのか？　ハイデッガーもまた、ニーチェの悲劇的な失敗に続いて失敗した。

歩みと忍耐
失敗と問い
汝に唯一つの道への忠誠

ハイデッガーのこの詩から、論集『思惟の経験から』（*Aus der Erfahrung des Denkens*）は始まっている。

ハイデッガーは、ニーチェが西洋形而上学[1]の伝統の最後の形而上学（超体学）者であると考えた。ハイデッガーにとって、ニーチェは西洋の伝統を成就させると同時にその伝統を破壊した。それは、破壊が成就であるがゆえの、破壊における成就であるがゆえの、成就と同時の破壊であり、そして自らが破壊を求める性体自体の中に含まれているがゆえの破壊である。

歩みと忍耐……

どこへ歩むのか？　深淵へか？　何を忍耐するのか？　深淵の沈黙を忍耐するのか？　なぜなら、深淵は決して答えないからだ。歩みは失敗への歩みである。深淵は決して答えない、それゆえ、自分は問いに忍耐しなければならない。問いを立て、そして決して答えられないがゆえの失敗に耐えること。

歩みと忍耐、失敗と問い……

ニーチェは、西洋形而上学の一切の生命〔体の（存在的）位相での運命〕を生き尽くし、その生命を世命

〔世界の運命〕の価値転倒によって畢命〔運命の終わり〕へともたらした時に成就した。一方、ハイデッガーはどうだろう？　ハイデッガーも、体命〔体（存在者）の運命〕の根体的転倒によって、ニーチェの道を進んでいった。ニーチェの世命転倒、（ヤスパースが「根源的誤謬」と呼んだ）デカルトの識命〔認識の運命〕転倒、そしてハイデッガーの体命転倒は、どれも生命における生命の転倒である。

一、デカルトと識命
二、ニーチェと世命
三、ヤスパースと総命〔包越者の運命の意か〕
四、ハイデッガーと体命

これらは、西洋の〈性命〉〔〈性〉（存在）の運命〕の生命を前にした四人の西洋思想家の体勢（「体勢」をとりあえずドイツ哲学の名詞に訳すとSeinsart〔存在様態〕となる）である。

デカルトは、すぐさま深淵から逃走したために失敗した。ニーチェは、あえて深淵を直視したために失敗した。ヤスパースは、あらゆる体勢の根源的失敗について意識したがために失敗した（成就した形而上学＝失敗（Scheitern）。『哲学』第三巻、二三三頁以下参照[2]）。一方、ハイデッガーは体命を性命へともたらそうとしたが、しかし、無力にも双命〔体命と性命の二つの運命〕間の根本性を回復できなかったために失敗した。なぜなら、ニーチェよりも遠くに行こうとするなら、残っているのは、ニーチェが最後の一〇年（一八八九－一九〇〇）に体現したように、沈黙と、翼を広げて深淵の間を飛ぶことしかないからだ。しかし、翼を広げてしまったら、遠くに行くとか近くに行くとは言えはしない。なぜなら、ここでの翼は、深淵の翼であって、深淵の上を飛ぶ翼ではないからだ。

ハイデッガーはそのようには体現できなかった。逆に彼は、フォークナーが文学に頑なに留まったように、思想に頑なに留まったのである。二人とも歩んだ。

……そして忍耐

失敗と問い……

そして、ハイデッガーは、闇夜の中でもがきながら、ヘルダーリンとマイスター・エックハルトにしがみついた。一方、フォークナーは、トマス・ウルフと合衆国南部の乾いた土地の血にしがみついた。

……歩みと忍耐……

ハイデッガーは野の森へと歩み、野草を刈り、痕跡を開き、疎林（曠林＝Lichtung）を彷徨し、深淵上の足元おぼつかない道の迷いに耐えた。人類は思想することをいまだ知っておらず、自分自身から遠く離れてしまっている。ハイデッガーは、底なしの深淵を前にしてのニーチェの叫びに続いた。しかし、ハイデッガーは、ニーチェのように狂乱の叫びを上げることはなく、ただ頑なにささやき、歩み、秘められた〈性体〉〔存在〕の残酷な重力に耐えた。ニーチェは〈易体〉〔流動体〕の性体化を求めたが、ハイデッガーは〈性体〉の易化〔流動化〕を求めた。ヘラクレイトスとパルメニデスの分岐は、現代において回復された。ニーチェはヘラクレイトスであり、ハイデッガーはパルメニデスなのである。パルメニデスはヘラクレイトスを否認し、同様に、ハイデッガーはニーチェを否認した。しかし、二人とも、漠たる地平へと向かっていた。ニーチェの易体こそ、ハイデッガーの性体である。西洋の体命生面〔体（存在者）の運命の次元〕における、ニーチェの思想とハイデッガーの思想の間、ヘラクレイトスとパルメニデスの思想の間には微塵の相違もない。高峰と深淵の間には微塵の相違もない。ヘラクレイトスとパルメニデスは高峰の上で語った。ニーチェとハイデッガーは深淵と語った。深淵に対するのは、ただ沈黙だけである。

しかし、どうしてパルメニデスはヘラクレイトスを軽蔑したのか？　しかし、どうしてハイデッガーはニーチェを軽蔑したのか？　どうしてハイデッガーは、ニーチェは西洋形而上学を越えられず、プラトンを超えられなかったと述べたのか？　ニーチェとハイデッガーの分岐点は、龍樹（Nāgārjuna《ナーガールジュナ》）と無着（Asaṅga《アサンガ》）との、月称（Candrakīrti《チャンドラキールティ》）と清弁《しょうべん》（Bhāvaviveka《バーヴァヴィヴェーカ》）

との、マイスター・エックハルトと聖トマス・アクィナスとの間の悲劇的な分岐点と相違ないものか？　有と無の間の悲劇的な分岐のように？　東洋と西洋のように？　君とぼくのように？

聖トマス・アクィナスは、堅固な城壁を築き、祭壇を作って、すべての事柄をその中に閉じ込めたが、しかし彼は、まじめにわざと青空へと開かれた秘密の穴を取っておき、マイスター・エックハルトは賢くその穴に潜り込んで、聖トマス・アクィナスの密書を太陽の昇る方へともたらした。一方、ハイデッガーは、人間が畢命を越化する〔乗り越える〕ために深淵へと跳び降りるようにとニーチェが掘り出した穴を保持し見張っていた。

ハイデッガーはニーチェを否認したが、しかし通常の意味での否認とは理解できない。ハイデッガーの軽蔑は、秘められた深淵を前にしてのニーチェの最後の沈黙に対するハイデッガーの密かな尊敬なのである。

二

どうしてニーチェは沈黙しなければならなかったのか？

「私たちの仕事は、決して誰にも理解されない。ただ賞賛されるか、責められるだけだ」（『悦ばしき知識』、二六四番[3]）。ニーチェを賞賛するにふさわしい者など誰もいない。あなた方はどんな資格で、天才のほの暗い魂を賞賛しようというのか？　あなた方はどんな資格で、平野の狼の奇怪な勇猛さを非難し、批判し、責めるというのだろうか？

天才に対して残忍である権利を持っているのは、ただ天才だけである。ハイデッガーだけが、批判する権利を持つのだし、ニーチェに対して不平を言う権利を持てる（だが、カール・ヤスパースはニーチェの批判を許されない！）。

西洋の世命を完全に転倒させた後、ニーチェは沈黙しなければならなかった。ニーチェは、ベトナムに対して何を語ったのだろうか？　深淵の沈黙は、ベトナムの性命に対してどのように密接な連関があるのだろうか？　どうして、ベトナムの青年は皆、ニーチェを崇めているのだろうか？　ベトナムの若者で、あえて歩み、そして失敗と問いに耐えている者はいるのだろうか？　ニーチェを読むのは、酔いしれるためではない。ニーチェを読むのは、自分の弱さをかばうためではない。ニーチェを読むのは、幾つかの断片を引用したりして心のうちにあるうわべの不満を慰めたり、解消したりするためではない。ニーチェを読むのは、ニーチェを偶像のように崇めて、生涯自分が幸福と安泰と干上がった川とに安易に妥協して生きていくためではない。ニーチェを読むとは、ニーチェに問うこと、ニーチェを疑うこと、血を吐いて死ぬこと、卒倒して、失われてしまった青春とともに、血の失せた心臓と切れ切れの吐息とともに、果てしない夢の中で死ぬことではないのか？

どうしてさらに読む必要があるというのか？　どうしてさらに話す必要があるというの

か？　どうしてさらに書く必要があるというのか？　歩むこと、そして耐えること。

どうしてハイデッガーは、ニーチェが西洋超体学の集大成であると言ったのか？　どうしてハイデッガーは、超体学（形而上学）が現代世界の性命の中で成就したと言ったのか？

ベトナムでは戦争が起こっている。村落、家屋は壊滅している。子供は足を断ち切られている。子供は首を断ち切られている。子供は両親と断ち切られている。子供は故郷の根を断ち切られている。

あなた方は平和のために戦っている。あなた方は戦争のために戦っている。あなた方は女性の繰り言のような感情のために戦っている。この世のすべては女性になる！　あなた方は泣く、あなた方は嘆く、あなた方は冷酷である。あなた方は何を理解したのだろうか？　何を語ったのだろうか？　何を聞いたのだろうか？

形而上学は現実離れしたものだろうか？　誰が戦争を引き起こしたのだろうか？　あなた方こそが、あなた方の平和思想こそが、あなた方の好戦思想こそが、戦争を引き起こしたのだ。超体学（形而上学）はベトナムで成就した。故郷の魂の抜けた瞳の上で成就した。ラテン語の ob-jectum という語こそが、ベトナムを二つに断ち切り、ドイツを二つに断ち切り、地球を二つに断ち切り、人間の性体を二つに断ち切った。では、ob-jectum とはいかなる意味なのだろうか？　人間は熟思することを分かっているのだろうか？　人間は思想することを分かっているのだろうか？　これは主義のことではない。これは哲理ではない。あなた方のあらゆる学問、あらゆる騒々しい行動は、ob-jectum という語に端を発している。ベトナム語に訳すと、ob-jectum とは「対体」〔対象〕「対物」〔対象物〕という意味になる。対体は体に対する体であり、人間に対立する体である。ob-jectum は、そこに投げられたもの、私たちの目の前に置かれたものである。人間は、対体を捉え、対体を支配し、対体の主人となり、対体を征服しようと努める。人間の唯一の権勢〔権力行使〕は、対体への権勢である。ベトナムは一対体であり、人間は対体になり、すべては諸々の対体になる。体体〔存在者〕が君臨して、戦争が起こる。体体は対抗し争いあい、故郷が壊滅する。機械的人間、技術的人間、政治的人間、軍事的人間は、対体の人間である。対体の性体〔本性〕は、力意、権力、対体への権力意志である。ニーチェは、権力への意志（volonté de puissance, Der Wille zur Macht）と呼んだ。対体は、権力への意志が浸透し征服し君臨したい障害物である。ニーチェが西洋超体学（形而上学）を成就させたのは、ニーチェの権力への意志が、人間に、人体越化のために地球を統率し、対体を統率する役割を担わせようとしたからである、とハイデッガーは考えた。ニーチェは、プラトンの超世〔超越的世界〕を転覆させて現世に代え、世命を成就させようとした。しかし、ニーチェの転覆は、西洋の生命における転倒にすぎなかった。つまりプラトンの領地におけるプラトンの転覆だった。こうして、ニーチェは、〈性命〉の深淵を前にして完全に失敗し、自分の哲理はプラトンへの回帰であると白状しなければならなかったのか？（ハイデッガー「哲学の終わりと思想の使命」、『生けるキルケゴール』所収、（ＮＲＦ）ガリマール社、一九六六年参照）[4]。

権力への意志は、性体〔存在〕を体性〔ここでは体（存在者）の意か〕と人間へと断ち切り、すべての領域における生を首尾よく整理する企てによってますます体性〔ここでは存在の意か〕から離れていった。体は対体になり、人間は権力への意志を用いて対体を征服したのである。今の時代の人間は占有的、占体的人間であって、もはや率有〔有に率《したが》う〕、率体〔体に率う〕、率性〔性に率う〕ではない。

ベトナムにおける今日の爆弾と死体は、西洋形而上学（哲学）と何か関係があるのだろうか？　西洋超体学（形而上学）はどのようにベトナムの生命を規定したのだろうか？　形而上学とは何か？　どうして西洋形而上学はベトナム戦争に主動的に参加したのか？　ハイデッガーがニーチェは西洋形而上学の成就、集大成だと言う時、この言葉はどのような意味なのだろうか？　それはつまり、ニーチェがベトナムの悲惨な戦局において極めて重要な役割を担っていたということである。どうしてそのようでありえるのだろうか？

人間はまだ熟思することを知らない。ハイデッガーはそう言った。熟思することを知らないがために、ますます血と炎はベトナムの地に注がれ溢れているのだが、どれだけ多くの善意が、どれだけ多くの理想が、どれだけ多くの会議、計画、プロジェクト、運動が、底なしの深淵の奥深くへとベトナムの惨劇を落してきたことか。それは、人間がまだ熟思することを知らないからであり、西洋形而上学の性体をまだ知りえていないからであり、形而上学と今日の世界の生命との間の、形而上学と機械技術との間の、ニーチェとベトナムの運命との間の密接な関係をまだ把握できていないからである。
ニーチェは、西洋形而上学の成就である。この言葉は賞賛のゆえにか？　否。この言葉は批難の言葉か？　否。

私たちの仕事は、決して誰にも理解されず、ただ誉められるか責められるしかないのだ。
（ニーチェ『悦ばしき知識』、二六四番）

三

どうしてニーチェは沈黙しなければならなかったのか？　どうしてハイデッガーは、ニーチェは西洋形而上学の最後の形而上学者であると言ったのか？　どうしてニーチェは、ハイデッガーが言うように、プラトンの説理への回帰にすぎないのか？

あらゆる形而上学（超体学）は、実証主義のような形而上学に対立する説でさえも、すべてプラトンの言葉で語っている。

ハイデッガーは、パリ、ユネスコ事務所でのキルケゴールに関する会議に参加するための文章の中で、このように宣言した（ハイデッガー「哲学の終わりと思想の使命」参照）。

形而上学とは何か？　プラトンからニーチェに到る道とはいかなる道なのか？　思想の道と哲理の道とはどう違うのだろうか？〈思想〉と〈哲理〉はどう違うのだろうか？　ニーチェの〈思想〉は、〈思想〉ではなく〈哲理〉である、とハイデッガーは解釈した。それなら、ニーチェのいかなる〈思想〉が〈思想〉たりえるのか？　ニーチェが語り書いたものすべてが〈哲理〉ならば、ニーチェが語らず書かなかったものすべては何なのだろうか？　これは、私たちがハイデッガーとともに歩みを進め耐えなければならない神秘的で重要な問いである。

……失敗と問い……

どうしてニーチェの沈黙の一〇年（一八八九―一九〇〇）は、西洋哲学の歴史全体において誤解されてきたのか？　ハイデッガーでさえも、ニーチェの沈黙の一〇年を故意に消し去ろうとした。ハイデッガーは、ニーチェの無言と無念の地平を理解してもいたが、しかし彼はニーチェの思想よりもニーチェの哲理を故意に強調した。いかなる理由で、ハイデッガーはニーチェに強要し、ニーチェを西洋形而上学の袋小路に押し込めたのか？

西洋形而上学とは何か？　形而上学が成就した時、〈思想〉の使命とは何なのか？　これらの問いに答えることができなければ、どうしてハイデッガーがニーチェを西洋形而上学の伝統の最後の形而上学者であり、その形而上学の成就であり、プラトンの学説への回帰であると言ったのかを理解することはできない。

ベトナム戦争とプラトンの学説とは、どのように密接な関係があるのだろうか？　ニーチェとベトナムの生命とは？　ハイデッガーとベトナムの体命とは？　梵語とベトナムの性命とは？　ラテン語とベトナムの畢命とは？　漢語とベトナムの相命とは？　ベトナム語とベトナムの〈越命〉〔ベトナムの運命〕とは？　〈深淵の沈黙〉とニーチェの生涯における最後の一〇年の沈黙とは？　沈黙していながら語ることと、語らなければならないということとは？　そしてたくさん語ることとは？　たくさん語って沈黙することとは？

人類の意識の中でのベトナムの現前は、開体〔開かれたもの〕の領域（le domaine de l'Ouvert）の中にある。開体は開性〔開かれた本性〕の中にある。開性は越性〔超越性〕の中にある。越性は〈性〉の〈越〉であり、〈越〉の〈性〉である。ベトナムの哲理は、ベトナムの意識が〈越〉と〈性〉の地平に置かれた時にだけ、哲理と呼ぶことができる。その地平は、西洋哲理の伝統と東洋道理の伝統を開示して、自ら固有の哲理の基礎をもってベトナムをそこに現前させる。その現前は、ベトナムを西洋形而上学の成就に置くだろう。そして、現在のその最も具体的な結果が、ベトナムにおける全面的な戦争なのである。〈越〉と〈性〉についての〈哲理〉は、〈越〉と〈性〉についての〈思想〉に変化するだろう。〈越〉と〈性〉についての思想は、〈越性〉についての思想に変化するだろう。〈越性〉についての思想は、〈性〉についての思想に変化するだろう。〈性〉についての思想は、性験〔〈性〉の経験〕に変化するだろう。その道のりは、思験、体験、性験である。性験は、〈淵黙〉、〈深淵の沈黙〉である。〈哲理〉の成就は、〈思想〉の使命を準備する。『思想の深淵』[5]（結論部分）では、〈深淵思想〉の使命は、イタリア詩人ジャコモ・レオパルディの最も有名な詩の中のエニシダの花で喩えられていた。[6]

香り立つエニシダの花は砂漠での運命に甘んじる……

レオパルディのこの詩句は「エニシダ」（La Ginestra）から引いたもので、火山の隣に生え、深淵の傍らに生え、乾いた砂石の間で脆い花は残酷な炎穴の傍らに咲いているが、しかし、芳香が広がり、砂漠の性体に身の上を任せているエニシダについて述べている。

香り立つエニシダの花は砂漠での運命に甘んじる。

ベトナムの思想は、人類の砂漠の赤い夕暮れに揺れそよぐ、香り立つエニシダの花になるだろう。

戦争はベトナムを破壊しているが、それは、あらゆる人が真実のため、真理のために闘争しているのだと自認しているからである。だが、真理とは何か？　真実とは何なのか？　問いがまだ答えられていないうちに、ベトナムの青年のほとんどが、故郷の田園や森林のあちこちで倒れてしまっている。問いはすでに、血と涙で、炎と灰で、白い布で、子供の冷たい瞳で答えられている。

真理とは何か？　真実とは何なのか？　性体としての性体（l'être en tant qu'être）とは何か？　現体〔現前しているもの〕か、あるいはより高いものか。それとしての現性〔現前性〕（présence comme tell）とは何か？　現性があるのは、ただ〈開性〉の領域のうちに現性がある時だけである（Heidegger : Présence il n'y a que dans le domaine de l'Ouvert〔現前は、〈開け〉の領域の中にのみ存在する〕）。

これらの問いは、ベトナムの戦場の夕雨のように降ってくる。人は、これらの問いは空想的で、象牙の塔のようで、ベトナムの実際とは切実に結びついていないと言うだろう。しかし、「切実」「実際」といった、人々が用いるあらゆる語は、西洋形而上学の伝統によって規定され、そこから発した言葉なのである。私たちが本日の思想経験をする上で、本断章冒頭に用いた、パリ、ユネスコ事務所でのキルケゴールに関する会議に参加するため送った原稿の中のハイデッガーの言葉のように。

あらゆる形而上学は、実証主義のような形而上学に対立する説でさえも、すべてプラトンの言葉で語っている。

別の言い方をすれば、実証主義もまたある種の形而上学なのだ（実証が形而上を拒否するにしてもだ）。ニーチェは、西洋形而上学の完成者である。西洋形而上学こそが、プラトンからニーチェに到る哲学の道なのである。聞き分けのない子供が父の家に帰るように、ニーチェの哲理は、プラトンの哲理に回帰した。

二〇世紀の科学は、西洋形而上学の成就である。西洋形而上学は、現在のベトナムでの過酷な戦争において成就した。

四

どうしてニーチェは沈黙しなければならなかったのか？『この人を見よ』の最終章において、ニーチェは自問し、自答している、「どうして私は畢命なのか」と。この本は、ニーチェが一〇年以上の沈黙へと回帰する前に出版された最後の本だ。ニーチェは何度も繰り返す。「人は私のことを理解しえるのか？」。問いは、『この人を見よ』の最終章で三、四度繰り返される。

善と悪とにおいて創造者となりたい者は、何よりも、諸々の価値を破壊粉砕するすべを知らなければならない……

（『この人を見よ』、（ＮＲＦ）ガリマール社、一六五頁）[7]

絶頂にある創造的精神の中で、あらゆる価値を破壊し尽くすこと。ニーチェの使命は、天にいる神を木の根元にいる毒蛇に化身させることだった。ニーチェは、西洋の数千年続く伝統の中にある神聖な偶像を打ち壊した。『偶像の黄昏』（*Götzen-Dämmerung*）は、苔むした寺社の上に轟く雷鳴だ。ニーチェにとって、「偶像」は真理であり、西洋の生命全体におけるあらゆる真理であった。ニーチェは、西洋の数千年の歴史の中で、人が真実と呼び真理と呼んできたものすべてを一掃した。ニーチェは真っ二つに人類の歴史を切り裂くと自認していた。

どうしてハイデッガーは、ニーチェが西洋の伝統を完成させたと述べたのか？　ハイデッガーの言葉は完全に、現代世界の荒廃を流れる憂鬱な水面に漂う言葉である。その言葉は、ハイデッガーにこそ、よりふさわしいものだ。ハイデッガーのニーチェについての批判の言葉は、自らへの判決であり、ハイデッガー哲理そのものの限界を自ら画定するものである。

形而上学とは何か？　哲理とは何か？　思想とは何か？　真理とは何か？　ハイデッガーを追って歩みを進め、今日の時局における、とりわけベトナムの疲弊した状況においての、哲理の究竟〔極終〕と思想の使命を問い直してみよう。

〈哲理〉の究竟は、〈哲理〉の成就である。〈哲理〉の成就は、形而上学の成就である。形而上学の成就は、すべての科学分野の、哲理の操作からの解放であり、現代人の生活全体における機械技術の極度の繁栄である。

西洋形而上学はどこで成就するのだろうか？　最も不思議で、最も神秘的なことに、西洋形而上学は、西暦二千年間のうち最後の五〇年にベトナムにおいて最も強烈に最も全面的に成就した。ニーチェの〈哲理〉は、ベトナムにおいて血と炎で完全に成就したが、しかし、ニーチェの〈思想〉はどうだろう？　ニーチェの〈哲理〉とニーチェの〈思想〉はどう異なるのだろうか？　ニーチェの言葉とニーチェの沈黙はどう異なるのだろうか？　ハイデッガーはニーチェの言葉を理解したが、ニーチェの沈黙については、ハイデッガーは、いかにして故意に忘却し、無意識裡に歪曲したのだろうか？　ベトナムの青年はニーチェを読んで酔いしれ、ただニーチェを崇拝するが、ニーチェの文学と人生に酔いしれ崇拝し、ただニーチェの作品に酔いしれ崇拝するだけで、ニーチェの最後の沈黙の一〇年（一八八九―一九〇〇）を忘却しているかあるいは理解していない。その最後の一〇年は、ニーチェが無意識裡に精神錯乱し発狂した一〇年であると人は見なしているのか？「狂う」という語だけあれば、人はすべてを片付け、記録を終わらせ、もう何も知ろうとしないのだ！

「私を理解する者はいるのだろうか？」、ニーチェはこの問いを『この人を見よ』の最終章で四回繰り返している。この本は、暗い沈黙の中に退行し身を隠す前にこの世に送った、最後の本である。

ニーチェの最後の沈黙とランボーの最後の沈黙は、〈詩歌〉と〈思想〉の最も奇妙な秘密の出来事だ。一人は西洋詩歌の伝統を生命の深淵へと完全に押しやった。一人は西洋哲理の伝統を畢命の深淵へと完全に押しやった。二人の沈黙はいずれも、〈性命〉の〈深淵〉の中の沈黙である。

どうしてハイデッガーはニーチェの最後の沈黙について沈黙し、ニーチェを西洋哲理の究竟の中に押し込めたのか？　つまり、ニーチェをプラトンの牢獄へと押し込め、ニーチェは亡性〔〈性〉の忘却〕のうちにあり、体性の忘却に陥っていると見なしたのだろうか？

ハイデッガーはニーチェの最後の沈黙について沈黙したが、これは、秘密裡に、おし黙って、悲劇的に、その最後の沈黙へと回帰するためだったのだろうか。

道と秤
橋と言葉
合一の歩み
歩みと忍耐
失敗と問い
おまえの唯一の道に沿って

このハイデッガーの遙かな静寂の連なりは、ハイデッガーの思想の道におけるどんな秘密を語っているのだろうか？　ハイデッガーこそが、ニーチェを最も完全に最も悲劇的に成就させたのだろうか？　ハイデッガーこそが、西洋の伝統の最後の形而上学者なのか？　彼こそが、〈哲理〉から思想を解放する、ニーチェの継承者だったのか？

「私を理解する者はいるのだろうか？」、ハイデッガーはニーチェを理解したのだろうか？
ニーチェは問いを四度繰り返した。

五

どうしてニーチェは沈黙しなければならなかったのか？〈哲理〉の究竟とはいかなるものか？〈哲理〉の究竟とベトナムの〈運命〉は、どのように関わりあっているのだろうか？問いは次々に溢れてくるが、しかし、これらの問いは夕暮れの風に舞う赤いケイトウの花のように留保しておこう。問いが熟す時が来れば、答えは野の風が吹くと同時に落ちてくるだろう。どうしてニーチェは沈黙しなければならなかったのか？

最も沈黙した時

「私の中で何が起こったのだ、兄弟よ？　君たちが見てのとおり、私は取り乱し、ここから追い出され、言うことを聞くよう強いられ、旅出なければならない――そう、君たちから離れなければならないのだ。

そう、ツァラトゥストラは、再び孤独の中に戻らなければならない。だが、今度は、熊は、心弾むことなく洞窟に戻るのだ。

私の中で何が起こったのだ！　誰がそうさせたのだ。ああ、私の気むずかしい女主人こそが、それを欲したのだ。彼女が私に打ち明けたのだ。私は君たちに彼女の名前を言ったことがあっただろうか？

昨日、夕暮れ時に、最も沈黙した時が私にささやいたのだ。最も沈黙した時、それが私の恐るべき女主人の名前だ。

それだ、私の中で起こったのはそのことだった――そう、そうだ、なぜなら、私はすべてを話して君たちに聞かせなければならなかったからだ。そうでなければ、君たちの心は、口を閉ざし私に苛立つだろう。私が突然、捨て行くのだから。

君たちは、ぐっすり眠ろうとする者の恐怖を知っているだろうか？　彼は、頭からつま先まで震えているのを感じる。なぜなら、彼の足元から大地が滑り退き、夢がふわふわとうろつき始めるからだ。

私は比喩を使って、君たちに話している。昨日、最も沈黙した時、大地は私の足元から滑り退き、夢が始まったのだ。

時計の針が動き、私の生の時計が息をする。私はこれほど冷たく私を取り巻く静寂を耳にしたことがなかった。静寂は私の心臓を震撼させるほどだ。

突然、私は、声なき声を聞いた。「おまえは知っている、ツァラトゥストラよ」。私はそのささやき声を聞いて、慌てふためき叫びを上げた。私の顔から血の気が引いたが、しかし、私は依然として、じっと黙って坐っていた。

すると、声なき声はまた続けて響いた。「おまえは知っている、ツァラトゥストラよ、だが、おまえはまだ話そうとしない」。ついに、私は挑発的に答えなければならなかった。「ああ、分かっているとも。だが、私は話したくないのだ！」。

すると、声なき声はまた語った。「おまえは話したくないというのか、ツァラトゥストラよ？　本当なのか？　その挑発的な調子の後に隠れるふりをするな！」。

私は、子供のようにすすり泣き、体を震わせた。「ああ、私は大いに話したいのだ、だが、どうして今の私にできようか？　さあ、私を放すのだ！　それは私の力を越えている！」。

すると、声なき声はまた語った。「おまえなど一体何に値する、ツァラトゥストラよ。おまえが言いたいことをすべて言うがいい。そして、おまえは粉々に砕けろ！」。

私は躊躇いながら答えた。「ああ、私が話している言葉は、私が話したい言葉なのだろうか？　私は誰なのだろうか？　私は、もっとふさわしい者を待ち望んでいる。私は言葉の中で砕けるのにふさわしくはない」。

　すると、声なき声はまた語った。「おまえなど一体何に値しよう、おまえは私に対してまだ十分謙虚ではない。謙虚な心には、非常に分厚い皮が覆っているものだ」。

　私は答えた。「私の謙虚な心の分厚い皮は、どれだけのものに耐えてこなければならなかったことか？　私は自分の心の中の高峰のふもとに住んでいる。私の心の頂はどれほど高いものだろうか？　これまで私に教えてくれた者は誰もいない。だが、私は、私の心の谷をはっきり分かっている」。

　すると、声なき声はまた語った。「おい、ツァラトゥストラ、山を動かせる者は、谷と深い淵も動かせるのだぞ」。

　私は答えた。「私が語った言葉は、まだ山を動かせないし、私が語ったものは、まだ人類まで降りていっていない。実際、私は人類の方へと降っていったのだが、しかし、私はまだ彼らのところに行けてはいない」。

　すると、声なき声はまた語った。「おまえはそのことについて何を知っているというのだ？　草の上に露が落ちるのは、夜が最も沈黙した時だ」。

　私は答えた。「私が自分の道を見つけ追い求めた時、彼らはあざけり笑った。実際には、私の足はぶるぶる震えていたのだが。そして彼らは私に言ったのだ。『おまえは道を忘れてしまった。今やおまえは歩むことも知らない！』」と。

すると、声なき声はまた語った。「彼らの嘲笑が何だというのだ？　おまえは命令に従うことを忘れた者なのだ。今や、おまえは命令を下さなければならない。誰が皆にとって最も必要な者なのか、おまえはまったく分かっていない。誰なのか？　それは、偉大なことをうち立てるために命令を下す者なのだ。偉大なことを成功させるのは、実に困難なことだ。だが、偉大なことを命令するのは、さらに困難なことだ。実のところ、おまえはもはや許しがたい。おまえは権力を持っているのに、統治しようとしないのだから」。

私は答えた。「私には、統治する獅子の咆哮が足りないのだ」。

すると声なき声はまた語った。「最も沈黙している言葉こそが、嵐をもたらすものなのだ。鳩の足の歩みの上に現れる思想こそが、世界を導けるのだ。ツァラトゥストラよ、おまえは、明日起こることの亡霊のように歩んでいかなければならない。そうすれば、おまえは統治し命令を下せる。そして統治し命令を下す時、おまえは、先導することができるだろう」。

私は答えた。「私は恥ずかしい」。

すると、声なき声はまた語った。「おまえは、子供にならなければならない。そして羞恥を捨てるのだ。若者の誇りが、おまえの魂の中にまだ残っている。おまえの若さは遅れてやって来た。だが、子供になろうとする者は、自分の若さに勝たなければならない」。

私は長いこと沈思し、そして魂の中で震えるのを感じていた。ついに、私は、最初から言っていたことを言わなければならなかった。「私はその仕事をやりたくない」。

すると、私の周りで、笑い声がはじけた。その笑い声がどれほど私の内蔵を引き裂き、あまりに痛ましく私の心臓をえぐり取ったことか。

すると、声が最後にこう言った。「ツァラトゥストラよ、おまえの実はもう熟した。だが、おまえはおまえの果実ほどには熟してはいない。さあ、おまえの孤独に帰って、甘く熟すのを待つのだ」。そして、笑い声が起こり、何かがさっと逃げていった。私の周囲を取り巻く静寂が二重に増した。だが、私はまだ地に横たわっていた。汗が手足からどっと溢れた。

今や君たちはきっと、私が語ったことすべてを聞き終え、どうして私が自分の孤独に帰らなければならないか理解したことだろう。私には隠しているものはもう何もない、私の友だちよ。

だが、同時に、君たちも私の話を聞いて、人類全体の中で誰が最もおし黙っているかということを、そしてその人物はいつもそうしていたいのだということを、分かったのだ。

ああ、私の友だちよ！　私は君たちに話すことが残っている。私は君たちに贈りたいものがまだ残っている。どうして私は君たちに贈らないのか？　どうして私は言葉を節約するのだろうか？」

だが、このようにツァラトゥストラが言い終わると、彼の心は、離別の痛みに襲われ、彼は声を上げて泣いた。誰も彼を慰めることはできなかった。夜がやって来て、彼は親友たちと別れて旅立ち、果てしない孤独の中を歩んでいった。

六

どうしてニーチェは沈黙しなければならなかったのか？　ハイデッガーは、「ツァラトゥストラとは誰なのか？」と問うた。越人〔超人〕[8]を教える者か？　同体の復体〔同じものの永遠回帰〕を教える者か？　ハイデッガーが述べたように、ツァラトゥストラはまだ越人ではないのか？ツァラトゥストラとは誰なのか？　越人（Übermensch）とは何か？〈越〉とは何か？　ハイデッガーにとって、ツァラトゥストラは本当はニーチェではなかったのか？　ハイデッガーにとって、ツァラトゥストラはまだ越人ではなかったのか？　ニーチェはまだ越人ではなかったのか？　ハイデッガーは、ニーチェの隠意〔隠された意図〕を誤解したのか？　それとも、理解していたのに故意に忘れてしまったのか？　ともに深淵の沈黙に生きるためにわざと忘れたのだろうか？

すべての越人は沈黙する。どうしてニーチェは沈黙しなければならなかったのか？　越人の越性とは何か？　越性とは何か？　越とは何か？　性とは何か？　越体〔超越したもの〕とは何か？　性体とは何か？　体とは何か？

これらの問いは形而上学の問いなのか？　形而上学（超体学）とは何か？　体とは何か？　性体とは何か？　体性とは何か？　性性とは何か？　体体とは何か？　双体〔次の双双体と同じ意味か〕とは何か？　双双体（Zwiefalt）〔「二重襞」と日本語訳されているハイデッガーの術語で襞の両面のように二つでありながら一つであること〕とは何か？

形而上学は畢命であり、一つの畢命（Verhängnis）を孕んでいる。西洋の畢命（Verhängnis）こそが形而上学である。ヨーロッパの歴史のための基礎を作った特別な様態、濃い様態こそが、畢命（Verhängnis）の体面下に置かれた形而上学である。つまりどういうことか？『講演と論文』（プフリンゲン、ネスケ、一九五四年[9]）の中でハイデッガーは、西洋形而上学の畢命（Verhängnis）とは、人類の諸々の出来事を体の間に宙吊りにしておいたままで（hängen lässt）、性体の体性はといえば、〈双双体〉（Zwiefalt）の体面では決して体験されてはいないことだ、と解釈している。双双性（Zwiefalt）とは、性体と体性の双双体のことである（フランス語訳『講演と論文』、八八―八九頁参照[10]）。

逃げ隠れた〈体性〉は、全体における性体を人間が体認している体調を規定している。全体における性体とは何か？「全体における性体」は、ドイツ語では das Seiende im Ganzen、フランス人が l'étant en totalité〔存在者全体〕と訳す哲学名詞から訳されている。

ニーチェについて書いたハイデッガーの分厚い書物の中で、ハイデッガーは、形而上学（Metaphysik）とは性体の体性についての思想であり、別の言い方をすれば、全体における性体についての思想である、といま一度確認している（ハイデッガー『ニーチェ』第二巻、七五頁参照[11]。Die Metaphysik läßt sich bestimmen als die in das Wort des Denkens sich fügende Wahrheit über *das Seiende als solches im Ganzen*[12]）。

形而上学（Metaphysik）は、性体の体性あるいは全体における性体（das Seiende im Ganzen）についてしか思惟経験しないがゆえに、形而上学は体性の体性を忘却し、知り及ぶことがないのである。〈体性〉の〈体性〉とはどういう意味か？〈真性〉〔真理〕（Wahrheit）こそが、〈体性〉の〈体性〉である。「体性の体性」と「性体の体性」とを混同してはいけない。この混同は非常に危険なものである。なぜなら、この混同こそが西洋形而上学の特性であるからだ。「〈体性の体性〉」は、das Wesen des Seins[13]というドイツの哲学名詞から訳出したものであり、フランス語訳『講演と論文』（（ＮＲＦ）ガリマール社、パリ、一九五八年[14]）では、Ａ・プレオー氏は l'être de l'être と訳している。ドイツ語の Wesen は、「特性」あるいは「精髄」という意味である。〈越〉と〈性〉についての〈哲理〉の地平に沿って訳させてもらうと、Wesen は「〈体性〉」である。ドイツ語の Sein は、〈越〉と〈性〉についての〈哲理〉の地平に沿って訳させてもらうと、文脈ごとの意義の変性によって、「体性」「性体」「性」となる。

——体と対立させるためには、Sein は性と訳す。
——体体と対立させるためには、Sein は性体と訳す。
——性体と対立させるためには、Sein は体性と訳す。

「〈体性〉」という語は、Sein を訳すために用いられると同時に、〈人類思想〉の〈性命〉の体面〔体の位相〕における Wesen の語を訳すためにも用いられる。〈体性〉という語は、性義に従って変性する。

——〈体性〉（性の体を強調）
——〈体性〉（体の性を強調）

「性体」という語も、体義に従って変性する。

——性体（体の性を強調）
——性体（性の体を強調）

これは、体と性との双双体（フランス語訳では、le Pli de l'étant et de l'Être〔存在者と存在との〈襞〉〕）の双双性（Zwiefalt）の性格である。

翻訳は、〈人類の性命〉における言語の性面〔〈性〉の位相〕と体面の転回である。ベトナムにおいては、今日に到るまで、ハイデッガーのSeinを訳しえた者はまだ誰もいない。なぜなら、〈深淵〉を前にした〈思想〉の使命の中での熟思関係をまだ作りえていないからだ（私の『思想の深淵』と『深淵の沈黙』が、Seinを〈性〉、〈性体〉、〈体性〉と訳したことは、世界の哲学史と〈史性〉における〈ベトナム思想〉の重要な転向をしるし付けるものである）。

Wesen と Sein がともに〈体性〉と訳されたことも、根体（Grund）〔基礎、底、根拠〕の深淵における熟思の決定的な一歩である。

ハイデッガーからすると、西洋の形而上学（Metaphysik）は性体の体性を思惟経験するだけで、体性の体性（das Wesen des Seins = l'être de l'être）を分からずにいるのである。

では、ニーチェは完成した形而上学者あるいは形而上学の完成者であるとハイデッガーが述べる時、ハイデッガーはいかにしてニーチェの密意を故意に忘れていたのだろうか？　またどうして？

七

どうしてニーチェは沈黙しなければならなかったのか？　ニーチェについて書かれたハイデッガーの二巻本の中で、ハイデッガーは次のことを認めている。「ニーチェは真性な思想家に属している」（ハイデッガー『ニーチェ』第一巻、四七五頁参照[15]。Nietzsche gehört zu den wesentlichen Denkern）。

ニーチェについてのハイデッガーのこの言葉はどういう意味なのだろうか？　ハイデッガーのこの言葉の wesentlich という語は正しく訳せば「真性」であり、ここでの「性」は「性体」という意味である。

ハイデッガーにはドイツ語を非常に円滑に用いる才があり、完全に一定の一つの意味だけの語は一つもない。ハイデッガーのそれぞれの語は、対立する多くの意味を潜在させている。ハイデッガーの言葉をもう一度読み、ハイデッガーの特別なドイツ語の精神の中でその言葉に耳をすませてみよう。

Nietzsche gehört zu den wesentlichen Denkern ...

この言葉は、言語の体義〔体の位相での意味〕と性義〔〈性〉の位相での意味〕に従って多くの格体〔形式〕でベトナム語に訳すことができる。

一、「ニーチェは真正な思想家に属する」
二、「ニーチェは忠実な思想家に属する」
三、「ニーチェは真性な思想家に属する」
四、「ニーチェは真体の思想家に属する」
五、「ニーチェは性体の思想家に属する」
六、「ニーチェは体性の思想家に属する」

「真正」「真性」「体性」という語は、〈思想の性命〉の性面の中にある。「忠実」「真体」「性体」という語は、〈哲理〉の〈畢命〉と〈生命〉の体面の中にある。
ニーチェについて語るハイデッガーの言葉をもう一度読んでみよう。

Nietzsche gehört zu den wesentlichen Denkern ...

ハイデッガー思想に慣れ親しんだ者は、この言葉を読み終えた時に驚くだろう。ハイデッガーは、ニーチェを形而上学の袋小路、〈西洋哲理〉の袋小路に押し込んできたはずではなかったか？　そして、ハイデッガーは〈思想〉を〈哲理〉から解脱させようとしていたはずではなかったか？　ハイデッガーは、ニーチェを西洋の最後の〈成就した〉形而上学者と呼んでいたのではなかったか？　西洋哲学の歴史全体において、ヘラクレイトスとパルメニデスのみがハイデッガーから「真正の思想家」と呼ばれてきたのに、どうして『ニーチェ』第一巻、四七五ページ（プフリンゲン、ギュンター・ネスケ、一九六一年）[16]で、ハイデッガーはニーチェを「真正な思想家」、つまりヘラクレイトスとパルメニデスのような wesentlichen Denker と呼んだのか？　これは、ハイデッガーが自分自身と矛盾しているということなのか？　どうして完成した形而上学者が、同時に真性な思想家なのか？　このようなことはありえない。ハイデッガー自身が、「明日の〈思想〉は、もはや〈哲理〉ではないだろう」と言っていたではないか？（ハイデッガー『「ヒューマニズム」について』参照。Das künftige Denken ist nicht mehr Philosophie）[17]。

真正（真性）な思想家とは何か？「真正な思想家」あるいは「真性な思想家」は、ハイデッガーのドイツ語に沿って訳すと die wesentlichen Denker となる。ハイデッガーにとって、die wesentlichen Denker とはどういう意味なのか？　ハイデッガーは、「〈体性〉の〈体性〉」(das Wesen des Seins）との思惟経験をした思想家だけを die wesentlichen Denker と呼んでいる。die wesentlichen Denker という語の中の wesentlichen という形容詞は、Wesen に属していることを意味するが、Wesen こそが「〈体性〉」である。ハイデッガーは、形而上学（Metaphysik）は西洋の畢命（Verhängnis）であると考えた。なぜなら、形而上学は、「全体における性体」(das Seiende im Ganzen）を体認することおよび「〈体性〉の〈体性〉」(das Wesen des Seins）を忘却することの中で、現代人の体調を規定してきたからだ。真正（真性）な思想家とは、淵源の道を進み、「〈体性〉の〈体性〉」を忘却しない思想的人間である。

形而上学は、体性の体性を忘却してきた。そして、ハイデッガーは、ニーチェを最後の完全な形而上学者として見てきた。それなのにどうしてハイデッガーはまた、ニーチェは「真正な思想家」に属すると述べたのだろうか？

Nietzsche gehört zu den wesentlichen Denkern …

（ハイデッガー『ニーチェ』第一巻、四七五頁）

このようにしてハイデッガーは何を言いたいのだろうか？　ハイデッガーは、ニーチェの隠意、密意を理解していたのだろうか？　否、ゆっくりとハイデッガーとともに一歩ずつ熟思してみよう。〈体性〉の道の上でのハイデッガーの痕跡に従うなら、ハイデッガーは真正な思想家（die wesentlichen Denker）とは〈如性〉〔das Selbe（同じもの）の訳語〕を語った者たちであると考えていたことを、私たちは認める（ハイデッガー、Darum sagen die wesentlichen Denker stets das Selbe[18]〔そのため、真性な思想家たちは常に〈如性〉（das Selbe）を言い述べる〕）。そして、ハイデッガーははっきりと、〈如性〉（das Selbe）は〈同性〉（das Gleiche）〔等しいもの〕という意味ではないことを確認していた。（ハイデッガー、Das heißt aber nicht: das Gleiche〔しかし、それは、〈同性〉（das Gleiche）を言い述べるということではない〕[19]）。

das Selbe（le Même）は、二つの体格〔形式〕で訳しうる。

一、〈如　性〉

二、〈如　体〉

「〈如性〉」と訳すのは、「〈如体〉」の「〈同性〉」を言うためであり、「〈如体〉」と訳すのは、「同体」の「〈如性〉」を言うためである。das Gleiche（l'identique）という語は二つの体格で訳しうる。

一、〈同　性〉

二、〈同　体〉

「〈同性〉」と訳すのは、「同体」の「〈如性〉」を言うためである。「同体」と訳すのは、「如体」の「同性」を言うためである。

このように訳すことで、ハイデッガーが今日最も悲劇的な代表である西洋の〈思想〉、〈哲理〉との双話において、〈ベトナム思想〉と〈アジア思想〉の中で『思想の深淵』と『深淵の沈黙』が最初に体現した決定的な一歩をしるし付けることになった。das Selbe を「如性」と

「如体」と訳すことは、ハイデッガー思想をアジアの「如是」〔かくの如し〕の地平に回帰させるための、脱出口へと開かれた扉である。[20] das Selbe と das Gleiche を「如性」「如体」「同性」「同体」と訳すことは、ハイデッガーの〈思想〉を袋小路から抜け出させてアジアの「円融門」〔一体となって互いに妨げのない世界〕の地平へと向かわせるための、さらなる別の扉である。

華厳の「相融相摂」〔互いに融け合い互いに取り込み合う〕の精神において、このように四種の訳をすることではじめて、〈人類の歴史〉の〈性命〉の中でハイデッガーをニーチェと再会させるための橋渡しができるし、東洋と西洋が〈深淵〉の〈高峰〉で再会するための橋渡しができるのである。

ハイデッガーは、ニーチェを〈同体〉(das Gleiche = l'identique)へと押し込めることで、ニーチェから自らを切り離した。ハイデッガーからすると、ニーチェは「同体の永久復体」(die ewige Wiederkehr des Gleichen = l'éternel retour de l'identique)について教えたのである(ハイデッガー『ニーチェ』第一巻、二五五頁参照)。

ニーチェを das Gleiche(同体)へと押し込めた時、ハイデッガーは故意にニーチェを西洋形而上学の〈畢命〉(Verhängnis)へと押し込めたのである。こうして、ハイデッガーは、故意にニーチェの密意を忘却し、一〇年間続いた(一八八九—一九〇〇)ニーチェの最後の沈黙の神秘的な意味を忘却したのである。ハイデッガーにとってみれば、真正な思想家(die wesentlichen Denker)だけが、〈如性〉(das Selbe)を語ることができるということだが、どうして、『ニーチェ』(第一巻)四七五ページで、ハイデッガーは、ニーチェが「真正な思想家」に属していると見なしたのだろうか。

Nietzsche gehört zu den wesentlichen Denkern …

ならば、ニーチェも〈如性〉を語っているのだろうか？　しかし、どうしてハイデッガーは、ニーチェを「同体」（das Gleiche）に陥れたのか？　ハイデッガーの密意からではないか？それともハイデッガーは自分自身と矛盾しているのだろうか？

そうではない。ニーチェを「真正な思想家」と呼ぶ時、ハイデッガーはただ、ニーチェは形而上学の「畢命」を成就させた者であるということだけを言いたかったのである。つまり、ニーチェの思想を理解したいなら、形而上学の体性について熟思しなければならないということである。形而上学の〈体性〉は、性体の体性あるいは全体における性体（das Seiende im Ganzen）を体認することであり、つまりは体性の体性（das Wesen des Seins）を忘却することなのである。

そのため、ハイデッガーのニーチェについての言葉、

Nietzsche gehört zu den wesentlichen Denkern

これは、次のような意味なのではない。

一、「ニーチェは真正な思想家に属している」
二、「ニーチェは真性な思想家に属している」
三、「ニーチェは体性の思想家に属している」

そうではなく、その意味とは明確に次の通りである。

一、「ニーチェは忠実な思想家に属している」
二、「ニーチェは真体の思想家に属している」
三、「ニーチェは性体の思想家に属している」

こうして、ハイデッガーは、ニーチェにきっぱりと表明して、ハイデッガーとニーチェの境界を分ける穴を自ら掘ったのである。

以下の四種の訳し方、

一、如　性

二、同性
三、如体
四、同体

これらの「円融」的体相には、das Selbe と das Gleiche との間、ハイデッガーとニーチェとの間、ハイデッガーの言葉とニーチェの秘密の沈黙との間を分け隔てるためにハイデッガーが自ら掘った深い穴の跳躍（Satz）という隠された意味が含まれている。

ニーチェの永久回帰（Le Retour éternel）は、ハイデッガーが故意に解釈したように「同体の永久回復」（Retour éternel de l'identique）ではなかったのか？　ハイデッガーは、ニーチェの秘密（énigme）を形而上学の冷たい言語に引き落としたのではなかったか？　どうしてハイデッガーは、これほど安易でありえるのだろうか？　それともハイデッガーは、ニーチェの秘密を破壊することで、ハイデッガーの個人的な秘密を隠したかったのだろうか？　自分の〈生命〉の上に、一つの〈生命〉を置いたのだろうか？〈深淵〉の上に、さらに一つの〈深淵〉を置くのだろうか？〈深淵〉は〈深淵〉を呼ぶのか？ Abyssus abyssum invocat ?　沈黙は沈黙を呼ぶのか？　ハイデッガーはニーチェを呼ぶのか？〈如性〉は〈如性〉を、同性の〈畢命〉の言語で呼ぶのか？　数々の疑問が次々に出てくるが、ここまで来て、筆者は息がつまりそうだ。〈沈黙の深淵〉はさらに沈黙していく……

八

どうしてニーチェは沈黙しなければならなかったのか？　人は私を理解するだろうか？　私を理解する者はいるのだろうか？　人類は私を理解しえるのか？　誰か私を理解する者はいるだろうか？　――Hat man mich verstanden ?――ニーチェはこの疑問を、生涯で最後の本『この人を見よ』の最後の章で四度繰り返した。

一、Versteht man mich ?
二、Hat man mich verstanden ?
三、Hat man mich verstanden ?
四、Hat man mich verstanden ?

一の文は「人は私を理解するだろうか？」という意味である。二、三、四の文は「人は私を理解しただろうか？」という意味である。

四の文では、ニーチェは最後の言葉を付け加えている。

– Hat man mich verstanden ? –

Dionysos gegen den Gekreuzigten …

――人は私を理解しただろうか？　――

十字架にかけられた者に対するディオニュソス……

ハイデッガー、カール・ヤスパース、ポール・ヴァレリーは、ニーチェを理解したのだろうか？　断じてそのようなことはない。ハイデッガーは故意にニーチェを誤解した。ハイデッガーはあまりに簡単に安易にニーチェを批判した。ニーチェは単なる哲学者だろうか？　ニーチェは単なる形而上学者だろうか？　ニーチェの思想は単に、権力への意志についての思想だというのだろうか？　単に、同体の永久回帰なのだろうか？

　どうしてハイデッガーはニーチェの奇妙な秘密を壊したのか？　どうしてハイデッガーは、『権力への意志』（*Der Wille zur Macht*）と名づけられた断片群を冷酷に体系化したのか？　ニーチェは、正当な体系を持った哲学者にすぎなかったのだろうか？　ニーチェは、プラトンの哲理に絡めとられた者にすぎなかったのだろうか？

– Hat man mich verstanden ? –

――人は私を理解したのだろうか？　――

ニーチェの血、ニーチェの涙、ニーチェの炎、ニーチェの闇夜、ニーチェの最後の沈黙を、ハイデッガーはどこに忘れてきたのだろうか？　私は喜んでハイデッガーの全著作をゴミ箱に捨てて、ニーチェの無意味な一詩句に代えるだろう。私は喜んで、ゲーテ、ポール・ヴァレリー、プラトン、ソクラテス、カント、ヘーゲル、シェークスピア、デカルト、サルトル、カミュらの本をすべて捨て去るだろう。私は喜んで、これらの哲学者、文豪、大詩人の思想的、文学的業績のすべてを捨て去って、以下のニーチェの唯一の詩句に置き換えるだろう。

– *Ich bin kein Mensch, ich bin Dynamit.*

——私は〈人間〉ではない、私はダイナマイトだ。

この言葉は『この人を見よ』の「どうして私は畢命なのか？」(Warum ich ein Schicksal bin) と題された最終章にある（ニーチェ『三巻著作集』第二巻、一一五二頁参照）[21]。どうしてハイデッガーは、故意にそのダイナマイトの導火線を不発にしたのだろうか？　ハイデッガーは、自分が粉々に爆破されるのを恐れたのだろうか？　あまりに恐ろしい真理ゆえにだろうか？

– Aber meine Wahrheit ist furchtbar.

——しかし、私の〈真理〉は恐ろしい（ニーチェ、同書、同頁）。

どうしてハイデッガーは、故意に結論を急ぐのか？　故意に、性体と体性についての一群の理論へとニーチェを押し込もうとしたのか？〈体性〉の〈体性〉とは何か？　ハイデッガーの『性体と時体』[22]（*Sein und Zeit, l'Être et le Temps*）百冊も、ニーチェの『ツァラトゥストラはそう言った』のある章に値しないのではないか？　こう述べることは、pensée calculante〔計算的思考〕だろうか？　ならば、ハイデッガーこそが、ニーチェの pensée meditante〔黙想的思考〕を愚かにも pensée calculante に変えたということではないのか？　もし、ニーチェがまだ生きていて、ハイデッガーがニーチェのみについて書いた数千ページの厚い二巻本を読んだとしたら、ニーチェは何を考えただろうか？　ニーチェは何を考えるだろうか？

帰郷

孤独よ！　孤独、私の故郷よ！　あまりに長い間、私は荒れた見知らぬ土地で野蛮に暮らしていたため、溢れ流れる涙なしには、おまえのところには帰れなかった！　今、おまえは、老いた母が子供を脅かすように、指さして私を脅すかもしれない。今、おまえは、老いた母親が子供に微笑むように、私に微笑むかもしれない。今、おまえは、私にこう言うかもしれない。

——誰だ、かつて、嵐のように私を激しく遠ざけたのは？　かつて、私から遠く離れた時に、こう叫んでいたのは？「私はあまりに長い間、孤独に腰掛け、そして、沈黙を忘れることを習ってきた！」と。ああ、それで、今や、おまえは、沈黙を習うことができたのだろうな？　ツァラトゥストラよ、私は何でも知っている。おまえが人間の群衆の中で一層忘れ去られ無視されていたことを知っている。おまえ、おまえ、孤独な者よ、おまえは私とともにいた時よりも一層、世の中では無視されうち捨てられてしまっていたのだ。無視されることと、孤独になれることとは別の話だ。そう、そうだ。今、おまえはすでにそのことを学んだのだ。おまえはすでに学んだのだ、人類の中にいて、おまえはいつも荒れたよそ者にすぎなかった——そして彼らがおまえを愛する時でさえ、荒れたよそ者であったということを。なぜなら、彼らはただ気遣われることだけを好むのだから、彼らは何よりもそれだけを好むのだから！

だが、ここに戻って来て、おまえはまたおまえの故郷の家にいて、自由になった。ここに帰ってきて、おまえは、自由に話せるようになった。おまえは何でも話せるし、おまえの心底すべてをぶちまけることができる。秘められた頑なな感情のために感じた羞恥など感じることはない。ここに帰ってきて、すべての事物はそばに走り寄ってきておまえの言葉を撫でる。おまえを撫で慰める。なぜなら、それらすべての事物は、おまえの背中にまたがりたいからだ。すべての表象隠喩の上にまたがって、おまえはすべての真理のもとに駆けて行く。ここに帰ってきて、おまえは真誠に正直にすべてのものと話すことができる。実際にそうだ、言葉は、自分が実直に話す時、称賛の言葉のように事物の耳の中で響き揺れる。

うち捨てられたことはまた別の話だ。ああ、その理由をおまえは覚えているのではないか、ツァラトゥストラよ？　おまえの鳥が、おまえの頭上高くで鳴き、おまえが森の中で起ち上がり、一個の死体の近くで、どこに戻っていいのか決められず、迷っていた時、その時、おまえは言った。「私の動物たちが私を導いてくれたなら！　人類の中で生きることは、動物たちと暮らすよりも危険なことだと私は思う」と。そう、それこそ、うち捨てられ無視された時なのだ！　ああ、おまえは覚えているだろうか、ツァラトゥストラよ？　おまえがおまえの島に坐っていた時、からの桶に取り囲まれた酒の泉として、喉が渇いたすべての者に分配してやり、おまえは、酔った者たちの間で死ぬほど喉が渇いていて、そして、一晩中嘆いていた。「与えるよりも、取ったほうが幸せなのではないか？　受け取るよりも、盗んだほうが幸せなのではないか？」と。そう、それこそ、うち捨てられ無視されたということなのだ。そして、おまえはまだ覚えているだろうか、ツァラトゥストラよ？　最も沈黙した時がおまえに訪れ、おまえを外へと追いやり、そして残酷なささやきを通じておまえに話した時を。「話せ、そして砕け散れ！」——その時、沈黙した時は、おまえが待ち続けていたことを、おまえの沈黙を後悔させたのだ。それはおまえにおまえの謙遜した勇気を嫌に思わせた。そう、それこそ、うち捨てられ無視された時なのだ！——

孤独よ！　孤独よ！　私の故郷よ！　おまえが私に語る言葉は、実はどれほどやさしく愛情深いものか！　私たちは、互いを詰問したりはしない、互いを嘆いたりしない。私たちは開いた扉からともに歩み出すのだ。おまえが進んでいくところいかなる所でも、そこにあるすべての事物はすぐさま開いて輝き出す。時さえも、軽やかな歩みで過ぎ去る。なぜなら、闇の中では、時間は、光あるところよりも一層重くなるからだ。ここでは、すべての性体〔存在（Sein）〕について語った言葉と言葉の聖櫃が、私たちの前で突然開く。ここでは、すべての性体が、言語になりたがり、すべての易体〔生成（Werden）〕が、私から話すことを学びたがる。

だが、あの下方では、すべての話が空虚だ。向こうでは、最も賢いのは、忘れ去ること過ぎ去ることだ。——ああ、私はそのことを学んだ。世の人のすべてを理解したい者は、ためらうことなくすべてを摑まなければならない。だが、私の両手は、そんなことをするにはあまりに清潔だ。私は彼らの息さえもひどく嫌なのだ。ああ、私は、彼らの喧噪の中で、彼らの臭い息の中であまりに長く生きてきた！

おお、私の周囲の素晴らしい沈黙よ！　おお、私の周囲の純潔な芳香よ。ああ、どれほど幸せなことか、沈黙は私に、清らかな空気を肺いっぱいに吸わせる！　ああ、耳を傾け聞いている沈黙よ、素晴らしき沈黙よ！

だが、あの下方では、誰もが話し、そして誰もが聞かない。おまえは鐘の音でもって彼らの耳に道理を響かせるかもしれない。だが、市場の店主らは、彼らの金銭でもって、おまえよりも激しく喚く。

彼らの集団の中では、誰もが話し好きで、誰ももはや理解するすべを知らない。すべてのことは、水に落ちる。もはや深い泉へと落ちるものはない。彼らの集団の中では、誰もが話し好きだ。何ももはやうまくいかず、成就しない。皆、卵を産みそうな雌鶏のように鳴いているが、卵をかえすために巣の中でじっと静かにしている者など誰がいよう？

彼らの集団の中では、誰もが話し好きだ。すべてはいつまでも繰り返し話され、砕かれる。昨日はまだ時間にとってもその時間の歯にとっても固すぎたものが、今日には、すり砕かれて、現代の人間の口にぶら下がっている。

彼らの集団の中では誰もが話し好きだ。すべてのものは裏切られる。そして昨日にはまだ深い魂の秘密であったものが、今日は、路上の笛吹きとなまめかしい蝶の所有物になっている。

ああ、人間の性体〔(Menschenwesen)〕！　奇妙なおまえ！　夜の路上の喧噪よ！　だが、今、それは私の背後にある。私の最大の危険は私の背後にある！

気遣いと憐れみはかつて私の最大の危険であった。人は皆、気遣われることを好み、憐れみをかけてもらうことを好む。真理を隠し持ちながら、愚者の両手と呆けた心臓をもって、憐れみの小さな嘘に満ちて。私は常に人類の中で、そのように生きなければならなかった。彼らの横に変装して坐り、好んで自分の本性を失わせて彼らに耐え、そして、「おまえはばかだ！　おまえは人類を理解していない」と好んで自らに諭した。

人類の中で生きていると、自分が人類について知っていることを忘れてしまう。全人類の前にはあまりに多くの前景が覆っている。そこでは、遠くを見通せる目が何の役に立とう？　愚かだった頃、彼らが私を見出していない時、私は私自身よりも彼らに気遣った。元々自分に対して厳格であったため、いつもその過剰な気遣いのため、私は私に復讐をしなければならなかった。よこしまな水滴によって岩に穴が開けられるように、毒々しい青蠅に体中を刺されて、人類の中で、私はそこに坐り、そこでそうして自らに諭した。「ちっぽけなものは無罪だ。なぜなら、ちっぽけだと自分では分からないからだ」と。

特に、「善良な者」だと思っている者たちについて、私は、まさに最も毒々しい青蠅だと知った。彼らは何の罪の意識もなく刺す。彼らはまったく罪の意識もなく嘘をつく。

どうして彼らは私に対して公正でありえよう。賢い者たちの中で生きる者は嘘をつかなければならない、と憐れみの心は教える。憐れみの心は、自由奔放な魂の周囲を重くカビ臭い空気で覆っている。というのも、賢い者たちの愚かさは測ることもできないほどだからだ。

自分を隠し、自分の豊かさを隠すこと、そう、それは私があの下方で学んだことだ。なぜなら、すべての人が知に貧しく、魂が貧しいと私には分かったからだ。以下が、私の偽りだ。つまり、誰であってもその人にとっての魂と知がどれほど十分にあるのか、その人にとって魂と知がどれほど余っているのか、私には分かり嗅ぎ出すことができるのだ、ということが。

彼らの固くこわばった聖人たち、私は彼らを聖人と呼んで、固くこわばったと言うのは避けてきた。そのようにして、私は言葉を飲み込むことを習った。彼らの墓掘り人たちを、私は研究者、検査官と呼んだ。そのようにして、私は言葉を変更することを習った。

墓掘り人たちは、病気を掘り当ててしまう。その汚い塊の下には、腐った匂いがどれほど隠されていることか。泥を掘り返したり、かき回したりしてはいけない。高峰に登って暮らすべきだ。

楽になった私の鼻の穴は、高峰の自由を吸い込むことができる。こうして、ついに、私の鼻は、世事のすべての悪臭から解放されたのだ！

泡立つ酒のように鋭く身を切るような空気のせいで、私の魂は鼻のあたりにむずがゆさを覚える。それは突然くしゃみをする。私の魂はくしゃみをして、歓声を上げる。

「お大事に！」(Gesundheit !)。

ツァラトストラはそう言った。

九

どうしてニーチェは沈黙しなければならなかったのか？　沈黙とは何か？　沈黙には音がないわけではないのか？　粉々に砕け散る百万の太陽のように、沈黙は爆発する。

… **Sprich und zerbrich !** …

この言葉は『ツァラトゥストラはそう言った』第三部の中に静かにおし黙ってある（フリードリッヒ・ニーチェ『三巻著作集』第二巻、四三三頁参照）。声なき言葉は、息をこらえてじっとしている。

Sprich und zerbrich ! …

そして、ベトナム言語の中で砕け散る。

話せ、そして粉々に砕けろ！

ニーチェは、語り終え沈黙した。ニーチェの沈黙は、粉々に砕け散った。ニーチェの沈黙は、ベトナム戦争のダイナマイトのようである。

私は人間ではない。
私はダイナマイトだ。
ICH BIN KEIN MENSCH,
ICH BIN DYNAMIT.

（『この人を見よ』）

ニーチェの声は、言葉になった。ニーチェの沈黙は、ハイデッガーの『性体と時体』（*Sein und Zeit*）を爆破した。では、ハイデッガーは何を語り、何を沈黙したのか？

『性体と時体』において、ハイデッガーはニーチェの名を密かに三度だけ言及している。一度は二六四ページ、一度は二七二ページの註釈、そして一度は三九六ページである（マルティン・ハイデッガー『性体と時体』マックス・ニーマイヤー出版、チュービンゲン、一九六〇年参照[23]）。

二六四ページで、ハイデッガーは自らの意想を明確するためにニーチェの言葉を引用している。二七二ページではニーチェの意識についての解釈の仕方に読者の注意を促し、ただニーチェの名に言及するだけで、意見を明らかにはしていない。三九六ページでは、ハイデッガーは、一八七四年のニーチェの歴史観の三様式[24]に言及し、ニーチェの意を借りて、ハイデッガーの性史の内容を明らかにしている。ハイデッガーは三九六ページでニーチェに関して結論付けている。

ニーチェの考察の冒頭は、ニーチェが私たちに知らしめたことよりも多くのことをニーチェが理解していたのだと私たちに認めさせてくれる。

Der Anfang seiner »Betrachtung« läßt vermuten, daß er mehr verstand, als er kundgab.

（『性体と時体』三九六頁参照）

『性体と時体』はハイデッガーの生涯で最も偉大な作品である。全四三七ページの中で、ハイデッガーがニーチェに密かに言及したのは上に引用した三度のみである。ニーチェへの三つの言及はどれもニーチェに対するハイデッガーの密かな尊敬を語っているが、最も重要なのは、上に訳した『性体と時体』三九六ページの段である。

しかし、それ以降、他の作品においてハイデッガーはニーチェを形而上学の究竟に押しやり、ニーチェを、プラトンやデカルトのような貧血症で炎を失った哲学者たちと同列に位置づけている。どうして？　どうしてハイデッガーは、ニーチェがかつて打破したものすべてをニーチェに押し付けるのか？　どうしてハイデッガーはそのようなことをするのだろうか？　ハイデッガーが故意にそうするのは何か大きな秘匿された思いを隠蔽するためではないのか？　ハイデッガーが故意にそうするのは、ハイデッガー自身の悲劇的な体面を保つためではなかったか？　ハイデッガーが語ったもの、語ろうとしたもの、語らなかったものすべては、ニーチェが語り尽くし、粉々に叩き壊したがゆえに、ハイデッガーが生まれた時から、ハイデッガーの思想はすでにニーチェによって袋小路に送られてしまっていたがために？　ハイデッガーは一八八九年に生まれたが、この年は、ニーチェが死ぬまでの沈黙（一八八九―一九〇〇）の中に引きこもり隠遁した最初の年だったのである。

一八八九年は西洋思想史における秘密の年である。つまり、ニーチェの秘められた沈黙の最初の年であり、西洋の生命におけるハイデッガーの現前入体〔生誕〕の最初の年である。

ダイナマイトはすでに爆発しており、ハイデッガーは破壊の後に生まれた者にすぎなかった。ハイデッガーは断片を拾い、別のダイナマイトを作り直して、ニーチェのダイナマイトはプラトン、アリストテレス、デカルトの不発砲弾にすぎないと言おうとしたのである！ハイデッガーの仕事は、龍樹（Nāgārjuna《ナーガールジュナ》）に対する無着（Asaṅga《アサンガ》）と世親（Vasubandhu《ヴァスバンドゥ》）の仕事と異なるところはない。

ニーチェの経験は、〈血〉と〈炎〉の経験である。ハイデッガーの経験は、〈南極〉と〈北極〉の荒廃した氷上をさ迷う者の凍えた経験にすぎない。〈北極〉と〈南極〉の向こうは、太陽と月、蛇と鷲、血と涙、天に轟く爆破音と一〇年間の神秘の沈黙である。

ニーチェは沈黙に入っていったが、ハイデッガーは沈黙への旅を始めたばかりである。このハイデッガーの始まりは、ハイデッガーが『性体と時体』においてニーチェについて語った言葉を私たちに再度言わせようとする。しかし今回は、言及する際、私たちはニーチェの名をハイデッガーに変えてみたい。

ハイデッガーの考察の冒頭は、ハイデッガーが私たちに知らしめたことよりも多くのことをハイデッガーが理解していたのだと私たちに認めさせてくれる。

Der Anfang seiner »Betrachtung« läßt vermuten, daß er mehr verstand, als er kundgab.

黒林地域の孤独な山頂で、おそらくハイデッガーもニーチェが深淵の高峰地帯で一八八二年初頭に生きた入性と出体の経験をしたことだろう。

私はそこに坐り待つ、何も待たず、無体〔無〕を待ち、待たないことを待って。
〈善〉と〈悪〉とを超え、時に光を、時に闇を享け、すべてはただの戯れ。
すべてはただ海。すべてはただ正午、すべては目的のない時間。
そして突然、君よ、一は二になり、ツァラトゥストラは私たちのそばを通り過ぎる……

原作を読むと、詩句はドイツの元言がささやくような静寂を漂わせている。

Hier saß ich, wartend, wartend – doch auf nichts,
Jenseits von Gut und Böse, bald des Lichts
Genießend, bald des Schattens, ganz nur Spiel,
Ganz See, ganz Mittag, ganz Zeit ohne Ziel;
Da, plötzlich, Freundin ! wurde eins zu zwei, und Zarathustra ging an mir vorbei …

体性の深淵が突如自ら動いて双双体に変わる時の、高峰上の広漠たる虚無がささやく呼び声を、私たちは聞いているかのようだ。

… wurde eins zu zwei –
一は二になる

蝶の閉じ合わされた羽がふいに広がり、まどろんでいた二枚の羽が野薔薇の上にぱっと現れるかのようだ。

広がるとはピュシス（Phusis）であり、ぱっと現れるとはウーシア（Ousia）である。漆黒の蝶は、性命の深淵の上を巡り戯れる。蝶は、ニーチェの目的なしの時間のように目的なしに巡り戯れる。

目的なしの時間
… ganze Zeit ohne Ziel

巡り戯れる蝶
… ganz nur Spiel
（すべては戯れ）

そして、ニーチェの「一は二になる」は、突如ハイデッガーの双双体（Zwiefalt）になる。先ほど訳したニーチェの詩句を読み直そう。

……すべてはただの戯れ
すべてはただ海、すべてはただ正午、すべてはただ目的なしの時間
… ganz nur Spiel,
Ganz See, ganz Mittag, ganz Zeit ohne Ziel …

そして、ハイデッガーの『根拠律』（*Der Satz vom Grund*）最終章の最後の段を読み直してみよう。

性体が立体する〔基礎となる〕時、根体はない、すなわち底はない。深淵（底なし）である時、体性は戯れるが、戯れる時には、性体と根体でもって性命を私たちにもたらす。
Sein als gründendes hat keinen Grund, spielt als der Ab-Grund jenes Spiel, das als Geschick uns Sein und Grund zuspielt.[25]

（ハイデッガー『根拠律』、ネスケ、プフリンゲン、一九六五年、一八八頁）[26]

このベトナム語に訳された文は、難解に見えるかもしれない。なぜなら、これは、ベトナムの〈深淵〉の言葉が、西洋思想の元言〔元初の言葉〕に答えて響き返す初めてのことだからだ。

性体が立体する時、根体はない……

Sein als gründendes hat keinen Grund ...

これは『思想の深淵』に含蓄された意義である。

深淵（底なし）である時、体性は戯れる……

spielt als der Ab-Grund jenes Spiel ...

これは小説『四月の空』[27]に含蓄された意義である。

戯れる時には、性体と根体でもって性命を私たちにもたらす。

... das als Geschick uns Sein und Grund zuspielt.

これは、遥か昔のクエ・フオン[28]の面影の密かな現前を通じて、詩集『蛇の生まれ出づる日』[29]の性体（Sein）に蓄積された意義である。そして、それはまた、ベトナム戦争中の〈不生〉と〈不滅〉の万代の〈戯れ〉における、〈深淵〉の〈性面〉（als der Ab-Grund）の、そしてまた〈性命〉の〈体面〉（als Geschick）の『蛇の生まれ出づる日』の性体（Sein）へと回帰し結びつく『深淵の沈黙』の根体（Grund）に蓄積された意義である。

未来に
とぐろ巻く蛇[30]

これは、『蛇の生まれ出づる日』における目的なしの時間の含蓄的意義である。

… ganz Zeit ohne Zeil

目的なしの時間は、理由なし、「何故」なしの戯れ（ハイデッガー、「戯れは『何故』なしにある」）の中にいるニーチェとの最後の沈黙の中での回帰へと、ハイデッガーを旅立たせる。黒林のトートナウの孤独な山頂で、ハイデッガーは密かに黙って待つ、待たないことを待ち、何も待たない。

ニーチェの沈黙とハイデッガーの寂漠の言葉はともに響き渡り、ベトナムでの戦争で犠

牲となった若者たちの、祖国喪失者たちの、人類全体の故郷喪失（Heimatlosigkeit）のために
死んだ者たちの閉じられた瞳の上を、飛び戯れる。
すべてが失われた時には何が留まるのか？
何が留まるのか？

〈戯れ〉だけが留まる。それは最も高く最も深いものである。
Es bleibt nur Spiel: das Höchste und Tiefste.

（ハイデッガー『根拠律』、一八八頁）

それは、〈高峰〉のように最も高く、〈深淵〉のように最も深い。〈高峰〉は〈越〉、〈深淵〉は〈性〉であり、〈越〉と〈性〉の思惟方法は、回帰の道である。つまり、道なし、究竟なし、空路、道なき道、ベトナムの〈性命〉の道である。「〈越〉と〈性〉の思惟方法」。方法とは、東洋思想の性面における法相〔事物の特性〕の方便という意味である。同時に、方法は、ギリシア（西洋）思想の体面に沿って理解される methodos という意味でもある。道は、ギリシアの hodos である。回帰は、meta である。方法（methodos = meta + hodos）は、〈越〉と〈性〉の体性への回帰の道である（『根拠律』、一一一頁参照。Der Weg heißt griechisch ὁδός; μετά heißt »nach«; μέθοδος ist der Weg, auf dem wir einer Sache nachgehen: die Methode[31]）。

ハイデッガーの寂漠の言葉は、ニーチェの沈黙を一層深い沈黙にさせる。ニーチェの沈黙はふいに、〈ベトナム思想〉の〈深淵の沈黙〉の中で、さらに深く螺旋を描く。東洋の〈高峰〉は突然、死んでしまったすべての人とこれから死んでいくすべての人の〈血〉、〈炎〉、〈涙〉を通じてベトナムが成就させた〈世運〉〔世界の運命〕の〈限りない戯れ〉を通じて、西洋の〈深淵〉と結婚する。〈深淵の沈黙〉の傍らにあるのは、対象なく、〈善〉と〈悪〉を超えた待つことであり、時間は目的を持たない。

静寂沈黙の中で、ふいにニーチェのささやく言葉が響く。

……すべてはただ戯れ
… ganz nur Spiel

静寂沈黙の中で、ふいにハイデッガーのささやき声が答える。

留まるのはただ戯れ……
Es bleibt nur Spiel …

静寂沈黙の中で、〈蛇の生まれ出づる日〉が、太陽の爆発音とともにふいに現れる。なぜ

なら、

太陽などありはしない[32]からだ。
太陽は、〈深淵〉から逃げ、そして
〈宇宙〉の〈戯れ〉から逃げる人間の
たんなる幻想にすぎないのだ。

そして、詩人は一匹の蛇、翼を持った毒蛇であり、その〈深淵〉の翼は音もなく飛ぶ。神は蛇に化けた、ニーチェは生涯で一度そう語り、そして、不生と不滅の〈沈黙〉の不可説に、不可説の〈戯れ〉に回帰する前に、一〇年間沈黙した。

一〇

どうしてニーチェは沈黙しなければならなかったのか？　ニーチェはハイデッガーが理解するニーチェだろうか？　ニーチェはカール・ヤスパースが理解するニーチェ、オイゲン・フィンクが理解するニーチェ、ジャン・グラニエが理解するニーチェだろうか？　ジル・ドゥルーズの理解の？　シェ゠リュイの理解の？　ピエール・ガルニエの理解の？

アンリ・ルフェーヴルの理解の？　ヴァルター・カウフマンの理解の？　アルベール・カミュの理解の？　カール・レーヴィットの理解の？　ジョヴァンニ・パピーニの理解の？　ポール・ヴァレリーの理解の？　シュテファン・ツヴァイクの理解の？

ニーチェとは誰なのか？　あなた方の誰がニーチェについての問いを問うことができるというのか？　あなた方のうちの誰が山の中腹まで登ったというのか？　山の途中まででもあったとしても。誰が天の半ばまで登ったというのか？　その名がハイデッガーであったとしても。あるいはポール・ヴァレリー、アルベール・カミュ、それともジョヴァンニ・パピーニであったとしても。誰が深淵に跳び込んだというのか？

あなた方は下界に立って、彼方に高くそびえる山頂を見上げているにすぎない。ニーチェはあなた方を見下ろして、ただ微笑んでいるだけだ。

あなた方が上へ上がることを仰ぎ望む時、あなた方は高みを見上げる。一方、私は、見下ろすのだ。なぜなら、私はすでに遥かな高みにいるからだ。
あなた方の中で、大笑いすると同時に遥かな高みに立つ者は誰かいるだろうか？
最も高い山頂に登ることのできる者は、一切の悲劇的な芝居と悲劇的な荘重的実在を笑うことができる。

（『ツァラトゥストラはそう言った』第一部、「読むことと書くことについて」）

Ihr seht nach oben, wenn ihr nach Erhebung verlangt. Und ich sehe hinab, weil ich erhoben bin.
Wer von euch kann zugleich lachen und erhoben sein ?
Wer auf den höchsten Bergen steigt, der lacht über alle Trauer-Spiele und Trauer-Ernste.

（*Zarathustra*, vom Lesen und Schreiben）


一八八九年から一九〇〇年まで、ニーチェは深淵に跳び込み、永遠に沈黙した。

ニーチェの沈黙は、人類の歴史全体の中で最も奇妙な秘密である。

その沈黙は、ルドルフ・オットー（R・オットー『聖なるもの』参照[33]）の mysterium tremendum〔戦慄的神秘〕という意味での、畏るべき荘厳な神秘である。

どうしてニーチェは沈黙しなければならなかったのか？

Mysterium tremendum !

ニーチェは沈黙する前に何を語ったのか？

高峰の頂と深淵——今や二つは一つになった
Gipfel und Abgrund – das ist jetzt in eins beschlossen !

（『ツァラトゥストラはそう言った』第三部、「放浪者[34]」）

この言葉は何を意味しているのだろうか?

高峰の頂は、〈越人〉(Übermensch)である。

深淵は、〈永久回帰〉(Ewige Wiederkunft)である。

Übermenschを「超人」と訳しては、「Über」の意味を表現しきれてはいない。Übermenschは、〈越〉と〈性〉の哲理の精神において〈越人〉と訳すべきである。というのも、ニーチェは、ヘラクレイトスの〈性言〉〔〈性〉の位相の言葉〕精神において、「上」と「下」、ÜberとUnter、「上がる」と「下る」、Übergehen〔向こうへ行く〕とUntergehen〔没落する〕、Übergang〔向こう側へ渡ること〕とUntergang〔没落〕の間の、相融相摂の精神に従って言葉遊びをしているからである。それゆえ、Übermenschは、空間と時間という意味での上がることによって人を超える者ということではなく、高峰に上がり深淵に下るという意味での、人を越える者なのである。同時に上がりそして下ることで結びつき、互いにとぐろ巻いて天を巡り飛ぶ蛇と鷲の形象のような「黄金の円環」になる。蛇は、下方の深淵、Abgrundにいる。鷹は、上方の高峰、Gipfelにいる。加えて、「越人」という語は、Übermenschの意味を完全に表現している。なぜなら、漢語の「越」という語は、「超え上がる」という意味であると同時に「下落する」という意味でもあるからだ。それゆえ、「越南《ベトナム》」の「越」は、ベトナム人の体性をはっきりと開示するのである。〈越〉と〈性〉の哲理精神においては、ベトナム人(越人)は、自らの中にニーチェのÜbermenschという意味の性体(Wesen)を帯びているのだ。今日のベトナム人は、現代の残酷な機械戦争を通じて人類全体の〈深淵〉に下降している。だが同時に、その下降（Untergang）は、上昇（Übergang）という意味でもあり、国際的な虚無主義の完全な成就の中での、〈越性〉の悲壮な分裂の痛みに耐えることを通じて、人類全体の〈性命〉の〈高峰〉へと上っていっているのである。

ニーチェのÜbermenschを「超人」と訳すと、上がることだけを述べていて、下ることを忘却している。それゆえ、ニーチェの言葉と最後の沈黙の精髄を見失うことになるのである。

高峰の頂と深淵――今や二つはつながり一つになる
Gipfel und Abgrund – das ist jetzt in eins beschlossen !

（ニーチェ『三巻著作集』第二巻、四〇四頁）

この文の意味は、上がること（Übergang）と下ること（Untergang）はただ一つであり、異なるものではなく、〈華厳経の「円融」の精神のように〉相融相摂しているということだ。この文はまた、獅子が幼児に変わるという意味でもある。ツァラトゥストラはディオニュソスに変わる。

ツァラトゥストラが高峰に上れば、ディオニュソスは深淵に下る。ディオニュソスが高峰に上れば、ツァラトゥストラは深淵に下る。ディオニュソスとツァラトゥストラが出会って一つになると、高峰と深淵は出会い一つになる。凶暴な獅子は、おとなしい幼児になる。〈戯れ〉が始まり、永久の円環の中で、宇宙は生成壊滅する。

　小児は、無垢、忘却、新たな開始、戯れ、自ら回る車輪……
　Unschuld ist das Kind und Vergessen, ein Neubeginnen, ein *Spiel*, ein aus sich rollendes Rad …
（『ツァラトゥストラはそう言った』第一部、「三つの変化について」[35]）

　ニーチェは深淵（Ab-grund）の尽きるところまで降りていき、底なし（Ab＝ない＋Grund＝底）の深淵を見た。それを見た時、ニーチェは突如、〈深淵〉（Ab-grund）こそが高峰の頂（Gipfel）であることを認めたのである。ニーチェはそして沈黙した。

　ニーチェが深淵に下ると、ハイデッガーは高峰に上がる。ハイデッガーは、やっと山の中腹まできたところで、高峰を見る。ニーチェは見下ろす。ハイデッガーの上昇（Übergang）は、ニーチェの下降（Untergang）にいまだ出会っていない。深淵（Abgrund）はいまだ高峰（Gipfel）と一つになっていない。

　今、玄林のトートナウの山頂に独り坐って、ハイデッガーは、高峰と深淵が一つに合わさるのを認めようとしているのだろうか？

　ハイデッガーは沈黙を始めた。遥かな淵源からの、呼び声を通じて……

一一

どうしてニーチェは沈黙しなければならなかったのか？
どうして〈深淵〉と〈沈黙〉はただ一つなのだろうか？
そびえ立つ〈高峰〉の頂上で〈深淵〉の言葉なき言葉に耳を傾けてみよう。

星々の近くにいながら、また最も暗い〈深淵〉にいる者は？
Wer wohnt den Sternen
So nahe, wer des Abgrunds grausten Fernen？

（ニーチェ「高峰より」[36]〔『善悪の彼岸』所収〕）

どうして上空の星と下方の深淵は、ただ一つであるのだろうか？
星々の上に生きながら、最も暗い深淵にも生きる者？　彼よりも星の方が低いというその人とは誰なのか？　その人は誰なのか？

放浪者

真夜中になり、ツァラトゥストラは出発し島の山頂を越えた。明朝に向こうの岸辺に辿り着くためだった。というのも、彼は向こうの海岸から船を出したかったためである。その岸には、船にとって大変都合のいい、海へと通じる停泊地があった。とりわけ、外国船はよくそこに錨を下ろし、海を越えたい至福の島の者たちを連れて行った。山頂に登りながら、ツァラトゥストラは、まだ若い頃に放浪に旅立った時からの人生の中での、数多の孤独な旅程を思い返していた。どれほどの山や丘の頂を彼は通り過ぎてきたことか。

私は元々放浪者だ、登山者だ、そう、彼は心に語りかけた、私は平原は好きではない。どうも私は、どこにも長くはじっとしていられないかのようだ。

私の運命がどうであっても、どんな変化が生じようとも、私にとって、それも漂流のきっかけ、山登りの機会にすぎない。結局のところ、自分はただ、自分に残るものとともに生きるだけだ。

過ぎ去ったのだ、私がただ寄りかかって偶然に起こることを待っていた時は。今、私の中にはまったくなかった何が起こるというのだろうか？

私は、ただ私に帰る必要があるだけだ。最後には、自分に帰るのだ。見知らぬ土地に離散し、この世の偶然の物事の中に散り散りになった魂の破片が帰って集まるのだ。

ああ、私はまだこのことを知っている。つまり、今や、私は私の人生最後の頂上を前にして立っていながら、長いこと、まだ立ち向かって行ってはいないのだということを。ああ、私は自分の道を行かなければならない、この世で一番困難な道を！　そう、私は自分の人生で一番の孤独な行程を始めるのだ。

私のような血が流れている者は、遅かれ早かれ、そのような時から逃れえない。時は、声を出して、密かにこう呼ぶのだ。「ただこの時だけが、おまえがおまえの偉大な道を進む正しい時だ！　山頂と深淵はただ一つにすぎない！」と。

おまえは、おまえの偉大な道を行く。そして今になってやっと、おまえの人生最後の危険が、おまえの心の最後の隠れ家になったのだ！

おまえはおまえの偉大な道を行く。今こそ、おまえが最も勇気を示さなければならない時だ。なぜなら、おまえの背後にはもはやいかなる道も残ってはいないからだ！

おまえはおまえの偉大な道を進む。今は、こっそりとおまえについて行ける者は誰もいない！　おまえの歩みは、過ぎ去った道を消していった。そしておまえの進んだ道の後には、ただ、次の文字が書かれているだけだ。もはや進むことはできない！

そして、ここからは、もしおまえに登っていくための梯子がなければ、おまえ自身の頭をよじ登り、進んでいくことを知らなければならない。より高く登るのに、今、他に何ができようか？

おまえ自身の頭をよじ登り、上へと進むのだ、おまえの心臓の上へと登るのだ！　今やおまえの心のうちで最も優しいものが間もなく最も堅固なものになる。

ただ怖じ気づいている者は、そのあまりの遠慮のせいで、ただ病気になるだけだ。堅固になる者に祝福を！　私は決して蜜とバターの流れる土地を讃えたりはしない！

多くを見たいのなら、自分の外を遠く見ることを学ばなければならない。——その堅固な心は、高峰に登ろうとする者たちにとっては極めて必要なのだ。

だが、冷めた目で理解しようと思う者らは、表面的な前景の意想を通じて何が見えると言うのだろうか？

だが、おまえ、ツァラトゥストラよ、おまえは事物の背後の道理のすべてを見たがっている。おまえはおまえ自身を越えて、登っていかなければならない、遥か高く、あの高みへと登り、星々もおまえの下にあるほど遥かに高く登っていなければならない！

おお、おお、自分の下を、自分の星々の下を見ること。それこそ、まさに私の頂上だ。それこそ、私が登るために残された最後の頂上だ！

高く登り、堅固な言葉で自分の心を慰めた時、ツァラトゥストラはそのように独り言を言った。というのも、彼の心臓には、いつにない痛みが走ったからである。彼は頂上に到達するや、彼の前方に、きらめいて広がるあの海面を見てとった。

そうして、彼はじっと沈黙したまま坐り、しばらく何も話したりしなかった。頂上の遥かな高みでは、夜には凍てつく寒さとなり、澄みわたり、満天の星が瞬いていた私は私の運命を見出した、彼は悲壮に言った。さあ！　私はもう準備できたぞ！　私の人生最後の孤独が今始まった。

おお！　私の足元の暗く悲壮な海面よ！　おお！　深夜の闇の不満よ！　おお！　運命と海よ！　私はおまえのもとに降りていく！

私は、私の人生で最も高い山頂に向き合い、私の人生で最も長い旅に向き合っている。そのため、私は深く降りて行かなければならない、いつ何時よりも深く降りていかなければならない。

――これまでになかった激しい痛みの中を深く降りていけ、痛みの最も黒い水の深くへ降りていけ！　私の運命がそうすることを欲しているのだ！　さあ、私はもう準備が整った！

最も高い山はどこから伸びているのだろうか？　かつて私はそのように問うた。それが、今になってやっと分かったのだ、最も高い山々は、深い海の底から伸びていることを。

その証拠は、岩肌に、山頂の岩盤にしるされている。最も深いところから最も高く伸びるには、それの先端に達しなければならない。

ツァラトゥストラは身を切るような寒さの山頂でそう言った。しかし、彼が海の近くに行き、独りで岩礁の間に立った時、彼は突然、自分の旅に疲れ、いまだかつてない渇望を覚えた。

すべては今、ぐっすり眠っている、と彼は言った、海さえぐっすり眠っている。海の目元は、私のほうを見ている。よそよそしく、うとうとしながら半ば眠り半ば目覚めて。だが、海の匂いはまだあたたかい。ああ、私はそう感じる。ああ、私は感じる、海はまどろみ夢見ている、海は揺れ動き、固い岩を枕に夢見ている、と。

さあ聞け！　聞け！　どれだけの痛ましい思い出のため、海はうめいているのか！何か恐ろしい夢の予兆だというのか？

ああ、私はおまえと一緒に痛みを感じる、向こうにいる暗い怪物よ、そして私はただおまえのためだけに腹が立っているのだ。

ああ、どうして私の両手はもう力がないのだろうか！　私はどうにか、おまえをあの悪夢から引き離したい！　ツァラトゥストラはそう言うと、憂慮と苦々しさをもって自分をあざ笑うため大声を上げた。どうだ！　ツァラトゥストラよ！　彼は言う、おまえはまだ海に慰めの歌を歌いたいのか？

ああ、ツァラトゥストラ、ああ、同情心あふれる、自己満足の愚か者よ。だが、おまえは常にそうであった。おまえは常に、おぞましいすべての怪物たちの近くに寄りついたのだ。

おまえはすべての怪物たちを撫でようとした。暖かい息だけ、怪物の足もとのやわらかい毛の房だけ――ああ、それだけで、おまえは愛そうとし、それを誘惑しようとした。愛情は、最も孤独な者の危険だ。生きてさえいれば、すべてのものを愛すること！　ああ、愛情の中にある私の愚かさ、謙遜心よ！　ああ、それは笑うべきものだ！
ツァラトゥストラはそう言って、もう一度笑った。だが、突然彼は、忘れていた友らを思い出し、心の中で、自分が彼らを裏切ったのではないかと思った。彼はそこで、自分の思いに対して怒った。それから突然、笑っている時に、彼は激しく泣き、笑いながら泣いた。ツァラトゥストラは憤怒や果てしなく広がる渇望、心残りの中で痛ましく泣いた。

一二

どうしてニーチェは沈黙しなければならなかったのか？『思惟とは何の謂いか？』（フランス大学出版局、一九五九年、一二五頁[37]）において、フライブルク・イム・ブライスガウ大学での一九五一―一九五二年冬学期、ニーチェについて語った講義冒頭で、ハイデッガーはいま一度強調している。

性体の体性は、現代の形而上学においては、意性の格体に従って出現する。

L'Être de l'étant apparaît dans la métaphysique moderne comme la volonté.

「意性」は、形而上学の意味における la volonté〔意志〕という名詞を完全に表している。**意**性という語における**意**味に注**意**を払ってみよう。西洋言語では、この三つの意はそれぞれ別々に表現される。注意を払う→ remarquer。意味→ signification。意性→ volonté。このことは何を語っているのか？　東洋の体語〔体を表す語。語句〕が、西洋の体語よりも根源的に熟思できる可能性を語っているのではないだろうか？

つまり、〈越〉と〈性〉の言語には、たとえハイデッガーのような思想の天才であろうがあるいはカール・ヤスパースのような思想の教授であろうが西洋のいかなる哲学者、思想家よりもニーチェの思想の意味について熟思できる可能性があるということではないか？

復体は、時体と時体自身の過体性体に逆対する意体の慣体である。

この文は分かりづらいだろうか？　これは、ニーチェの以下の文の意味を訳し解釈するために用いられた、〈越〉と〈性〉についての思想の言語である。

– Dies, ja dies allein ist *Rache* selber: des Willens Widerwille gegen die Zeit und ihr » Es war «.

この文は、『ツァラトゥストラ』第二部の「救済」の章にある（ニーチェ『三巻著作集』第二巻、三九四頁参照）。

フランス語訳『講演と論文』で、アンドレ・プレオーは次のように訳している。

Ceci, oui seul ceci est la vengeance elle-même : le ressentiment de la volonté envers le temps et son «il y avait».

〔これ、そう、これだけが復讐そのものだ。つまり、時間とその「あった」に対する意志の恨みが〕

（前掲書、一三三頁参照）

フランス語訳『思惟とは何の謂いか』で、アロイス・ベッカーとジェラール・グラネルは次のように訳している。

La vengeance est le ressentiment de la volonté contre le temps et son «il était».

〔復讐は、時間とその「あった」に対する意志の恨みである〕

（前掲書、一二五―一二六頁参照）

フランス語訳『ツァラトゥストラはそう言った』で、アンリ・アルベールは次のように訳している。

Ceci, oui, ceci seul est la vengeance même : la répulsion de la volonté contre le temps et son «ce fut».

〔これ、そう、これだけが復讐そのものだ。つまり、時間とその「あった」に対する意志の反感が〕

（前掲書、一六三頁参照）

フランス語訳『ツァラトゥストラはそう言った』で、モーリス・ベッツは次のように訳している。

Ceci, oui, ceci seul est la vengeance même : la répulsion de la volonté contre le temps et son «ce fut».

〔これ、そう、これだけが復讐そのものだ。つまり、時間とその「あった」に対する意志の反感が〕

（前掲書、一六四頁参照）

英語訳『ツァラトゥストラはそう言った』で、ウォルター・カウフマンは次のように訳している。

This, indeed this alone, is what *revenge* is : the will's ill will against time and its «it was».
〔これ、まさにこれだけが、復讐というものだ。つまり、時間とその「あった」に対する意志の反感が〕

(『ポータブル・ニーチェ』、二五二頁参照)[38]

ここで、もう一度ニーチェのドイツ語の原文を読んでみよう。

– Dies, ja dies allein ist *Rache* selber: des Willens Widerwille gegen die Zeit und ihr » Es war «.

そして、もう一度、〈越〉と〈性〉についての思想に従って、ベトナム語の訳文を読んでみよう。

――これだ、そう、これこそが**復体**だ。時体と時体自身の過体に逆対する意体の憤体だ。

ドイツ語の Rache は復讐という意味である。Will (Wille, Willens, Willen) は、意欲、意志、意向という意味である。wider は、反対、対立、逆、逆立という意味である。widerwille (wider-willen) は、不愉快な思い、逆意、逆らう意、憤意、悪意という意味である。Zeit は、時間という意味である。es war は、過ぎた、起こった、もう過ぎた、という意味である。
もう一度ニーチェのドイツ語原文を読んでみよう。

– Dies, ja dies allein ist *Rache* selber: des Willens Widerwille gegen die Zeit und ihr »Es war«.

この場は、ドイツ語文の講義の場ではない。思想するということは、ある章から一節を引用したり、原典批判をしたりすることではありえない。『深淵の沈黙』がニーチェのこの文にとりわけ注目するのは、ハイデッガーが自身の熟思の努力のすべてをニーチェのこの文に集中させて、思想の方向を転倒させ、ニーチェを西洋形而上学全体の袋小路に押し込めているからである（フランス語訳『思惟とは何の謂いか？』、二二一一二二六頁および『講演と論文』、一一六—一四五頁参照）。

このニーチェの文の中で重要な語句は、Rache（復讐）、des Willens widerwille（意志の憤恨）、die Zeit und ihr »es war«（時間と時間の「過ぎた」こと）である。もしニーチェの文を私たちの普通の言葉に訳すなら、次のように訳せるだろう。

——これだ、そう、これこそが復讐だ。つまり時間と時間の「過ぎた」ことに抗する意志の憤恨だ。

しかし〈越〉と〈性〉についての思想の独特な言語に沿って「哲理」的に訳しなおすなら、次のように訳さなければならない。

――これだ、そう、これこそが復体だ。つまり、時体と時体自身の過体に逆対する意体の憤体だ。

翻訳は熟思である。ニーチェを訳すことはニーチェと熟思することである。漢越語〔ベトナムに入ってきた漢語〕の「復」には二つの意味がある。一、回帰する。二、答える。「復体」という語を用いるのは、ニーチェの次の二つの語をともに訳すためである。

一、Rache

二、die Ewige Wiederkehr

通俗的に訳すと次のようになる。

一、復　讐

二、永久回帰

深淵の言語に従い訳しなおすと、

一、復　体

二、復　体（永体復体）

「一、復体」の「復」は「答える」という意味である。「二、復体」の「復」は「回帰する」（Wiederkehr）という意味である。

ハイデッガーによると、Rache（復讐）、rächen（復讐する）、wreken（同義）、urgere には、さらに、追跡する（poursuivre, être sur la piste ...）という意味がある（フランス語訳『講演と論文』、一三〇頁参照）。こうして phục《フック》〔服復／〕という語は Rache という語の意味を完全に表現しているのである。なぜなら、phục〔服復／〕という語は、「答える」という意味の他に、「従う」という意味があるからである。西洋思想との双話では、言語の性体を再び問わなければならない。東洋言語の性体を再び問うなら、東洋言語の一如の性体を強調して、西洋語性〔西洋の言葉の性質〕の一同の性体を受け入れるための道を開かなければならない。そして、〈淵黙〉〈〈深淵の沈黙〉〉の〈性命〉の中での、〈東アジア思想〉の〈如性〉の性体と〈ヨーロッパ思想〉の〈同性〉の性体との結婚を準備しなければならない。
〈ヨーロッパ思想〉の特性は、思想の前像（Vor-stellen）〔表＝象すること〕を通じての、体に対する体の復讐、憤体である。この思想の特体は、意体（le vouloir）である（F・W・J・シェリング、「意体は淵源的性体である」（Vouloir est l'Être original）。F・W・J・シェリング『哲学著作』第一巻、ランツフート、一八〇九年、四一九頁[39]参照）。ここでの「意体」（vouloir）は、ハイデッガーによれば、まさに、全体における性体の体性（l'être de l'étant dans son ensemble）であり、その体性こそ意性である（cet être est volonté）。ニーチェにとって、憤体精神（l'esprit de vengeance = Rache）は、これまで西洋思想を規定してきたものであり、憤体（Rache）とは、意体の憤体という意味である（Des Willens Widerwille = la contre-volonté de la volonté = le ressentiment de la volonté）。

– des Willens Widerwille gegen die Zeit und ihr »es war«.
時体と時体の過体に逆対する意体の憤体

ハイデッガーにとって、「時体の過体」（und ihr »es war«）とは、次のような意味である。

——時間の経過

時間は経過である。ということは、意欲、意志とは逆方向に進むということである。それゆえ、意志、意欲は経過に苦しまなければならず（souffrance du passer）、自らが自らを過ぎようと欲することに苦しむ（souffrance qui veut alors son propre passer）のである。（フランス語訳『講演と論文』、一三五頁参照）。時間を容認することとは、過体（le passer）が常に留まる（le passer demeure）ことを意性（volonté）が欲するということである。過体が留まることを欲すると、過体はたんに常に過ぎ行く（s'en aller）ことではなく、常に現に到来する（venir）ことでなくてはならなくなる。行くと来るとは、回帰、永久回帰、つまり永体復体（die Ewige Wiederkehr）である。憤体から抜け出すとは、同体の永体復体（le Retour éternel de l'Identique）の中で性体（l'étant）を前像させる意性（la volonté）へと達することである。

ハイデッガーは次のように解釈する。性体の体性は、同体の永体復体として人間へと出現する。そうである限りで、人間は橋を渡り、憤体から抜け出し、越人（le surhomme）と呼ばれる、川を渡った者になる。これが、ニーチェ思想の意義についてのハイデッガーの解釈の仕方である。ニーチェは、自身が抜け出そうと欲するものから抜け出すことができなかったがゆえに、自分の意性を体現できなかったのだ、とハイデッガーは結論付ける。

ハイデッガーはニーチェを誤解している。ハイデッガーこそ、自身が抜け出そうと欲しているものから抜け出せないでいるのだ。それは、ニーチェに対するハイデッガーの態度を規定してきた憤体精神である。

ニーチェの意性は、二つの道を行く。

一、時間の過体に対する憒体から抜け出す意性

二、復性（Wiederkehr）に回帰する意性

ここでの復性〔回帰〕は、まさに意性の沈黙である。沈黙の意性。戯れ。幼児。無垢。自動の円環。ディオニュソス。淵黙の神聖な容認の声。二番目の道こそが、〈深淵の沈黙〉である。

ハイデッガーは二番目の道を忘却し、最初の道を通じてニーチェを解釈するのみであった。それゆえ、ニーチェの最後の沈黙の一〇年（一八八九―一九〇〇）は、永遠に、西洋の〈現体〉の中での〈復性〉の不思議な〈神秘〉を隠すことになったのである。

一三

どうしてニーチェは沈黙しなければならなかったのか？　先ほどの思想経験（第一二断章）で、私たちは、ニーチェの沈黙について語り、西洋の〈現体〉について語った一文で終わった。現体とは何か？　この問いは、アリストテレスの τί τὸ ὄν つまり「体とは何か」の体

調に従って問われた。
〈体〉とは〈現〉（an-wesend）という意味である。〈現体〉は〈現れている体〉（l'Être en tant que Présence）である。体現する〈現体〉（la Présence pré-sente = Nunc Stans〔留まる今〕）こそが、永体〔永久〕（l'éternité）の復体である。しかし、ニーチェの〈復性〉は、形而上学の言語による「同体の永体復体」という意味ではない。〈淵源の性命〉におけるニーチェの〈現性〉〔〈性〉の現れ〕は、〈復性〉なのであり、〈復性〉（Wiederkehr）とは、故郷への回帰（Heimkehr）に旅立つ〈復郷〉（桂香《クエフォン》[40]の回復）である（『深淵の沈黙』、一七九―一八六頁参照）。〈復性〉はまた、〈復源〉〔根源への回帰〕と〈復淵〉〔深淵への回帰〕という意味でもある。〈復性〉は、〈淵黙〉（〈深淵の沈黙〉）と同義である。最も沈黙した時とは、〈淵源〉の〈復性〉なのである。空で大きく宙返りをしている鷲を丸め抱く蛇のように、時間は螺旋を描いて転倒する。

Die stillste Stunde（最も沈黙した時）→ Die ewige Wiederkehr（永久復性）→ die Heimkehr（故郷への回帰 = 復郷、回郷）。

ツァラトゥストラこそが、回復者、脱病者（Genesende）であり、自分の性体への回帰へと旅立つ者、復元、復性者、〈深淵〉の人である。

――幸いかな、おまえはやって来る。私はおまえを聞く！　私の深淵が語っている！
– Heil mir ! Du kommst – ich höre dich ! Mein Abgrund redet …

（『ツァラトゥストラはそう言った』第三部、「回復しつつある者」）

〈復性〉こそが〈淵思〉、すなわち〈深淵〉の思想なのである（ツァラトゥストラ、〈meinen abgründlichsten Gedanken !〉〔「私の最も深淵的な思想」〕）。

〈復性〉は、諸円環の結婚の円環〔指輪〕（dem hochzeitlichen Ring der Ringe）、〈復回〉〔回帰〕の円環である（dem Ring der Wiederkunft）。

ツァラトゥストラは〈深淵〉の言葉を語る。

――私、ツァラトゥストラ、生の発言者、苦悩の発言者、円環の発言者。

– Ich, Zarathustra, der Fürsprecher des Lebens, der Fürsprecher des Leidens, der Fürsprecher der Kreises ...

（『ツァラトゥストラはそう言った』第三部、「回復しつつある者」）

〈復性〉はまさに、とぐろ巻く蛇であり、〈越人〉（Übermensch）は、自分の喉に黒い蛇を飲み込み、蛇の頭を噛み切り、並外れた高笑いをする者なのである。その笑い声は、もはや人間のものではなく（nicht mehr Mensch）、〈性体〉と〈易体〉〔流動的なもの〕の永久円環の中で復性したがゆえに蛇と一つとなり、入体した〔体に入った〕、化体者〔体が変化した者〕の笑い声である（『ツァラトゥストラはそう言った』第三部、「幻影と謎について」参照)。

ツァラトゥストラは何を教えたのか?

一、神は死んだ (Gott ist tot)。
二、越　人 (Übermensch)。
三、永久復性 (ewige Wiederkunft)。

これは、〈心体〉〔心、精神〕(des Geistes) の三化体〔三つの変化〕(drei Verwandlungen) である。心体は、ラクダに変化し、人類の最も重い荷物のすべてを運んで広大な砂漠を渡り、真理をあまりに愛するがために魂の飢えと乾きに耐えている。痛ましく病的な者の頑迷なその忍耐は、自分を慰めてくれようとする者すべてを退け、聾唖者たちは自分が心の中で何を欲しているのか決して聞くことがないがため彼らと友情を結び、冷たく濁った真理の水溜りに跳び込んで、熱いヒキガエルたちも恐れず (in schmutziges Wasser steigen, wenn es das Wasser der Wahrheit ist, und kalte Frösche und heiße Kröten nicht von sich weisen)、自分を軽蔑する者たちを愛し、幽霊が脅そうとしている時に彼らに手を差し出し (die lieben, die uns verachten, und dem Gespenste die Hand reichen, wenn es uns fürchten machen will)、砂漠へと急ぎ走り姿をくらます (also eilt er in seine Wüste)。

最も寂寥とした砂漠において
Aber in der einsamsten Wüste …

しかし、最も荒廃し、最も孤独で、最も寂しい砂漠の中で
Aber in der einsamsten Wüste …

その寂寥とした砂漠で、ラクダは突然、獅子に変わる。獅子は、自由を征服し、自分自身の砂漠の主となる（Freiheit will er sich erbeuten und Herr sein in seiner eignen Wüste）。

獅子は吼え、数千年来、最も神聖だったものすべてを摑み粉砕する。一切の価値は崩壊する。虚無が広がり世の中を覆いつくす。〈虚無〉は飛んできてベトナムの領土全体を暗黒にする。〈虚無〉は、山間に、桂の森に、赤く燃える田畑にいるベトナムの若者の閉じた瞳の上に飛来する。〈虚無〉は、もう昔の道へは戻って来ない黒い蝶を見遣る、ベトナムの少女の遠い眼差しの上に飛来する。〈虚無〉は、山岳から帰って来る者の冷たい歩みを通じて飛来する。〈虚無〉は、『四月の空』に漠然と広がり溢れる。〈虚無〉は、『蛇の生まれ出づる日』の中で密かにとぐろ巻く。〈虚無〉は、『文芸と哲学における新たな意識』の中でニーチェに宛てて手紙を書く。〈虚無〉は、『思想の深淵』の中で悲壮な黒煙を吐く。〈虚無〉は、『深淵の沈黙』の中で疲れきった様子でニーチェの足を抱く――虚無は結核性の咳をして、

いにしえの土地に静かに何も知らずに繋っていた木々の肺を壊し、心臓を破る。〈虚無〉が語る？〈虚無〉が沈黙する？　話すための沈黙？　沈黙するための話？　沈黙して話す？　話すことがもうないために話す？〈虚無〉は〈虚無〉に回帰する。〈深淵〉は〈深淵〉を呼ぶ。

しかし、最も荒廃した砂漠で……
Aber in der einsamsten Wüste ...

ラクダは獅子に変化する。獅子は自分自身の砂漠の主となる。自分自身の〈虚無〉の主になる。

自分自身の主となったベトナムの若者はいるだろうか？　ベトナム人になった、つまり〈越人〉（Übermensch）になったベトナム人はいるだろうか？

Übermensch は「超人」という意味ではない。Übermensch は「越人」という意味でしかない。なぜなら、「越」とは、上がることと下ること、高峰に上がることと深淵に下ること、上がることは Übergang であり、下ることは Untergang であり、それは、ニーチェが二〇世紀の〈虚無〉と対面するためにうち立てようとした Übermensch という語に適っているからである。また、大変不思議なことに、二〇世紀の〈虚無〉は、ベトナムで成就したのであり、そしてベ

トナム人こそが Übermensch という語の意味だとは、どれほど神秘的なことだろうか？

ベトナムの最も廃れた砂漠で……

Aber in der einsamsten Wüste …

獅子に化体して伝統的な諸価値のすべてを破壊するベトナム人はいるだろうか？　すべてを破壊しつくして〈深淵〉の使命を抱く者は？　東洋と西洋の哲理のすべてを破壊しつくして〈深淵〉を直視する者は？　人類の〈文化〉と〈文明〉を破壊しつくして太陽の視線のもとに全裸で立つ者は？　裸になって太陽の視線のもとで真っ直ぐに立つ者は？（Nackt vor den Augen der Sonne zu stehn、『ツァラトゥストラはそう言った』第三部、「大いなる憧憬について」）。国家主義？　国際主義？　民族性？　社会性？　愛国？　情け？　そんなものは全部ゴミ箱に捨ててしまえ！

そんな女性の繰り言のような価値は、全部捨て去れ！　一歩歩けば民族、一歩歩けば民族の伝統だ。二歩歩けば道理や規則、信徒組織だ。二歩歩けば責任と犠牲だ。三歩歩けば道徳と社会だ。どんな民族？　どんな愛国？　どんな伝統？　どんな責任？

そんなものは全部砂漠に捨ててしまえ。

立ち上がれ。

全裸で立ち上がって太陽を直視しろ。ベトナムの最も荒廃した砂漠で、立ち上がり太陽を直視するのだ。黒い蛇の頭を嚙み切って、太陽の眼に吐きつけろ。深淵で踊り、大声で、これまで知らなかったような笑い声で笑え。山の頂に上がり、狂ったように喚き、それから跳び降りてエンペドクレスのように深淵を抱け。獅子のように人類の中を歩め。最高で唯一の責任は、〈深淵〉を前にしての責任だけなのだ。

ニーチェの頭を嚙み切って、〈虚無〉の眼に黒い頭を吐きつけろ。

〈深淵〉の〈沈黙〉？〈深淵〉が話している？〈深淵〉に声を上げさせるため、すべての言語を叩き潰すのだ……

Mein Abgrund redet …〔私の深淵が話す〕

〈深淵〉が声を上げる時、最後の深みは光を転倒させ（meine letzte Tiefe habe ich ans Licht gestülpt !、『ツァラトゥストラはそう言った』第三部、「回復しつつある者」参照）、深淵は高峰につながる。獅子は幼児に変わり、最後の第三番目の化体の道を成就させる。

——無垢と忘却は幼児であり、新たな開始、遊戯、自ら回る車輪、最初の行為、神聖な「然り」の声……

Unschuld ist das Kind und Vergessen, ein Neubeginnen ein Spiel, ein aus sich rollendes Rad, eine erste Bewegung, ein heiliges Ja-sagen

（『ツァラトゥストラはそう言った』第一部、「三つの変化について」参照）

心体の三変化。ラクダは獅子に変わり、獅子は幼児に変わる（『文芸と意識における新たな意識』第三版、五二四―五三五頁参照）。

一、神は死んだ＝ラクダ
二、越人＝獅子
三、永久〈復性〉＝幼児

あるいは、

一、神は死んだ＝磔《はりつけ》にされ、生き返らない者
二、越人＝ツァラトゥストラ
三、永久復性＝ディオニュソス

あるいは、

ニーチェ＝礫にされた者＋ツァラトゥストラ＋ディオニュソス。

獅子が幼児に変わる時、〈深淵〉は沈黙へと回帰する。ニーチェは一〇年（一八八九―一九〇〇）の沈黙へと回帰し、二〇世紀が現れだしたところで、地上を離れた。

太陽は二〇世紀の足元に沈んだ。

闇夜の眼差しのもと、全裸で立ち上がれ……

一四

どうしてニーチェは沈黙しなければならなかったのか？　すでに語ったからか？　それともまだ語っていないのか？　そして沈黙？

Still ! –

Von großen Dingen – ich sehe Großes ! – soll man schweigen …

沈黙せよ！

偉大な事体について、私は偉大なるものを見たのだ！
私は沈黙しなければ……

（ニーチェ『三巻著作集』第二巻、一二六二頁参照）

一五

ニースにいた頃、マルヴィーダ・フォン・マイゼンブーク宛ての一八八四年二月付けの手紙の中で、ニーチェは自分の沈黙を謝っている。

作品の中で私が何を言いたかったのか分かってくれる人は誰もいません。私を助けられる力のある人は誰もいません。それこそ私の因果です。この世に生きながら、私は自分の最高の思いについて注意深く沈黙しなければならないのです……人がもし私の思惟の方法から発した運命を知りえたなら、私から遠くへ逃げ去ってしまうでしょう！　そしてあなたもです！　私が大いに尊敬する親愛なる友よ！

私はあれもこれも破壊し続けています。どうか私を孤独の中に捨て去ってください！……私は愚かにも「人類の中」へ帰っていきました。私に起こりうることを、私は事前に知っておくべきでした。

最も重要なことは次のことです。私は自分の魂の中に人類の愚かさより百倍も重いものを抱いているということです。おそらく私は一つの定命〔定められた運命〕、未来のすべての人たちにとっての性命であり、きっと来るべき日が来たら私は人類を愛するがために自ら沈黙しなければならないでしょう!!!

ああ！　今、私はとても音楽を聞きたいのです！……これほど音楽に飢えている人がいるでしょうか？

（ニーチェ『書簡選』Ａ・ヴィアラット訳、ガリマール、二一四―二一六頁参照）[41]

どうしてニーチェは沈黙しなければならなかったのか？　この手紙をもう一度読んでみるがいい。句読点まで、そしてとりわけ感嘆符を読むのだ！

一六

どうしてニーチェは沈黙しなければならなかったのか？　どうしてランボーは沈黙しなければならなかったのか？　どうしてファン・ゴッホは沈黙しなければならなかったのか？　どうしてヘンリー・ミラーは、沈黙を通じて、沈黙でもって、沈黙へと語らなければならないのか？　どうしてニーチェについての沈思あるいはヘンリー・ミラーについての沈思は、沈黙そのものを通じての沈黙についての沈思なのか？（『思想の深淵』、「この人を見よ――ヘンリー・ミラー、炎のための炎」参照）[42]。どうしてニーチェは沈黙しなければならなかったのか？　ランボーは？　ヘンリー・ミラーは？

ルネ・シャールは次のように答えている。

――幾人かの者たちは、社会の中にも夢の中にも存在しない。**彼らは孤独な性命に属し、見知らぬ期待に属している。**目に見える彼らの行為は、時の最初の告訴よりも前に、そして諸天の無思慮よりも前にあるかのようだ……

Quelques êtres ne sont ni dans la société ni dans une rêverie. Ils appartiennent à un destin isolé, à une espérance inconnu. Leurs actes apparents semblent antérieurs à la première inculpation du temps et à l'insouciance des cieux ...

「彼らは孤独な〈性命〉に属し、見知らぬ期待に属している……」彼らとは誰か？　ヘラクレイトスか？　ランボーか？　ニーチェか？　ファン・ゴッホか？　ヘンリー・ミラーか？　深淵からやって来た者たちか？　再び深淵に戻っていく者たちか？

ルネ・シャールは答え、かつ答えない。

——未来は彼らの視線の前で溶ける。彼らは最も崇高で、最も不気味な者たちだ……

L'avenir fond devant leur regard. Ce sont les plus nobles et les plus inquiétants.

一七

どうしてニーチェは沈黙しなければならなかったのか？　どうしてツァラトゥストラは眠りながらも目を開けているのか？　どうしてツァラトゥストラは夢の中にいながらも目は開けたままなのか？

——眠りながらも、ツァラトゥストラの目は開いていた。

（『深淵の沈黙』、「信条《クレードー》」、一二二頁参照）

夢を見ながらも目を開けているのは何者なのか？　語りながらも口を動かさないのは何者なのか？　語りながらも沈黙する？　夢を見ながら目を開けている？　夢を見ながらも目覚めている？　そして最も重要なことだが、どうして筆者はいつまでも問い続けて答えることがないのだろうか？

また、どうしてドストエフスキーについて書いた時、偶然にもアンドレ・ジッドは次のような思いがけない一文を書いたのか？

——答えのない問いが留まっている時、苦悶は始まる。
– L'angoisse commence lorsque la question demeure sans réponse
（アンドレ・ジッド『ドストエフスキー』、（ＮＲＦ）ガリマール社、一九六四年、一九一頁）43

一切が崩壊したら、一体何が留まるというのか？
何が留まるのか？
留まるのは問いだけだ。
疑問符が、炎の疑問符が留まるだけだ。
ツァラトゥストラが高峰の頂で灯した炎による疑問符だ。
闇夜のもとの炎の疑問符だ。

ここでは、海面から島が顔を出す
ここでは、生け贄の祭壇石が空高く立ちはだかる
ここでは、黒い空の下

ツァラトゥストラが頂上の炎を灯す
漂流の水夫らのための赤い炎のしるし
返答を得た者らのための問いのしるし……
灰がかる白い腹の炎
渇望の舌を放ち、凍てつく遠方をなめ
澄んだ頂上へと首伸ばす炎
いらだち高く突き立つ蛇
それは私が私の前に立てたしるし
わが魂はその炎
静かに熱狂し
遠方の地平を静かに望み
高く高くたちこめる……
何ゆえツァラトゥストラは逃げゆくか、人類を、動物を捨て
また、広大な土地を捨て
彼は六つの孤独をすでに知る
海はもはや彼の孤独を容れきれぬ
島は彼を抱え上げ、頂上で彼は炎となる

そして、自らの頭上を越え釣針を投げ
第七の孤独を求める
漂流の水夫らよ！　いにしえの星々の遺蹟よ！
おまえたち、未来の海よ！
おまえたち、はかり知れぬ空よ！
私はすべての孤独に釣針を投げる
炎のいらだちに答えよ
最後の孤独、第七の孤独よ！
私を捕らえよ、山頂の釣り人よ

ニーチェのドイツ語原文は、七つの孤独の山頂での叫びを完全に呼び起こしている。

Das Feuerzeichen〔炎のしるし〕

Hier, wo zwischen Meeren die Insel wuchs,
ein Opferstein jäh hinaufgetürmt,

hier zündet sich unter schwarzem Himmel
Zarathustra seine Höhenfeuer an, –
Feuerzeichen für verschlagne Schiffer,
Fragezeichen für solche, die Antwort haben…
Diese Flamme mit weißgrauem Bauche
– in kalte Fernen züngelt ihre Gier,
nach immer reineren Höhen biegt sie den Hals –
eine Schlange gerad aufgerichtet vor Ungeduld:
dieses Zeichen stellte ich vor mich hin.
Meine Seele selber ist diese Flamme:
unersättlich nach neuen Fernen
lodert aufwärts, aufwärts ihre stille Glut.
Was floh Zarathustra vor Tier und Menschen ?
Was entlief er jäh allem festen Lande ?
Sechs Einsamkeiten kennt er schon –,
aber das Meer selbst war nicht genug ihm einsam,
die Insel ließ ihn steigen, auf dem Berg wurde er zur Flamme,

nach einer siebenten Einsamkeit
wirft er suchend jetzt die Angel über sein Haupt.
Verschlagne Schiffer! Trümmer alter Sterne!
Ihr Meere der Zukunft! Unausgeforschte Himmel!
nach allem Einsamen werfe ich jetzt die Angel:
gebt Antwort auf die Ungeduld der Flamme,
fangt mir, dem Fischer auf hohen Bergen,
meine siebente, letzte Einsamkeit!

（ニーチェ「デュオニソス頌歌」、『三巻著作集』第二巻、一二五三頁参照）[44]

〈表象〉（Sinnbild）と〈しるし〉（Zeichen）の相違を理解できるということは、〈性体〉（Seiende）と〈体性〉（Sein）の相違を理解できるということである。しるしと表象の相違を意識できるということは、思想における重要な一歩である（『思想の深淵』第一、第二章参照）。表象としるしの相違は、文明と幽明（Ungrund）の相違である。

　ニーチェの思想は、しるし（Zeichen）の思想である。西洋哲理の伝統の一切は、表象（Sinnbild）の思想にすぎない。ハイデッガーでさえ、しるし（Zeichen）の秘密を意識できていたにもかかわらず、ハイデッガーの思想そのものが、しるしについての表象の思想にすぎなかった。しるしについての表象もまた、無力な表象にすぎないのだ。ハイデッガーはニーチェの思想を理解していないが、それはハイデッガーがニーチェのしるしを表象に変えようとしたからにすぎない。その表象とは超体学〔形而上学〕である。表象は、超体である。しるしは、復性のための入体である（超体＝体の上を行く。入体＝体の中に入る）。

ニーチェの思想は、一つのしるし（Zeichen《ツァイヒェン》）である。

さらに重要なことは、ニーチェのしるしは、疑問符（Fragezeichen《フラーゲツァイヒェン》）だということである。

最も重要なことは、ニーチェの疑問符は、炎による疑問符（Feuerzeichen《フォイヤーツァイヒェン》）だということである。

先ほど訳した詩はFeuerzeichen《フォイヤーツァイヒェン》と題されているが、その意味は「炎のしるし」である。

ニーチェの七番目の孤独こそまさに、しるしが高峰の頂にたちこめる炎の中へともたらした最後の沈黙の意識である。復性化体。見ることと沈黙。山の炎に変わる人間。新たな宇宙の炎に変わるため率性した〔性に率《したが》った〕者の最後の孤独。天の炎に変わる祭天の炎。

太陽は、世命の円環の輪の中に丸まり戯れる炎の蛇が落とした痕跡にすぎない。

一八

どうしてニーチェは沈黙しなければならなかったのか？　沈黙の性体は疑問符である。疑問符の体性は沈黙である。ニーチェは、問うたがために、沈黙した。そして、疑問符が炎の疑問符に変わる時、ニーチェの沈黙は成就した。力意〔力への意志、権力への意志〕は、疑問符なのである。永久復性は炎の疑問符なのだ。ツァラトゥストラが自らの前に立てた、天の頂に向かって頭をまっすぐ伸ばす蛇だ（eine Schlange gerad aufgerichtet ... dieses Zeichen stellte ich vor mich hin）。

ツァラトゥストラがディオニュソスに化体した時、ニーチェは沈黙に回帰した（一八八九—一九〇〇）。

復性化体〔〈性〉への回帰による変化〕は二段階を経る。

一、礫にされた者に対立するディオニュソス。

二、ディオニュソスと礫にされた者はただ一つである。

ディオニュソスが礫にされた者に対立する時、ニーチェは、西洋の伝統の価値全体の前に、一つの疑問符をつけた。それは一切の価値の転倒であった（Umwertung aller Werte）。『偶像の黄昏』の序文において、ニーチェは、「一切の価値の転倒」は、黒い疑問符、あまりに黒い疑問符であると呼んでいる。

Eine Umwertung aller Werte, dies Fragezeichen so schwarz ...

〔一切の価値の転倒、あまりに黒い疑問符……〕

（『三巻著作集』第二巻、九四一頁参照）

が、ニーチェは自らの生命を抱き、人類の世命の救済において、それを変えなければならなかった。

沈黙へと入っていった最初の年一八八九年のように、ディオニュソスと磔にされた者が一体化し一つになった時、ニーチェはペーター・ガストに手紙を書き、末尾に次のように署名している。

——磔にされた者

– Der Gekreuzigte

（『三巻著作集』第三巻、一三五〇頁参照）

ゲオルク・ブランデス宛てに書いた時にも、ニーチェは「磔にされた者」と署名している（消印、トリノ、一八八九年一月四日）。ヤーコプ・ブルクハルト宛てに書いた時には、ニーチェは「ディオニュソス」と署名している（消印、トリノ、一八八九年一月四日）。つまり、同じ一八八九年一月四日に、ニーチェは同時に対立する二つの名、「磔にされた者」（Der

Gekreuzigte）と「ディオニュソス」の署名をしていたのである。

ディオニュソスと磔にされた者とが入り合って一つになる時（Der Gekreuzigte-Dionysos）、〈永久復性〉は、正午が正子と一つになるかのように出現する。越人（Übermesch）は、もはや同体の永体復体（Die ewige Wiederkehr des Gleichen）と矛盾しない。力意（Der Wille zur Macht）と同体の永体復体は入り合って一つになり、互いに相融相摂する。

有限で唯一の事体において、宇宙の永久は輝く。いわば時間の開かれた〈深淵〉の深みにおいて、事体は消える。

– Dans la chose finie et unique luit l'éternité du cosmos; la chose disparaît pour ainsi dire dans la profondeur de l'ABÎME ouvert du temps.

（オイゲン・フィンク『ニーチェの哲学』、深夜叢書、二二〇頁[45]）

開かれた〈深淵〉は、開体的〈淵源〉である。太極生両儀。蝶は羽を広げ、ベトナム戦争で死んだ男の子の死体の上を飛び巡る。燃え上がる故郷の大地の沈黙は、ニーチェの最後の沈黙へと回帰し一つになる。〈淵思〉は〈淵黙〉へと回帰する……

一九

どうしてニーチェは沈黙しなければならなかったのか？　言語は表象言語でしかありえず、言語がしるしに変化しようとする時には、言語は自己破壊し存在理由を残さない、ということをニーチェは明確に意識していた。最も騒々しい者は突然、最も残酷な沈黙者になる。彼は別の空へと、〈淵黙〉の神聖な空へと歩んでいく。

磔にされた者の叫び、「父よ、父よ、どうして私を捨てるのか」、この悲劇的で悲壮な叫びは、自らの胸に人類全体を抱いた者が上げた、最後の山頂にそびえる叫びであり、〈淵黙〉に入る前の、〈不生〉と〈不滅〉の深い秘密に入る前の〈化体〉の、そして〈言体〉〔言葉〕の最後の叫びである。最後の山頂で、生の最後の瞬間、生と死の間の分離境界は転倒され、消滅している。体現する人間は、最後に死体を晒し、自分の現体を捨てて、〈神〉になる。主を殺す者は、主を救う者になる。磔にされた者の敵がまさに、磔にされた者なのである。二は一、へと回帰する。復性が出現する。ディオニュソスと磔にされた者は一人にすぎない。反キリストはキリストなのである。

『グレコへの手紙』(*Lettre au Gréco*) において、ニコス・カザンザキスはニーチェについて三章を割いている。ニコス・カザンザキスは、反キリストもちょうどキリストのように戦い苦しんだことを認めている。身悶える苦痛の瞬間、二人の表情はふいに似る (L'Antéchrist lutte et souffre comme le Christ, et que parfois, dans leurs moments de souffrance, leurs visages se ressemblent. 『グレコへの手紙』、三一五頁参照)[46]

磔にされた者と磔にされた者に反対する者は、入り合って一つになる(Le Christ et l'Anté-christ se sont confondus. 前掲書、三一六頁)。

ニコス・カザンザキスは、重い意味を帯びた文の中で、ニーチェの心の行程のすべてを要約している。

——慰めをすべて拒絶し、神、故郷、祖国、真理の場にある慰めの探求をすべて拒否すること。たった一人で立ち、一人で留まり、一人で歩み、自分だけの力で創造を始め、ふさわしい世界を、自分の胸を穢さない世界を自ら創造すること。この世で一番の危険はどこにある? それこそ、私が求めているものである。深淵はどこに? それこそ、私が回帰したいところである。最も勇壮な快楽とは何か? それは完全な責任を負うことである。

Refuser toutes les consolations - dieux, patries, vérités - rester seul et se mettre à créer soi-même, avec sa seule force, un monde qui ne déshonore pas son cœur. Où est le plus grand danger ? C'est cela que je veux. Où est le précipice ? C'est ver lui que je fais route. Quelle est la joie la plus virile ? C'est d'assumer la pleine responsabilité.

（前掲書、三二七頁参照）

完全な責任を負うこととは何か？　これは誰に対する責任でもない。なぜなら、すべての真理、すべての神々、主、祖国は、すでに拒絶され否定されてしまっているからである。自らが自らに対する完全な責任を負うこと、つまり、〈深淵〉を前にしての責任を負うことである。唯一の責任とは、〈深淵〉を前にしての責任である。

黙って、堂々と、そして希望を持たずに深淵へと旅立つこと、それがおまえのなすべきことだ。

二〇

どうしてニーチェは沈黙しなければならなかったのか？〈深淵〉とは何か？　ニーチェはAbgrund〔深淵〕と呼んだ。マイスター・エックハルトもAbgrundと呼んだ（Gottheit〔神性〕と同義）。最も重要なのは、ヤーコプ・ベーメである。〈深淵〉は、ヤーコプ・ベーメのUngrund〔無底〕なのである。『思想の深淵』と『深淵の沈黙』は、西洋の生命と東洋の性命を閉じて、ヤーコプ・ベーメのUngrundとの密かな対話によって〈淵命〉〔深淵の運命〕の地平を開く。

Der Ungrund ist ein ewig Nichts
〈深淵〉は永久的〈真空〉である
（ヤーコプ・ベーメ『全集』参照[47]）

（ニコライ・ベルジャーエフ『創造的行為の意味』、コリアー書店、一九六二年、一三九、一九五頁参照[48]）

ニーチェの最後の沈黙への回帰は、一つの生命を閉じて、〈人類〉の〈性命全体〉の中に一つの〈生命〉をうち立てた。

世界の〈闇〉の時代において、世界の深淵は徹底的に学ばれなければならない。だが、そうしようとすれば、深淵に達する者がいなければならない。
（ハイデッガー「何のための詩人たちか」、『杣道』所収、（ＮＲＦ）ガリマール社、一九六二年、二二〇―二二一頁[49]）

『文芸と意識における新たな意識』『思想の深淵』『深淵の沈黙』の熟思の行程は、その方向へと向かった。

そして、これが信条《クレードー》である。

たとえ夜だとしても（AUNQUE ES DE NOCHE ...）

（サン・ファン・デ・ラ・クルス）

二二

どうしてニーチェは沈黙しなければならなかったのか？　問いは問いだけを留める。問いはただ問いである。答えのない問いである。

「どうして」と「何故」は、〈深淵〉から逃走し、〈宇宙の戯れ〉（Weltspiel）に参与し体入しよう〔入ろう〕としない者の特殊な態度にすぎない。

〈宇宙の戯れ〉（Weltspiel）は、〈善〉と〈悪〉の上を漂う。〈体性〉（Sein）こそは、〈戯れ〉（Spiel）である。〈宇宙の戯れ〉は、ディオニュソスという名の〈幼児〉の〈戯れ〉である（»Das Spiel« das Unnützliche – als Ideal des mit Kraft Überhäuften, als »kindlich«. Die »Kinklichkeit« Gottes ... ニーチェ『力への意志』第三巻、七九七、二二六頁参照[50]）。

〈戯れ〉に「何故」はない（ハイデッガー、Das Spiel ist ohne Warum〔戯れは何故なしにある〕）。どうしてニーチェは沈黙しなければならなかったのか？　沈黙には「どうして」や「何故」はない。ニーチェが沈黙したのは、ニーチェが沈黙したからである。『ケルビンの如き遍歴者』（一六五七年、一、二八九番）[51]の一編の詩の中のアンゲルス・ジレジウスの薔薇の花[52]と同じように。

ハイデッガーはアンゲルス・ジレジウスの薔薇の花を用いて、『根拠律』（プフリンゲン、ネスケ、一九五七年）[53]のための地平を開いた。

アンゲルス・ジレジウスの薔薇の花は、ニーチェの最後の沈黙（一八八九―一九〇〇）の中で、理由もなく、香り立ち完全に開いた。

> 〈体性〉としての〈体性〉は根底性を持たない……〈体性〉は〈深淵〉（Ab-grund）である。
>
> （ハイデッガー『根拠律』、一八五頁）

ハイデッガーはこのように言いえたが、しかし、ニーチェの最後の一〇年の上にある沈黙に芽生えた薔薇の花を忘却した。それは最も悲壮で最も悲惨な隠性（Verborgenheit）であるが、二〇世紀で最も偉大な思想家、その亡性〔〈性〉の忘却〕について最も意識した思想家ハイデッガーこそが、ニーチェに対する自らの態度において最も強烈に亡性を体現した者だったのである。西洋文化の歴史二千年のうちで最も偉大な思想家、ニーチェ、この最初で最後の人は、〈淵黙〉との最後の対決の中で、ヘラクレイトスとともに立っている。

どうしてニーチェは沈黙しなければならなかったのか？

こうして、すべてが私にしるしで呼びかけた。「時は来た！」と。だが、私は耳を貸さなかった。ついに、私の〈**深淵**〉が動きだし、私の思想が私を噛んだ。ああ、私の思想である〈**深淵な思想**〉よ、いつになったら私は、おまえが掘っているのを聞いてももう震えたりしないだけの力を見出すことができるだろうか、私の思想よ。おまえが穴を掘るのを聞く度に、私の心臓はあまりに激しく脈打つ。おまえの沈黙さえも、私の息を止めようとするのだ、おまえ、思想よ、〈**深淵の沈黙**〉のように沈黙しているおまえよ！

（『ツァラトゥストラはそう言った』第三部、「意に反する至福について」）

Also rief mir alles in Zeichen zu: » es ist Zeit ! « Aber ich - hörte nicht: bis endlich mein **ABGRUND** sich rührte und mein Gedanke mich biß.

Ach, **ABGRÜNDLICHER GEDANKE**, der du mein Gedanke bist ! Wann finde ich die Stärke, dich graben zu hören und nicht mehr zu zittern ?

Bis zur Kehle hinauf klopft mir das Herz, wenn ich dich graben höre ! Dein Schweigen noch will mich würgen, du **ABGRÜNDLICH SCHWEIGENDER** !

（『三巻著作集』第二巻、四一三頁参照）

ツァラトゥストラはそう言った。

どうしてニーチェは沈黙しなければならなかったのか？　問いは答えられない。

どうしてニーチェは沈黙しなければならなかったのか？　どうして？　どうして？

問いだけが残る。

どうしてニーチェは沈黙しなければならなかったのか？……

跋《コーダ》1

深淵の沈黙

結論

孤独の歌声を聴きたければ、ベートーヴェンの音楽に耳を傾けよ
Und wenn ihr seine einsamen Gesänge hören wollt, so hört Beethovens Musik
（ニーチェ『反時代的考察』第三編三参照[2]）

ベートーヴェンについてのニーチェのこの文は、筆者が『深淵の沈黙』の結論を開くために用いる最後の言葉である。

『深淵の沈黙』は終わり、ニーチェの沈黙へと回帰する。「ニーチェの沈黙への回帰」はすべて、筆者がひたすらベートーヴェンの神秘の音楽を聞き、それとともに生き、眠り、起きた時間に書かれたものである。

人生最初の二五年が炎と水の塵風の中に退き去り、筆者が深い夜の沈黙の中で、底なしの深淵に落ち、衰え死んでいった漂泊の月日の中で、ベートーヴェンの高くそびえる音楽は、「どうしてニーチェは沈黙しなければならな

かったのか?」という問いを次々と導いた。

最高の頂上はすでに始まり、下方の深淵はもう開かれている……

あとたったの一歩だ。

あと一歩。

いつ？　いつだ？

ファム・コン・ティエン

一九六七年六月一日

附註

以下に、(『深淵の沈黙』の中、一二一―一二六頁、一五六―一六二頁、一七九―一八六頁、二〇四―二一〇頁で訳された)ツァラトゥストラの四つの説法について、ニーチェのドイツ語原文を掲載する。一番目は『ツァラトゥストラはそう言った』の第四章、二番目は第二章、三、四番目は第三章にある。ニーチェは『ツァラトゥストラはそう言った』の中で、ドイツ言語を頂点にまでもたらした。時に火山の如く燃え上がり、時に虚無の世界の冬の声の如くざわめき、時に初めて見た夢の桂の森から聞こえてくるあやし声の如くかすかに、『ツァラトゥストラはそう言った』全体には孤独な魂のささやく乾いた風の言葉が暗く漂いながら、虚無の谷間を最後に一度見るため失踪し、山から下りて、市井の人々の奇異な日射しの夕べに果てしなく広がる驚異の中で、雪に覆われた高峰の果てなき夢の中で死ななければならない者たちの、すでに出発してもう二度と戻らない者たちの、神秘の沈黙の中で、すべての音は縒り合い舞い踊る。ニーチェはドイツ語の原文の中で、そのような形象音声をすべて体現させたのである。ドイツ語を分かる者がニーチェの言葉に直接入っていけるよう、以下にドイツ語原文を掲載しておく。以下の文は、順に、フリードリッヒ・ニーチェ『三巻著作集』第二巻、カール・シュレヒタ刪潤（カール・ハンザー出版、ミュンヘン、一九六〇年[1]）の五一二—五一五頁、三九九—四〇一頁、四三二—四三五頁、四〇三—四〇六頁からの引用である。

〔訳者註：以下、『深淵の沈黙』原書三六二—三八三頁に掲載の、『ツァラトゥストラはそう言った』のドイツ語原文は省略〕

一、正　午（『深淵の沈黙』一二一—一二六頁に訳出）
二、最も沈黙した時（『深淵の沈黙』一五六—一六二頁に訳出）
三、帰　郷（『深淵の沈黙』一七九—一八六頁に訳出）
四、放浪者（『深淵の沈黙』二〇四—二一〇頁に訳出）

深淵の沈黙は
聖アウグスティヌスの性言
「人間は深淵である」
HOMO ABYSSUS EST
から始まり
UNGRUND〔無底〕
についての淵言を通じて
ヤーコプ・ベーメの
神秘の道の上を帰っていき
東洋と西洋は
淵黙へと回帰するため
深淵の言葉を通じて
一つになる

深淵の沈黙は
故郷の戦争のための
白雲浮かぶ地平を開くため
POLEMOS 〔戦争〕
についての**ヘラクレイトス**の性言
から始まり
ADIKIA 〔不正〕
についての淵言を通じて
アナクシマンドロスの
神秘の道の上を帰っていく

一九〇〇年八月二五日正午の
ニーチェ辞世の日をしるし付けるため
一九六七年八月二四日の深夜
一九六七年八月二五日の明ける一二時に
『深淵の沈黙』は生まれる
正子と正午は螺旋を描き
そして成就させる
最も沈黙した時を
深淵の沈黙の
至高の時を

訳　註

＊が付されているものは、ベトナム語原書に記載されている出典の原語情報である。

（献辞）

1 阮攸（Nguyễn Du、日本語音読みでは「げん・ゆう」。一七六五―一八二〇）は、ベトナム文学の最高傑作『翹伝《ぎょうでん》』（成立は一八世紀末から一九世紀初頭頃）の作者として有名な詩人。『翹伝』では、薄命の佳人、王翠翹《おうすいぎょう》の悲劇的人生と、その塵世からの解脱が、三二五六行に渡る巧みなベトナム語韻文で語られている。『翹伝』の他には、ベトナム語作品として「十類衆生祭文」、漢詩集として『清軒詩集』『南中雑吟』『北行雑録』が今日に伝わる。

阮攸は、宰相であった阮儼《グエン・ギエム》を父に持ち、官吏になるべく育ったものの、青春期にベトナムの王朝が三度入れ替わる激動の時代を迎え、二〇代から三〇代半ばにかけての約一五年間、隠遁生活を送っていた。父方の故郷であるベトナム中北部のハティン省に隠棲していた時には、「鴻山」「鴻嶺」と呼ばれる山なみでの狩猟を趣味としていた。

彼は苦労が多かったせいか、三〇歳で髪はすでに白髪だったようで、その様子は彼の漢詩にしばしば描かれている。たとえば、漢詩「瓊海元宵」には、【原文】鴻嶺無家兄弟散／白頭多恨歳時遷【書き下し文】鴻嶺に家無く、兄弟散ず／白頭に恨多く、歳時遷る【現代語訳】鴻嶺に家はもはやなく、兄弟は散り散りになってしまった／白頭には恨みが多く宿り、月日は移り変わっていく（Mai Quốc Liên, Vũ Tuấn

San (ed.), *Nguyễn Du Toàn Tập*, tập 2〔『阮攸全集』第二巻〕, nhà xuất bản Văn Học, Hà Nội, 2015, p. 28）という一節があり、「秋至」には、【原文】惆悵流光催白髪／一生幽思未曾開【書き下し文】流光を惆悵《ちゅうちょう》して白髪を催《うなが》す／一生の幽思、未だかつて開かず【現代語訳】月日が過ぎていくことを嘆いていれば、白髪は一層増えていく／いつまでも続いている胸の裡の深い思いの錯綜は、いまだに解くことができないでいる（*op. cit.*〔前掲書〕, p. 67）という一節がある。「雑吟㈠」には、【原文】萬里西風來白髮【書き下し文】万里の西風、白髪に来たる【現代語訳】万里の彼方から、秋に吹く冷たい西風が、私の白髪に吹きつける（*op. cit.*, p. 186）とある。この詩やその他の阮攸の漢詩にも現れる「西風」を、ファム・コン・ティエン（以下、ティエンと略）は「秋風」と呼んでいる。阮攸の白髪については、第一章訳註51の詩「自嘆㈠」も参照のこと。

「東洋における最も偉大な詩人五人」のうち、阮攸を除くと、ティエンが他の四人について誰を想定していたのかは不明であるが、一九九六年に出版された彼の本格的な阮攸論である『阮攸　民族的大詩豪』では、阮攸のことをヘルダーリン、ホイットマンと並ぶ人類で最も偉大な詩人三人のうちの一人だ、と讃えている（Phạm Công Thiện, *Nguyễn Du: Đại Thi Hào Dân Tộc*〔『阮攸　民族的大詩豪』〕, Viện Triết Lý Việt Nam và Triết Học Thế Giới Xuất Bản, California, 1996, p. 13）。

高峰と深淵のはざまを行く

1　この冒頭の一文は、空路禅師の偈《げ》（仏教の教え、真理を詩句の形式で述べたもの）の一節「有時直上孤峯頂長嘯一声寒太虚」のティエン流の現代語訳である。本格的な独立王朝であった李朝の時代（一〇一〇―一二二五）にいたとされる空路禅師（?―一一一九）については、漢文で書かれたベトナムの高僧伝『禅苑集英』にその伝記が見られる。伝記にある空路の偈の全文は次のとおり。【原文】選得龍蛇地可居／野情終日楽無餘／有時直上孤峯頂／長嘯一声寒太虚【書き下し文】居る可《べ》き龍蛇の地を選び得たりて／野情、終日楽しみて余り無し／時有りて孤峯の頂に直上し／長嘯《ちょうしょう》の一声、太虚を寒くす【現代語訳】私は居住するべき龍蛇の土地を見つけた／田舎の風情は、一日中楽しみをもたらしてくれ、余すところなく満足いくものである／時に、私は孤高の山頂にまっすぐ登り／一声長い叫び声をあげて、宇宙を凍えさせる（Cuong Tu Nguyen, *Zen in Medieval Vietnam; A Study and Translation of the Thiền Uyển Tập Anh*, University of Hawaii Press, Honolulu, 1997, 影印 25b.）。なお、「長嘯」は「口をすぼめて長く口笛を吹く」という意味でも解釈できるが、ティエンは「叫び」（kêu）と捉えており、訳者もこの解釈に従う。後に、『仏教思想における心識の全面的な転動』（一九九四）では、観世音菩薩の名号が五蘊を破壊すると説く中で、次のように述べている。「識蘊（Vijñāna-skandha）は、転化されて『法界智』（dharma-dhātu-jñāna）となり、人間のすべての〈意識〉と〈無意識〉は、事事無礙法界全体の重重縁起の中へと螺旋を描いて吸い込まれ、〔その時〕一秒は億兆劫へと引き伸び、一歩は百兆里となり、一瞥で永遠が起ち上がり、一声の叫びは幾億兆の星を震撼させ、大声の一声は天頂一面を凍えさせ（空路禅師の長嘯一声寒太虚）、空間は時間となり、大地は天空となり……」（Phạm Công Thiện, *Sự Chuyển Động Toàn Diện Của Tâm Thức Trong Tư Tưởng Phật Giáo; Những Bước Chân Nhẹ Nhảng Trở Về Sự Im Lặng*〔『仏教思想における心識の全面的な転動　沈黙へと回帰する静かな歩み』〕, Viện Triết Lý Việt Nam Và Triết Học Thế Giới Xuất Bản, California, 1994, p. 57）。

この空路の偈は、『祖堂集』『景徳伝燈録』に収録の、薬山禅師の笑いをうたった李翺《りこう》の偈に倣ったものである。その李翱の偈は次のとおり。【原文（『景徳伝燈録』）】選得幽居愜野情／終年無送亦無迎／有時直上孤峯頂／月下披雲笑一声【書き下し文】幽居を選び得て野情を愜《かな》え／終年送る無くまた迎うる無し／時有りて孤峯の頂に直上し／月下に雲披《ひら》きて笑うこと一声【現代語訳】静かな住居を見つけて、飾らぬ心をたのしみ、年中、客を送ることも迎えることもない。／あるときは、孤峰頂上にのぼって、雲のうちから顔をだす月に大笑いする（現代語訳については、柳田聖山責任編集『世界の名著続3　禅語録』中央公論社、一九七四年所収の柳田聖山訳『祖堂集』四七三頁より）。

『深淵の沈黙』という題の本の書き出しが、まったく対極の山頂の叫びから始まることにも注意したい。また、「空路」という名は、大乗仏教の「空」の思想とも重なる（第二章末尾七〇―七一頁を参照）。

2　なぜ、ハイデッガーの Sein の訳語として、ティエンが〈性〉（Tính）という語を用いているかについての詳細は、訳者解説の「〈性〉という訳語について」を参照のこと。

3　なぜ「一〇年」なのかは不明であるが、すぐ後に名前が挙がるニーチェを想起するなら、『ツァラトゥストラはそう言った』冒頭で、ツァラトゥストラが一〇年間山に籠もった後に決意して下山するところから話が始まっていることが連想できる。

4　ベトナムの建国神話「鴻厖氏伝《こうぼう》」では、帝宜《ていぎ》と婺仙《ぶせん》の間の子が涇陽王《けいようおう》として（中国の）南方の王に封じられ、涇陽王と洞庭湖の龍王の娘の間に生まれた貉龍君《らくりゅうくん》と、帝来《ていらい》の娘の嫗姫《おうき》の間に産まれた百卵（あるいは百男）のうちの半分がベトナム人の起源だとされ、ベトナム人は龍の子孫だと考えられている（陳慶浩、王三慶主編『越南漢文小説叢刊第二輯第一冊神話傳説類　嶺南摭怪列傳、嶺南摭怪列傳　巻三・續類、嶺南摭怪外傳、天南雲籙』臺灣學生書局、一九九二年、二九―三〇頁、および、陳陳荊和編校『校合本　大越史記全書（上）』東京大学東洋文化研究所附属東洋学文献センター、一九八四年、九七頁参照)。

本書の本論部分はパリで書かれたが、ティエンは後にインタビューに答えて、次のように、故郷のオブセッションと龍の幻視を交えながら執筆当時の思いを回想している。「ある夜更けにポンヌフに一人立って、黒灰色のセーヌを見下ろしながら、私は、百本の河が私の人生を流れ、百匹の蛇のように百本の河が舞い、その夜に『蛇の生まれ出づる日』〔ティエンの詩集〕が現れたのです。百匹の蛇は、『太陽などありはしない』〔ティエンの小説〕という奇妙な名を持った調べの中で、絡み合って踊りました。主の蛇はしばらく踊ると龍に化け、その瞬間、私はその龍が九龍河《キュウロン》〔メコン河のベトナム語での言い方〕だと気付いたのでした。私はほくそえみました。自分は夢を見ているというのに、目は開いてセーヌ河を見下ろしていて、荒唐無稽な夢を過ごしたわけですから。／その夜、カルチェ・ラタンの宿に戻って、一晩中起きていましたが、その夜、生涯で初めて、身をよじらせているベトナムの現性が血の炎に満ちた深淵に跳び込み、そして遥か彼方、遥かに高いところに飛び上がっていくのを見たのです。何と言っていいのかわからないが、その彼方にあるのは煙、一晩中私が吸い続けていた煙でした。次の朝、そしてその日以降、『思想の深淵』〔ティエンの思想書〕が生まれ、続いて『深淵の沈黙』が生まれたのでした」(Phạm Công Thiện, *Nikos Kazantzakis*〔『ニコス・カザンザキス』〕, Phạm Hoàng Xuất Bản, Sài Gòn, 1970, pp. 401-402)。

また、ここで言及されている鳳凰と龍からは、ツァラトゥストラの従者である鷲と蛇を連想することもできるだろう。

5 本書が書かれた当時のベトナム戦争を想起。

6 * An die Melancholie, 1871. この句が含まれる一聯は次のとおり。「おぞましき猛禽〔禿鷹〕よ、汝《なんじ》は見誤りしなり、よし、われ／木乃伊《ミイラ》さながらに　わが切株の上に憩いてありしも！／汝はわが眼《まなこ》に気づかざりき、なお歓喜に浸《ひた》りて／誇らかに、意気高く、四囲《めぐり》をうかがいおりしわが眼に。／その眼、遥かなる雲波《くもなみ》をとらうる生気をばややに失い、／汝の在る天空の高みにまで忍びよること叶わざりしも、／されば　いや深く、深くへと沈みゆきてありき、己《おの》が内部に／生存の深淵をば閃光もて照らし出《い》さんとて。」（「憂愁に寄す」『ニーチェ全集別巻2　ニーチェ書簡集Ⅱ詩集』塚越敏・中島義生訳、ちくま学芸文庫、一九九四年、四一二―四一三頁）。

7　ベトナム戦争の窮極的原因は西洋哲学にあるとティエンは見なす。西洋哲学という特定の世界観を礎にして、西洋は、植民地主義を通じて世界を我有化し、大量殺戮さえ可能となる科学技術を発展させていったのだ、そして、その行き詰まりがベトナム戦争という深淵的状況として祖国ベトナムで体現成就されているのだとティエンは考えているのである。第一章一七頁六行以下の一段も参照のこと。

8　古くは『易経』に見られる語。本来は「せいめい」と読み、その意味は、天から受け与えられた性質。ただし、本書での「性命」は、著者独自の意味、「〈性〉の運命」という意味で用いられており、〈性〉の読みとの関連もあるため、本訳本では、あえて「しょうめい」と読むこととする。

9　おし黙り静かにしていることの意。『淮南子』には、【原文】淵黙而不言【書き下し文】淵黙して言わず、とある。「淵黙」の対立矛盾した性質を示すものとしては、『荘子』在宥篇第十一に次のような文がある。【書き下し文】君子、苟《まこと》に能《よ》く其の五蔵（臓）を解くことなく、其の聡明を擢《ぬ》くことなくんば、尸居《しきょ》して竜見し、淵黙して雷声あり、神動きて天随《したが》い、従容《しょうよう》無為にして万物は炊累《すいるい》せん【現代語訳】君子がもしその自然な五臓のありかたをひきさくことをせず、その耳目のはたらきを根こそぎにすることをしないでおれたなら、屍のようにじっとしていてしかも竜のように「はなばなしく」活動し、深い沈黙に

10

あってしかも雷のようにひびき、精神がはたらいてしかも自然のままであり、あるがままに無為でいて万物は風に浮かぶ塵のよう〔に自由〕になるだろう（『荘子』第二冊〔外篇〕、金谷治訳注、岩波文庫、一九七五年、六五―六八頁、傍点引用者）。また、『荘子』天運篇第十四には次の文がある。【書き下し文】子貢曰わく、然らば則ち人には固《もと》より尸居《しきょ》して竜見し、淵黙して雷声あり、発動すること天地の如き者あるか【現代語訳】子貢は〔それを聞くと〕こういった、「してみると、屍のようにじっとしていてしかも竜のように〔はなばなしく〕活動し、深い沈黙のうちにあってしかも雷のようにひびき、天地のように大きく発動するという人が、やはり実在するのですね（同書、二〇八―二〇九頁、傍点引用者）。『詩経』「大序」の一節「天地鬼神を感動させること詩にまさるものはない」（目加田誠『詩経』講談社学術文庫、一九九一年、一二頁）を想起させるこの一段は、初源的な〈詩〉の発現を示唆していると考えられる。のちにフランス語で書かれた随想「断片的思索〈詩〉の空路について」（Pensée éparses; Sur le non-sentier du Poèm）で、ティエンは次のように述べている。「〈詩〉は、各々の生の中に、人間言語の論理的、超論理的な十原則の二元的戯れのうちで自由を奪われたままでいるような死すべき目には見えない〈路〉を引く。各々の存在は、自身のうちに、隠れたその路の痕跡を持っている。その路は、心的領域のあらゆる曲折の中で垂直に自らを切り開く。〈否〉が次第に高まり〈顕現〉の最高の頂で不意に留まるような行き詰まりの絶頂の瞬間に、その路は電撃的な明るみから唐突に立ち現われる」（Pham Công Thiện, "Pensée éparses", *Tribu*〔「断片的思索」『部族』〕, no.1, Centre d'Édition et d'Action Poétique, Toulouse, 1983, p. 85)。

第一章　背理帰結法《レドゥクティオー・アド・インポッシビレ》

1　第一章の原題は、ラテン語表記で REDUCTIO AD IMPOSSIBILE。その意味は「不可能への還元」で、論証方法の一つである背理法、帰謬法を指す。reductio ad absurdum（不条理への還元）とも呼ばれる。ここでは第一章末尾に現れる「背理帰結法」という表現で訳すこととした。

この「背理帰結法」は、本論中ではナーガールジュナのプラサンガと呼ばれる帰謬論法を主には示し、またフォークナーの『響きと怒り』に現れる reductio ad absurdum にも照応させている。副題の「弁証法破壊」という表現にも示唆されているように、西洋世界を構築してきたプラトンからマルクス、レーニンに到るまでの「弁証法」破壊の可能性をティエンはナーガールジュナの帰謬法に求めている。

2　本書では、主要術語の一つである〈性〉(Tính) と対比的な形で、「体」(thể) という語が用いられている。概して、「性」が付く語はハイデッガーの言うオントローギッシュ (ontologisch、存在論的) な位相に帰属するものであり、「体」が付く語は〈性〉(存在) を忘却したオンティッシュ (ontisch、存在的) な位相に帰属するものであり、「体」のみ単独で現れる場合には、「存在者」「存在する事物」を示す。

存在論的 (ontologisch) と存在的 (ontisch) との違いについて、『存在と時間』の訳者細谷貞雄は「訳者の注記」で次のように説明している。「存在者の存在を主題とする認識態度を、存在論的と呼び、存在者の属性や関係などを主題にする実証的認識態度を存在的と呼ぶ」(マルティン・ハイデッガー『存在と時間 (上)』細谷貞雄訳、ちくま学芸文庫、一九九四年、四八三頁)。

3　「〇〇とは何か？」という問い方は、ソクラテス、プラトン、アリストテレスから始まるギリシア哲学に由来する問い方である。マルティン・ハイデッガー『ハイデッガー選集Ⅶ　哲学とは何か』原佑訳、理想社、一九六〇年、一一頁参照。

4　『易経』復の卦は、五段の陰爻の重なりの下に陽爻の一段がある卦。この卦は、「一陽来復」すなわち、凶事が過ぎ去り吉事が再び戻ってくる、回復する、復活する、再生する、ということを象徴している。

5　第二章訳註1を参照のこと。

6　超越、超越者。『存在と時間』では次のように述べられている。「『存在』は、中世の存在論の呼び方によれば、『超越者』（«transcendens»）のひとつである」（『存在と時間（上）』、二九頁）。

7　esse は、通常、日本語では「存在」と訳される語。

8　ベトナム語を表記するために、漢字を組み合わせて作られた文字。一三世紀から二〇世紀初頭にかけて用いられたが、複雑なため普及はしなかった。

9　*Platon, République, VI, 509, B.「〈善〉は実在とそのまま同じではなく、位においても力においても、その実在のさらにかなたに〔ἐπέκεινα τῆς οὐσίας〕超越してあるのだが」（プラトン「国家」藤沢令夫訳、『プラトン全集11　クレイトポン、国家』所収、岩波書店、一九七六年、四八三頁）。

10　*Métaphysique, B4, 1001a21. ここに引かれているギリシア語の一節は、ハイデッガーの『存在と時間』にも引用されているアリストテレスの『形而上学』の一節である。「存在は、すべてのもののうちで、もっとも多く普遍的である」（『存在と時間（上）』、二九頁）。

11　梁昭明太子編纂の『文選』巻二十九に収められた漢代の「古詩十九首」の一つ。作者不詳。【書き下し文】越鳥、南枝に巣くう。その意味は、南方の越から来た鳥は故郷を恋しがって、巣を作る時には南の方の枝を選ぶ、ということ。転じて、忘れがたい故郷のたとえで用いられる句。

12　ベトナムの歴史では、西暦換算で紀元前二八七九年が涇陽王の受封の年とされている。その涇陽王の子である貉龍君の子供のうちの長男が雄王となって文郎国を作り、その後紀元前二五八年に国が滅びるまで、雄王の時代が一八代続いた。その時代を指す（「高峰と深淵のはざまを行く」訳註4も参照のこと）。

13　『後漢書』「南蛮伝」に、交阯《こうし》の南に、越裳の国があったとある。『大越史記全書』「外紀　巻之一」には、【原文】成周時、始稱越裳氏。越之名肇於此云【書き下し文】成周の時、はじめて越裳氏を称う。越の名、ここに肇《はじ》む、とある（原文は、陳荊和編校『校合本　大越史記全書（上）』九七頁）。

14　『中庸』第一章、【原文】天命之謂性、率性之謂道。【書き下し文】天の命ずるをこれ性と謂《い》う、性に率《したが》うをこれ道と謂う。【現代語訳】天が、その命令として［人間や万物のそれぞれに］わりつけて与えたものが、それぞれの本性《もちまえ》である。その本性のあるがままに従っていく［とそこにできあがる］のが、［人として当然にふみ行うべき］道である（『大学・中庸』金谷治訳注、岩波文庫、一九九八年、一四一―一四三頁）。

15　pārami（彼岸に）＋ ita（到った）という過去分詞の女性形。彼岸（悟り）に到る行を指す。漢語音訳は「波羅蜜」「波羅蜜多」。漢語意訳は「度」「到彼岸」。

16　Tad は「それ」、Tattava は字義どおりには「それであること」。真の本質、真実なる本性、真理、実在、諦。真理、原理を意味する。

17　「自存する存在そのもの」。トマス・アクィナスの『神学大全』には次の一節がある。「神は、すなわち、『何らかの本性に結合してこれによって限定されているごとき何らかの存在』を持つものではなくして、却ってあらゆる意味において無限定的な、自存する存在〔ipsum esse subsistens〕そのものなのであるかぎり、最高度において『有』〔ens〕である」（トマス・アクィナス『神学大全』第一冊、高田三郎訳、創文社、一九六〇年、二〇五頁）。

18 ここに挙げられた物理学者のうち、ケプラーからブロイまでは、ハイゼンベルクの『現代物理学の自然像』で取り上げられている人物である。また、ボーアからマリ・キュリーまでの人物は、核開発と関連付けることができる学者たちであり、ティエンは、科学技術の発展の末に出来上がった原子爆弾のことを意識して列挙したものと考えられる。ハイゼンベルクに対するティエンの批判について、詳しくは、本章二七頁、およびその訳註61を参照のこと。

19 sapta padāni と aggo'ham asmi lokassa および jeṭṭho'ham asmi lokassa の意味、解釈については次の訳註20のエリアーデの文を参照。

20 * cf. Mircea Eliade, *Les Sept Pas du Bouddha in Pro Regno pro Sanctuario*, Hommage Van Der Leeuw, Nijkerk, 1950, pp. 169-175; cf. Mircea Eliade, *Images et Symboles, Essais sur le symbolisme magico-religieux*, 1952, Gallimard, pp. 98-100.

　参照が指示されている文献の中で、エリアーデは次のように述べている。「空間を超越する行為と時間の流れを超越する行為との繋がりは、『仏陀の誕生』を扱っている神話によって明かにされている。マッジマ・ニカーヤ（Ⅲ 一二三頁〔第一二三経？〕）は語っている、《生まるるや、菩薩は扁平の足をもって起立し、北面して七歩、轄歩して行き、白蓋に被われ、一切諸方を眺めて、牡牛の声にて曰く、『われは世界の最高者である。われは世界の最善者である。われは世界の最年長者である。これがわれの最後の誕生である。以後われには新たな生存はない』》と。『仏陀の誕生』というこの神話的出来事はいくつかの変化型をもって、後の文献ニカーヤ・アーガマとヴィナヤの中や、仏伝の中に繰り返し表われる。仏陀を世界の頂きに導いた七歩（sapta padāni）は仏教美術とその図像の中でもある役割を演じている。《七歩》というシンボリズムは極めて明晰である。《わたしは世界の最高者である》(aggo'ham asmi lokassa) という表現は仏陀の『空間的超越』を意味している。周知のように彼は七つの遊星の天に相当する、七つの宇宙の層をのぼることによって、《世界の頂き》(lokāgge) に達したのである。しかもまさにこのことによって、彼は時間をも超越するのである。というのはインドの宇宙論において創造がはじまった地点は頂きであり、それゆえ最も《古い》ところでもあるからだ。このことが、仏陀が《世界の最年長者はわれなり》(jeṭṭho'ham asmi lokassa) と宣言した理由である。というのも宇宙の頂きに達することで、仏陀は『世界のはじまりと同時代の人』になるからである。彼は呪術的に時間と創造とを破棄して、宇宙開闢に先立つ時間のはざまにいるのだ。」(M・エリアーデ『イメージとシンボル』前田耕作訳、せりか書房、一九七一年、一〇五―一〇六頁)。

21　劉向『列仙伝』巻上、「老子」の項には次のようにある。「のちに周王朝の政治力が衰えたので、青牛に牽かせた車に乗って国を去った。大秦国に入るべく、西関を通ったとき、関守の尹喜というものが待ち受けていて迎え、まさしく天地の道を得た大人物なりと認めた。そこで、是非にと懇望して著述をさせ、『道徳経』上下二巻とした」(劉向・損洪『列仙伝・神仙伝』沢田瑞穂訳、平凡社ライブラリー、一九九三年、一二三頁)。

22　「喪家の狗」のこと。司馬遷『史記』孔子世家第十七、【書き下し文】孔子、鄭《てい》に適《ゆ》き、弟子とあい失《うしな》う。孔子ひとり郭《かく》の東門に立つ。鄭人、子貢《しこう》に謂《い》うものあり、曰《いわ》く、「東門に人あり、その顙《ひたい》は堯《ぎょう》に似、その項《うなじ》は皐陶《こうよう》に類し、その肩は子産《しさん》に類す。然《しか》れども要《こし》より以下、禹《う》に及ばざること三寸、纍纍《るいるい》として喪家《そうか》の狗《いぬ》のごとし」。子貢、実をもって孔子に告ぐ。孔子、欣然《きんぜん》として笑いて曰く、「形状はいまだし。而《しか》も喪家の狗に似るというは、然らんかな、然らんかな」【現代語訳】孔子は、鄭都にはいったところで、弟子たちとはぐれてしまい、ひとりで城都の東門の側《そば》に立っていた。それを見た住民のひとりが、子貢に告げた。／「東門でへんな男を見かけました。額が聖帝堯に似ており、うなじは賢人皋陶に、肩は名相子産にそっくりでした。ただ、腰から下が賢帝禹に三寸ほどたりず、おまけに疲れはてた様子でちょうど宿なし犬のようでした」／子貢は孔子を見つけて、言われたままを語った。孔子は愉快そうに声をたてて笑い、／「顔かたちのほうはともかく、宿なし犬とはうまく言ったものだ。いや、まったくそのとおりなのだから」（司馬遷『史記七　思想の命運』西野広祥・藤本幸三訳、徳間文庫、二〇〇六年、六四―六六頁）。

23　信仰の意のギリシア語。

24　【漢訳】信心清浄。則生実相【書き下し文】信心清浄ならばすなわち実相を生ぜん、他（中村元・紀野一義訳註『般若心経・金剛般若経』岩波文庫、一九六〇年、七六頁）。

25　『大学』第一章、【書き下し文】物格《いた》りて后《のち》知至《きわ》まる。知至まりて后意誠なり。意誠にして后心正し。【現代語訳】ものごと［の善悪］が確かめられてこそ、はじめて知能（道徳的判断）がおしきわめられ［て明断にな］る。知能がおしきわめられて［明断になって］こそ、はじめて意念が誠実になる。意念が誠実になってこそ、はじめて心が正しくなる（『大学・中庸』、三四―三六頁）。

26　たとえば二二章、【書き下し文】唯だ天下の至誠のみ、能くその性を尽くすと為す、【現代語訳】ただこの世で最も完全に誠を備えた人（聖人）だけが、その本性を［天からわりつけられた通り］あるがままに十分に発揮することができるものだ（同書、二〇六―二〇八頁）。

27　【書き下し文】誠なる自《よ》り明らかなる、これを性と謂《い》う【現代語訳】［天の道としての］誠が完全に身に備わっていて、そこから［現実的な立場で］ほんとうの善をはっきりと見ぬいていくのを、それを本性そのままのことという（同書、二〇六―二〇八頁）。

28 『易経』「周易繋辞上伝」、【原文】易有太極【書き下し文】易に太極あり（『易経（下）』高田真治・後藤基巳訳、岩波文庫、一九六九年、二四一―二四三頁）。

29 『老子道徳経』上篇第一章、【書き下し文】道《みち》の道とすべきは、常の道に非《あら》ず。名《な》の名とすべきは、常の名に非ず。名無きは天地の始め、名有るは万物《ばんぶつ》の母。故に常に無欲にして以《もっ》て其《そ》の妙を観《み》、常に有《ゆう》欲《よく》にして以て其の徼《きょう》を観る。此の両者は、同じきに出《い》で而《しか》も名を異《こと》にす。同じきをこれを玄《げん》と謂《い》い、玄の又《ま》た玄は衆妙の門なり【現代語訳】これこそが理想的な「道」だといって人に示すことのできるような「道」は、一定不変の真実の「道」ではない。これこそが確かな「名」だといって言いあらわすことのできるような「名」は、一定不変の真実の「名」ではない。／「名」としてあらわせないところに真実の「名」はひそみ、そこに真実の「道」があって、それこそが、天と地との生まれ出てくる唯一《ゆいいつ》の始源である。そして、天と地というように「名」としてあらわせるようになったところが、さまざまな万物の生まれ出てくる母胎《ぼたい》である。／だから、人は常に変わりなく無欲で純粋であれば、その微妙《びみょう》な唯一の始源を認識できるのだが、いつも変わりなく欲望のとりこになっているのでは、差別と対立に満ちたその末端《まったん》の現象がわかるだけだ。／この二つ――微妙な唯一の始源と末端のさまざまな現象との二つは、根本的には同じでありながら、「名」の世界では、道といい万物というように、それぞれ違った呼びかたになる。その根本の同じところを「玄《げん》」――はかり知れない深淵《しんえん》と名づけ、その深淵のさらにまた奥の深淵というところから、もろもろの微妙な始源のはたらきが出てくるのだ（金谷治『老子』講談社学術文庫、一九九七年、一四―一五頁）。「玄」は、「黒」「奥深いもの」の意。万物の根源としての「道」あるいは「無」を意味する。

30 「諸神に関する、諸神より来れる」の意（荻原雲来編纂『漢訳対照梵和大辞典』（新装版）、講談社、一九八六年、一九三頁）。

31 「自我に関する、主観的の、最高我に関係する」の意（同書、一九四頁）。

32 「神、自己、および能力」の意（湯田豊『ウパニシャッド――翻訳および解説』大東出版社、二〇〇〇年、四八一頁）。なお、その訳註（六六五頁）では、「ラウ〔一九六四年、二八頁〕に従い、わたくしは、devātmasākti を〝神〟、〝自己〟〔個別的自己〕、および〝能力〟〔神の能力。サーンキヤの根本質料《プラクリティ》〕と翻訳」とある。

33 「人がこの自己を神として、過去と未来の主として目のあたり見る時に、／人は彼から隠れようとしない」（同書、一二〇頁）。

34 「たとえば」からここまでのベトナム語原文を交えた出典表現は次のとおり。*chẳng hạn như câu *devātmaśaktim* trong *Śvetāś. Up.* 1, 3. hay câu *yadaitam anupaśyaty ātmānaṁ devam añjasā* trong *Br. Up.* IV, iv. 15.（xin đọc *Kaṭha*, I, ii, 12 cùng với *Chā. Up.* VI, iii, 2 và *Kena Up.* I, i）. なお、本訳での、篇、章、節の区分は、高楠順次郎監修『ウパニシャット全書』（東方出版、一九八〇年）に準じ、節については一単位が短いものは「詩節」とした。

　なお、T. R. V. Murti, *The Central Philosophy of Buddhism*〔T・R・V・ムルティ『仏教の中観哲学』〕, Munshiram Manoharlal Publishers Pvt. Ltd., New Delhi, 1995 (1 ed. 1955), p.15 の脚註には、“adhyātmayogādhigamena devaṁ matvā dhīro harṣaśokau jahāti (*Kaṭha*, I, ii, 12); seyaṁ devataikṣata (*Chā. Up.* VI, iii, 2); devātmasāktim (*Śvetāś. Up.* I, 3); cakṣuḥ śrotraṁ ka u devo unakti (*Kena Up.* I,i); yadaitam anupaśyaty ātmānaṁ devam añjasā (*Br. Up.* IV, iv. 15)” と記されおり、ティエンがこのT・R・V・ムルティの文献を参考にしていることが分かる。

35 「黄金の子宮または胎児。［宇宙開闢の根本原理（とくに人格的なブラフマン神）の名］。［ヴェーダーンタにおいて、属性によって制約された Ātman の名］」の意（『漢訳対照梵和大辞典』、一一五八頁）。

36 語幹としては Virāj。『リグ・ヴェーダ讃歌』の「プルシャ（原人）の歌（一〇・九〇）」に出てくる「ヴィラージュ」について、訳註では、「『遍照者』あるいは『支配者』、ここでは女性的原理と見られる」と説明されている（『リグ・ヴェーダ讃歌』辻直四郎訳、岩波文庫、一九七〇年、三二一頁）。

37 「生物の主、繁殖を司る守護神、生命の保護者。創造主［Veda 時代の諸神を主宰する至上の神の名。この称は Veda 以後の時代において造物者と見なされた多くの聖者に適用される］」の意（『漢訳対照梵和大辞典』、八二三頁）

38 『チャーンドーギヤ・ウパニシャッド』第六篇第八章七他には、「爾はそれなり」とある（辻直四郎『ウパニシャッド』講談社学術文庫、一九九〇年、一九二頁）。「ウパニシャッドにおける解脱を一言に約すれば、梵我一如の真理を悟証して、この本体と合一するにある。『われは梵なり』（BAU i.4.10）、『爾はそれなり』（ChU vi.8.7, etc.）の金句が、大格語（mahāvākya）として長く尊重された所以である。この大自覚に立って始めて解脱は達成される。『実にかの最高梵を知る者は梵となる』（MuU iii.2.9）。一切に遍満する梵・我を知ることこそ、ウパニシャッドの最高目的である（ŚU i.16）。危いかな、無知に蔽われ自ら賢明にして学識ありと妄想する者は。かかる愚人は盲者に導かれる盲者に異らない（MU vii.9）」（同書、一〇一頁）。また、T. R. V. Murti, *op. cit.*, p. 16 も参照のこと。

39 「それ」の意。

40 二三頁「『ヴェーダ』の思想全体は……」からここまでは、T. R. V. Murti, *op. cit.*, pp. 15-17 をティエンなりに要約した箇所であり、挙がっている参考文献もすべて、同書に掲載のものである。

41　「般若波羅蜜多」は Prajñāpāramitā の音訳。「智度」は、その意訳。般若（prajñā）は直観的、直証的な智慧、波羅蜜多（pāramitā）は、対岸に達することを意味する。

42　* *Mahāvagga*, Vinaya Piṭaka I, 5; *Majjh. N.* I, p. 171, sutta, 26; *Saṃ. N.* II, p. 105.

T.R.V. Murti, *op. cit.*, p. 17 には、「仏陀は常に、自身を、新たな伝統を創始し、これまで歩まれたことのない道を開くものと考えていた」とあり、典拠として脚注に、ここに挙がっている経典からの引用が載せられている。

43　* *Mādhyamika-kārikās*, XXVII; *Majjh. N.* I, pp. 426-432, sutta 63; *Saṃ. N.* III, p. 257.

avyākṛta は、「断たれざる、分たれざる、発現せられざる。説明せられざる」の意（『漢訳対照梵和大辞典』、一五六頁）。漢訳では「無記」と訳す。avyākṛta vastūni は、「説明せられざる問題」の意。この箇所は、T. R. V. Murti, *op. cit.*, p.36 を参考にしており、典拠情報も同書に挙げられているものと同じである。なお、T・R・V・ムルティは avyākṛta-vastūni を the Inexpressibles（説明不可能なもの、表現不可能なもの）と英訳している。

44　インド大乗仏教の思想家で、空の思想を哲学的に基礎付けた人物（一五〇—二五〇頃）。彼の主著『中論』では、一切の存在者の実在を否定している。

45　ここに引用されている漢訳『唯識三十頌』の、引用文前後を含む全体は次のとおりである。【漢訳書き下し文】即《すなわ》ち此《こ》の三性《さんしょう》に依《お》いて、彼《か》の三無性《さんむしょう》を立《た》つ。／故《ゆえ》に、仏《ほとけ》は密意《みっち》もて、一切法《いっさいほう》の無性《むしょう》を説《と》くなり。／初《はじ》めには即ち相無性《そうむしょう》なり。次には自然性《じねんしょう》無《な》きなり。／後《のち》は前《さき》の所執《しょしゅう》の我法《がほう》の性《しょう》を遠離《おんり》せるに由《よ》るものなり。／此《これ》は諸法《しょほう》の勝義《しょうぎ》なり。亦《また》即ち是《こ》れ真如《しんにょ》なり。／常《つね》に如《にょ》なるが其性《そのしょう》たるが故《ゆえ》なり。即ち唯識《ゆいしき》実性《じっしょう》なり【サンスクリット原文和訳】三種の本性について見るに、三種の〈それ自体が存在しないこと〉

が認められなければならないという趣意をひそかに考慮して、あらゆる物は〈それ自体が存在しないこと〉が説き示された。／まず第一に事物の本質に関して〈それ自体が存在しない〉。次に（第二に）この「〈他のものに依存して存在していること〉」には、それ自体に基づいて存在していることがない。／しからばそれは次の〈それ自体が存在していること〉である。／すなわちもろもろの事物の〈究極の真理〉である。だからこそそれは〈あるがままの真理〉である。／その最高の真理は〈唯だ識のみであること〉なのである（中村元『現代語訳　大乗仏典7　論書・他』東京書籍、二〇〇四年、八〇―八一頁）。

46 禅の標語「見性成仏」（己の本性を徹見することが、すなわち仏になることだという意）について言い述べたものと考えられる。

47 一〇世紀に中国より独立してから最初の、本格的なベトナムの独立王朝（国号は大越）で、西暦一〇一〇年から一二二五年に渡って続いた。

48 献辞訳註1を参照。

49 阮秉謙（一四九一―一五八五）は、一五世紀、莫朝（一五二七―一五九二）時代の詩人。号は白雲居士。四〇代半ばで状元に合格し、莫朝の官吏として仕え、程国公に封ぜられた。そのため、彼は「状程」とも呼ばれている。八年間、莫朝に仕えた後、故郷に帰って白雲庵という名の庵を結び、そこで詩作する。漢詩集として『白雲庵詩集』、字喃《チューノム》ベトナム語詩集として『程国公阮秉謙詩集』（『白雲国語詩集』）が今日に伝わる。

50 ここでの「李朝のある王」が誰なのかは不明。
　訳者が確認したかぎりでは、『禅苑集英』所収の李朝第二代皇帝の李太宗（一〇〇〇―一〇五四）の偈に、以下のように「性」の語が見られる。【原文】般若真無宗／人空我亦空／過現未來佛／法性本來

51

同【書き下し文】般若は真に無宗なり／人空にして我もまた空なり／過現未来仏／法性は本来、同なり【現代語訳】般若の叡智がもたらすものは真に「無」の教えである／人は実体がないのであり、私もまた実体がないのだ／過去、現在、未来の三世にわたる覚者たちの／真実の本性は元々同じものである（Cuong Tu Nguyen, *Zen in Medieval Vietnam; A Study and Translation of the Thiền Uyển Tập Anh*, 影印 19a. 傍点引用者）。

また、李朝の次の王朝、陳朝（一二二五－一四〇〇）時代の初代皇帝で、禅に通じ、公案集『課虚録』を編んだことでも有名な陳太宗（一二一八－一二七七）の著した「金剛三昧経序」は、「朕聞本性、玄凝。真心湛寂。……」（傍点引用者）という文で始まっている（Nguyễn Huệ Chi chủ biên, *Thơ Văn Lý-Trần*, tập II, quyển thượng〔グエン・フエ・チー主編『李陳詩文』二巻、上〕, nhà xuất bản Khoa Học Xã Hội, Hà Nội, 1988, p. 31 参照）。

ティエンは別のところでインタビューに答えて、「ベトナムの李朝時代、悟印禅師という名のベトナムの思想家は、『妙性虚無』に言及し、妙性虚無の了解の困難の語りました（妙性虚無不可攀〔はかり知れず不可思議な〈性〉は実体のない虚無であって、それに縋《すが》り付くことはできない〕）。悟印禅師の虚無は西洋の虚無ではないですし、ベトナムの全領土を覆い尽くしている今日の虚無でもありません。今日の虚無主義は全世界を支配していますし、ベトナムを最も強烈に支配しました。この虚無主義こそが、悟印の『妙性虚無』の後退を通じて発現したのです」と語っているが（Phạm Công Thiện, *Nikos Kazantzakis*, pp. 436-437）、『深淵の沈黙』のこの箇所について、悟印禅師（一〇二〇－一〇八八）のこの「妙性」を想起して述べている可能性もあるだろうか。

『清軒詩集』は、阮攸が一七八六年から一八〇四年にかけて書いた漢詩を収めた詩集。引用されている一節は、その詩集の中の詩「自嘆㈠」に見られる。【原文】生未成名身已衰／蕭蕭白髪暮風吹／性成鶴脛何容断／命等鴻毛不自知／天地與人屯骨相／春秋還汝老鬚眉／断蓬一片西風急／畢竟飄零何處歸【書き下し文】生未だ名を成さずして身已に衰う／蕭蕭たる白髪に暮風は吹く／性は鶴の脛を成す、何ぞ断つを容《ゆる》すか／命は鴻毛に等しくも、自ら知らず／天地は人に屯骨相を与《あた》う／春秋還りて、汝、鬚眉《しゅびお》老ゆ／断蓬の一片、西風は急なり／畢竟、飄零《ひょうれい》、何処にか帰らん【現代語訳】生まれてきて未だ名を成さないのに、体はすでに衰えた。夕暮れの風が吹きつけ、白髪をもの寂しくなびかせる。性が鶴の足を長くしたのであるから、どうして断ち切れたりできるだろうか。／命は鴻の毛のように軽いが、自分では分からないものだ／天地は人に「屯」〔易の卦。行き悩む〕の骨相〔骨組みの上にあらわれたその人の運命や性格〕を与えた。春と秋が帰ってきて、おまえ〔阮攸〕の髭と眉は老けていく。急な西風に蓬《よもぎ》の一片は折れる。結局のところ、落ちぶれた私には、どこに帰るところなどあろうものか（*Nguyễn Du Toàn Tập, tập 2*, pp. 33-34）。

なお、阮攸のこの漢詩の第三句は、『荘子』「外篇　駢拇篇　第八」を受けたものである。【原文】彼至正者不失其性命之情、故合者為駢、而枝者不為跂、長者不為有餘、短者不為不足、是故鳧脛雖短、続之則憂、鶴脛雖長、断之則悲、故性長非所断、性短非所続（傍点引用者）【現代語訳】あの最高の標準を身につけたものは、その性命《うまれつき》の自然なありかたにそむくことがない。だから、指がくっついていても指のたりない奇形とは思わず、指がよけいに分かれていても指の多い奇形とは思わず、長いからといってそれを余分だとは考えず、短いからといってそれを足りないとは考えない。［みな性命《うまれつき》の自然だからである。］だからこそ、小鴨《こがも》の足は短くてもそれを長く継ぎ足されたら厭がるだろうし、鶴の足は長くてもそれを短くたち切られたら悲しむだろう。だから、生まれつき長いものは［長いからといって］たち切るべきではなく、生まれつき短いものは［短いからといって］継ぎ足すべきではない（『荘子』第二冊［外篇］、二〇―二一頁）。

52　近年では、『荘子』のほうが先に編纂されたという見解もある（中島隆博『『荘子』――鶏となって時を告げよ』岩波書店、二〇〇九年、一一一―一一二頁参照）が、ティエンは従来通り、『老子』の次に『荘子』が成立していると考えている。

53　【原文】受命於天、唯舜獨也正、幸能正生以正衆生【書き下し文】命を天に受くるは、唯だ舜のみ独り正しく、幸いに能く正生にして以て衆生を正す【現代語訳】天から生命を受けたものでは、ただ舜だけが正統な人で、だから幸いにもその正しい人生で他の多くの人の人生を［自然に］正していけたのだ（『荘子』第一冊［内篇］、金谷治訳注、岩波文庫、一九七一年、一五〇―一五二頁）。

54　阮攸が阮朝北使として清朝の都の北京へ赴いた際（一八一三―一八一四）に作られた漢詩は『北行雑録』という詩集となっているが、その詩集に収録されている、旅の帰路に阮攸が書いた漢詩「梁昭明太子分経石台」の末尾に、この表現が見られる。この詩で阮攸は梁武帝と昭明太子の仏教に対する無理解を批判しつつ、禅の本質、「不立文字」の思想を提示する。阮攸の禅に対する深い理解が示されている詩である。【原文】梁昭明太子分經石臺處／石臺猶記分經字／臺基蕪没雨花中／百草驚寒盡枯死／不見遺經在何所／往事空傳梁太子／太子年少溺於文／彊作解事徒紛紛／佛本是空不著物／何有乎經安用分／靈文不在言語科／孰爲金剛爲法華／色空境界茫不悟／癡心歸佛佛生魔／一門父子多膠蔽／一念之中魔自至／山陵不涌蓮花臺／白馬朝渡長江水／楚林禍木池殃魚／經巻燒灰臺亦圮／空留無益萬千言／後世愚僧徒聒耳／吾聞世尊在靈山／説法渡人如恆河沙数／人了此心人自渡／靈山只在汝心頭／明鏡亦非臺／菩提本無樹／我讀金剛千遍零／其中奧旨多不明／及至分經石臺下／纔知無字是眞經【書き下し文】梁朝昭明太子　分経せし処／石台　なお分経の字を記す／台基　雨花の中に蕪没せり／百草　寒さに驚きて尽く枯死せり／遺経　何所に在るかを見ず／往事　梁太子を空しく伝う／太子　年少《わか》くして文に溺れ／彊《し》いて解事を作すも　徒だ紛紛／仏　本よりこれ空にして　物を著けず／何か有らんや　経安《いず》くんぞ分くることを用いん／霊文　言語科に不在なり／孰《いず》れをか金剛と為し、法華と為さん／色空の境界　茫として悟らず／癡心　帰仏せば　仏は魔を生ず／一門の父子　膠蔽多し／一念の中　魔は自ら至れり／山陵　蓮花台を涌かず／白馬　朝に長江水を渡りて／楚林は木に禍いし　池は魚を殃《そこな》い／経巻　焼かれて灰となり　台もまた圮《やぶ》れたり／無益なる万千言を空しく留め／後世　愚僧は徒《た》だ聒《かつ》すのみ／吾聞く　世尊は霊山《りょうぜん》に在りて／法を説き人を渡すこと恒河沙数の如しと／人は此の心を了《さと》りて人　自ら渡る／霊山は只だ汝が心頭に在り／明鏡　また台に非ず／菩提　本より樹無し／我読む　金剛　千遍零《あま》り／其の中の奥旨　不明なること多し／分経石台の下に及び到りて／纔《わずか》に知る　無字これ真経なりと【現代語訳】南朝の梁の武帝（四六四―五四九）の子である昭明太子（五〇一―五三一）が金剛般若経を三二品に分けた石台の場所にやって来た。その石台にはまだ「分経」の文字が刻まれて残されている。台の基礎部分は雪の中に埋もれている。周囲の様々な草はその寒さに驚いたかのように、尽く枯れてしまっている。昭明太子が分経をして遺したという経典があるというが、どこにあるのか見当たらない。梁の昭明太子について昔から伝わってきた話をうわさに聞くだけだ。太子は若くして文学に溺れ〔また池にも溺れ、それが原因で亡くなってしまった〕、強いて経典を解釈したが、それは結局のところただ混乱を招くだけだった。仏は本来、「空」なのであり〔また、慧能《えのう》（六三八―七一三）が言うように「本来無一物」なのであって〕、物をくっつけたりはしないのだ。もとより何もないのだから、経典を分ける必要などないのだ。神聖な文章は、言語の部門には存在しない。仏の真理のいずれかを金剛経とし、また法華経として分けることなどできようか、そんなことはできないし、意味もないことだ。

現象の世界と空の世界との境界は、ぼんやりしていて曖昧でよく分からないものだ。動きのとれない凝り固まった愚かな心で仏に帰依すれば、その仏は魔物を生み出してしまうだろう。梁朝の一門の父子、武帝とその子の昭明太子は物に執着し、心を闇に覆われてしまっていた。仏に執着し一心に念じているその心の中から魔物はひとりでにやって来てしまったのだ。そのように執着すれば、たとえ仏教を厚く信仰したところで、梁の山陵には、仏の坐す蓮華台が湧き出てくるわけがない。五四八年に起こった侯景の乱で、梁に投降していた侯景は梁を裏切って、白馬に乗り、朝、長江を渡って梁の都の建康に攻め入ってきた。東魏の杜弼《とひつ》が梁に送った檄文の中で「楚王の飼っていた猿が逃げ、その猿を探すため林の木々が焼かれて（切られて）失われてしまったように、あるいは、城門が火事となりその消火のために池の水を使いきって池の魚が死んでしまったように、梁が侯景を受け入れることで災難が連鎖して、思わぬところまで災いが到ってしまうことをただ恐れる」（但恐楚国亡猿禍延林木城門失火殃及池魚）と述べていたが、その言葉の通り、仏教信仰に執着しそれに溺れた災いは思いがけないところまで及ぶこととなってしまった。経典は焼かれて灰となり、分経台もまた壊されてしまった。その後は、無益な幾千万の言葉が空しく留まるだけとなり、後世、愚かな僧たちが、ただかまびすしく騒ぐだけになってしまったのだった。私が聞くところによると、世尊は霊鷲山で仏教の真理を説き、ガンジス河の砂の数ほど多くの人を真理の岸辺に渡したという。〔だが、その霊鷲山とは実体的に実在するものではないのであって〕人が心というものを知るのなら、人はみずから真理の岸辺に渡るのだ。霊鷲山はただ自分の心に存在するのである。〔かつて、神秀（?―七〇六）が作った「身体は菩提樹であり、心は明鏡台のようなものだ。時々勤めて掃除をして、埃がつかないようにしなければならない」（身是菩提樹　心如明鏡臺　時時勤拂拭　勿使惹塵埃）という偈に対して、嶺南の獦獠《かつりょう》（野蛮人）と馬鹿にもされてもいた慧能は「悟りには樹のような実体はない。明鏡にも台などない。本来、仏の真理では物など一つもないのだ。どうして物もないのに埃がつくことなどあろうか、そんなことなどあるはずがない」（菩提本無樹　明鏡亦非臺　本來無一物　何處惹塵埃）という偈を作ったように、」明鏡、つまり心には、そもそもそれを支える実体的な台などないのであり、悟った状態にあっては、樹のような実体はないのだ。私はこれまで千回以上、金剛般若経を読んできたが、その中の奥深い真理はよく分からなかった。しかし、この梁の昭明太子が分経をしたと言われる石台のもとに来て、ついに、はっと知ったのだ、〈無字〉こそ真の経典、真の教えであることを（*Nguyễn Du Toàn Tập*, tập 2. pp. 665-667, 傍点引用者）。

55

阮秉謙は易に通じていた。例えば、「讀周易有感」には、次のような一節がある。【原文】錯綜萬殊今古事／統宗一理聖賢書【書き下し文】万殊に錯綜したる今古の事／一理に統宗したる聖賢の書【現代語訳】『易経』は古今の森羅万象を、一つの理にまとめあげた聖賢の書である（阮秉謙『白雲庵詩集』http://lib.nomfoundation.org/collection/1/volume/86/page/34）。漢詩「復卦」は、第一章一九頁に言及されている「一陽来復」の思想と関連するだろう。その内容は、次のとおり。【原文】下一為陽上五陰／於初動處細推尋／静観萬物生又意／應見無究天地心【書き下し文】下一は陽と為し、上五は陰なり／初めて動く処より、細かく推尋せよ／万物の生また意を静観せば／まさに天地の心の無究なるを見るべし【現代語訳】復の卦は、一番下の爻は陽で、その上は五つの陰爻でできている。初めて動きのあるところから詳細に見るのだ。万物が生き生きと成長するさまを静かに見れば、天地の心が限りないものであることをきっと知ることになるだろう（原文は、同書 http://lib.nomfoundation.org/collection/1/volume/86/page/66 を参照）。さらに、白雲居士という号を持っていたことからも分かるように、仏教思想にも通じていた。例えば、漢詩「紅槿花」は、次のような内容である。【原文】花中幻出佛中身／暮落朝開舊更新／色即是空空是色／一枝換得幾番春【書き下し文】花中に仏中の身、幻出す／暮に落ち、朝に開きて、旧は新に更《かわ》る／色即ち是れ空にして、空是れ色なり／一枝換え得たる、幾番の春【現代語訳】仏の身体が、花の中に幻のように現出する。花は、夕方には落ちて、次の朝にはまた咲き、古いものは新しいものに変わる。現象は空へと還り、そして空はまた現象として現れる。一つの枝の上で、何度も春が訪れる（『同書 http://lib.nomfoundation.org/collection/1/volume/86/page/73）。その他、阮秉謙の仏教思想については、漢詩「感時古意」の中の、慧能の偈を引いた次の詩句がしばしば引用される。【原文】従頭色是空／本来無一物【書き下し文】頭より色は是れ空なり／本来無一物【現代語訳】初めから現象世界は空なのであって、本来、何ものも存在しないのだ（Nguyễn Đăng Thục, *Lịch Sử Tư Tưởng Việt Nam*, tập VI〔グエン・ダン・トゥック、『ベトナム思想史』第六巻〕, 2 ed., nxb TP. Hồ Chí Minh, 1998, p. 249）。だが、現存する阮秉謙の漢詩集の版本、手写本に、この詩の存在を訳者はまだ確認できていない。

56　*Lénine, *Matérialisme et empiriocriticisme*, Moscou, 1952, p. 156. 日本語訳「生活、実践の観点が、認識論の第一の、基本的な観点でなければならない」（ソ同盟共産党中央委員会付属マルクス＝エンゲルス＝レーニン研究所編『レーニン全集』第一四巻、大月書店、一九五六年、一六六頁）。

57　ベトナム語原文では、tri thức luận（知識論）。

58　*Lénine, *Marx-Engels-marxisme*, Moscou, 1954, pp. 67-68. 日本語訳「もし往復書簡全体のいわば焦点ともいうべきもの——ここで述べられ論じられている思想の網全体があつまる中心点——を、一語で規定しようとおもえば、弁証法という言葉がそれであろう。経済学全体を根底からつくりかえる仕事に——また歴史に、自然科学に、哲学に、労働者階級の政策と戦術に唯物論的弁証法を適用すること、これこそ、マルクスとエンゲルスがなによりも関心をよせたことである。この点にこそ、彼らがもたらしたもっとも本質的なもの、もっとも新しいものがあり、この点にこそ、革命思想の歴史で彼らがなしとげた天才的な一歩前進がある」(『マルクスとエンゲルスの往復書簡』、ソ同盟共産党中央委員会付属マルクス＝エンゲルス＝レーニン研究所編『レーニン全集』第一九巻、大月書店、一九五六年、六〇一頁)。

59 *Marx, *Capital*, I, préface de la deuxième edition.「序文」(préface)とあるのは、「後書」(postface)の間違いか。第二版の後書には、「私の弁証法的方法は、その根本において、ヘーゲルの方法とちがっているのみならず、その正反対である。(中略)私においては、〔ヘーゲルとは〕逆に、理念的なるものは、人間の頭脳に転移し翻訳された物質的なるものにほかならない」とある(マルクス『資本論㈠』向坂逸郎訳、岩波文庫、一九六九年、三一頁)。

60 ティエンはドイツ語のSchicksal(運命、宿命)の訳語として、「生命」の語を用いている。また、「生命」は、〈性〉を忘却した体(存在者)の位相での運命のことであり、〈性〉(存在)そのものの運命を表す術語「性命」と対立的に用いられている。

61 *cf. Werner Heisenberg, *la nature dans la physique contemporaine*, chương〔chapitre〕*les rapports entre la culture humaniste, les sciences de la nature et l'Occident*, pp. 62-78. Gallimard, 1962. ハイゼンベルクは、当該章「Ⅲ 古典的教育、自然科学および西欧の関係について」で次のようなことを述べている。「西欧文化のはじまりには、ギリシア人が成就した原則論的設問と実践との緊密な結合が立っている。(中略)今日の世界の一つの半分、西洋は西欧の思想を自然科学による自然力の支配と利用を未曾有の仕方で実行に移すことによって、比較を絶する力を得たのだ」(W・ハイゼンベルク『現代物理学の自然像』尾崎辰之助訳、みすず書房、一九六五年、五七―五八頁)。

62 ベトナム語原文では、「限勢」(hạn thế)。「実存の自覚を促す重要な動機」であるこの概念については、次のような説明がなされている。「具体的には、歴史的に規定された個々の〈偶成〉の状況、〈死〉〈苦悩〉〈争い〉〈罪責〉の四つの個別的状況、存在の定めなき〈動揺〉の状況を指す」(廣松渉他編『岩波哲学・思想事典』岩波書店、一九九八年、四四三頁)

63　ベトナム語原文では、「円勢」もしくは「円世」(viên thế)。この概念については、次のような説明がなされている。「〔ヤスパース後期の主著『真理について』では〕存在の全体が〈包越者〉と呼ばれる。この包越者は、人間存在としては、現存在、意識一般、精神、実存、また存在自体としては、世界、超越者など、さまざまな様態をとるが、それらを結ぶ紐帯である交わりの意志としての〈理性〉が重視されることになった」(同書、一六〇六頁)。

64　世界の中にいて、具体的な様々な事物事象と関わりあって生きている人間のあり方を指す。

65　〈性〉(存在)と〈体〉(存在者)の区別を指すハイデッガーの術語。ドイツ語では、ontologische Differenz。

66　ベトナムで一九三六年に出版されたダオ・ズイ・アインの『法越〔フランス語ベトナム語〕辞典』には、dialectique の訳語として「弁証法」(biện chứng pháp)とともに「易化法」(dịch hoá pháp)という語がクォックグーと漢字とで記載されている。そして、用例として Matérialisme dialectique という語の訳語が「Dịch-hóa duy-vật-luận 易化唯物論(あるいは弁証唯物論 biện-chứng duy-vật-luận)」となっている(Đào Duy Anh, *Pháp-Việt Từ-Điển*〔ダオ・ズイ・アイン『法越辞典』〕, 4 ed., Trường Thi xuất bản, Saigon (1 ed., 1936), p. 444)。
『深淵の沈黙』の前年に出版された思想書『思想の深淵』の附録「中観論思想における深淵についての易化法」で、ティエンは次のように述べている。「〈易化法〉は、通常はあまり用いられない名前である。中国人は Dialectique を『易化法』と訳した。Dialectique は、『弁証法』とも訳され、『弁証法』という訳し方は、『易化法』という訳し方よりも普通に用いられる。/『中観論』は弁証法であるが、易化法こそが『中観論』の明確な特徴である。『易化法』は変化易相方法であり、万法の易性である。分かり易く言うなら、『易化法』こそが、〈深淵〉に関するすべての認識の矛盾についての意識である。というのも、〈深淵〉はすべての理論を体認〔認識〕できないところへもたらす reductio ad impossibile からだ。なぜなら、認識しようとするなら、ある位置、姿勢、観点、立場から認識せざるをえないが、〈深淵〉は動相には隷属していないし、不動相にも隷属していないからである」（Phạm Công Thiện, *Hố Thẳm Của Tư Tưởng*〔『思想の深淵』〕, 3 ed., Phạm Hoàng, Sài Gòn, 1970 (1.ed., 1966), pp. 137-138）。

67 **République*, VII, 534e.「『それでは』とぼくは言った、『哲学的問答法〔διαλεκτική〕というのはわれわれにとって、もろもろの学問の上に、いわば最後の仕上げとなる冠石のように置かれているのであって、もはや他の学問をこれよりも上に置くことは許されず、習得すべき学問についての論究はすでにこれをもって完結したと、こう君には思われないかね？』」（プラトン「国家」、『プラトン全集11　クレイトポン、国家』、五四三頁）。

68 **Philèbe*, 15a. 参照箇所は17Aか。そこには、「われわれがおたがいの間で言論を交す問答法的なやり方〔διαλεκτικῶς〕と、ただ論争によって勝負を争うだけのやり方とが截然《さいぜん》として区別されるのである」という表現がある（プラトン「ピレボス」、『プラトン全集4　パルメニデス、ピレボス』田中美知太郎訳、岩波書店、一九七五年、一八三頁）。

69 **Charmide* 173b. 訳者が確認した限りでは、174E その他に ἐπιστημῶν ἐπιστήμη（知の知、a science of sciences）という表現が見られる（Plato, *Charmides; Alcibiades, I and II; Hipparchus; The lovers; Theages; Minos; Epinomis*〔プラトン『カルミデス、アルキビアデス一・二、ヒッパルコス、恋敵、テアゲス、ミノス、エピノミス』〕, W. R. M. Lamb trans., Harvard University Press, London, 1955, p. 84、およびプラトン「カルミデス」、『プラトン全集7　テア

ゲス、カルミデス、ラケス、リュシス』山野耕治他訳、岩波書店、一九七五年、一〇〇頁参照）。

70　チャン・カオ・ヴァン（陳高雲 Trần Cao Vân、一八六六—一九一六）は、ファン・ボイ・チャウが作った反仏運動組織ベトナム光復会の一員。一九一六年に反仏蜂起に失敗して斬首刑に処せられた。彼のベトナム語詩「詠三才」の内容は次のとおり。「天地、吾を生みしに、意、有りや／天地いまだ生ぜずして内に吾を含む／吾と天地、三才並び立ち／天地、吾に同の字を写す／地裂け吾出でて、天、転動す／天に代わり、吾、広大なる地を開く／天は地を覆い吾を運ぶこと安閑たり／ここに天地と吾、化工に満つ」。

71　ハン・マック・トゥー（韓墨子 Hàn Mặc Tử、一九一二—一九四〇。以下、トゥーと略）は、一九三〇年代に興ったベトナム近代詩を代表する詩人の一人。クリスチャンの家庭に生まれ、詩人チェー・ラン・ヴィエン（一九二〇—一九八九）らと「乱詩派」「狂詩派」とも呼ばれる詩人グループを結成し、自らの錯乱、苦悶、幻視などを詩に描く。一九四〇年にハンセン病病院にて二八歳の若さで亡くなっている。ティエンは、『思想の深淵』の「結論　深淵の使命を開示する／ハン・マック・トゥーと無形の世界を再び探求する」において、幻想的、黙示的な表現を用いつつ、トゥーを讃えている。その「結論」全文は次の通り。「ハン・マック・トゥーを、ベトナムの〈詩歌〉における最も偉大な詩人と呼ぶことはできない。ハン・マック・トゥーは、すべての地平の外へ飛んだのだ。ハン・マック・トゥーは、血で書かれた大文字の詩人、〈詩人〉だ。／レオパルディ、キーツ、ランボー、ヘルダーリン、ハン・マック・トゥーは、〈無形の深淵〉の〈詩人〉だ。／「香り立つエニシダの花は砂漠での運命に身をまかす」（レオパルディ「エニシダ」）／ハン・マック・トゥーの後、ベトナム言語は、白銀の冬の森にかかる朝露に羽を打ち震わせる。／無形の世界で、ランボー、レオパルディ、キーツ、ヘルダーリンが集う。四人の詩人は集まると、兜率天にいる鳳凰についてささやき議論しあう。突如、無形の世界で、〈蒼穹〉の火山が爆発し、上清気〔ハン・マック・トゥーの言葉。上方の清い気〕全体を揺り動かす。ランボー、レオパルディ、キーツ、そしてヘルダーリンは慌てふためく。四人の詩人はうち震える、「吐息が金糸に触れるかの如く震える」〔ハン・マック・トゥーの詩「聖処女マリア」より〕。ハン・マック・トゥーが火山の頂に突然現れ、微笑みながら血まみれの手をベトナムの〈深淵〉に降ろしているからだ。この時、レオパルディ、ランボー、キーツ、ヘルダーリンはすぐさま、アジアの〈詩歌〉の孤独な血のしたたりに、跪拝する。／ハン・マック・トゥーは、鳳凰の羽を羽ばたかせ、〈蒼穹〉より降りてくる。ランボーとヘルダーリンは起ち上がって手を合わせ、左に立つ。キーツとレオパルディは起ち上がって手を合わせ、正面に立つ。ハン・マック・トゥーはその真ん中に降り立つ。その時すぐさま、左側の二人の〈詩人〉と正面の二人の〈詩人〉は、ひざまずき三百万回伏し拝む。四人の〈詩人〉が拝礼し終え、仰ぎ見ると、ハン・マック・トゥーは不意に消え失せ、そして火山は巨大な鳳凰の卵になる。孤独な鳳凰の卵は、五周回り、収縮し、地球になる。それから、地球は引き続き無限に宇宙の周囲を巡り、人はもう詩を作らなくなる」(Phạm Công Thiện, *Hố Thẳm Của Tư Tưởng*, pp. 128-131 参照)。

なお、二〇〇〇年に発表された「ハン・マック・トゥーとの形而上夜」でも、ティエンは、題名にもなっている「形而上夜」の他、「詩人は透明な源の中を行く異人」「私は強烈にそして十全に生きたのだ。心臓で、肺で、血で、涙で、魂で生きたのだ。私は愛の感覚すべてを発展させた。私は喜んだ、悲しんだ、怒った、恨んだ、生を絶ち切るほどにまで」といったトゥーの詩的で哲学的な言葉の数々を取り上げながら、トゥーの〈詩〉の世界を論じている。論考末尾で、「ハン・マック・トゥーのこの唯一の詩を受持し、読誦するだけで、『他の詩の上にある詩』〔トゥーの言葉〕を見るのに十分だ」として、

72

全文を引用しているトゥーの詩「留恋」は次のとおり。「I　会うより早く過ぎにし人よ／我が魂は君の影を追い求め／風のうちへと溶けゆきて／募る想いに言葉なし⫽II　月明かりのごとく香り立ち／怯える風のそよぎのうちに／ささやく柳のしなやかさ／君の心、君が残せしその詩《うた》よ⫽III　我謳《うた》い胸におさめし君の詩／我に与えよ、苦悶の震えを／また歓びに酔《え》いたるゆえの震えをも／口に含みしその詩を血潮に変えて我流さん⫽IV　その詩耐えて音《ね》も洩らさずとも／我が胸の血潮は流れほとばしり／心のうちのざわめきは／こだまとなりて熱き言葉を響かせる⫽V　君はすでに知れるはず／我なにゆえに酔いたる想いを抱けるか／狂おしく痴れたる言葉の口をつくのか／日々よ失せろと天空に跪きて願うのか⫽VI　嘆きに染まれる苦き日々／渦巻き昇るは蒼き雲／舞い散りゆくは金の調べ／胸うちふるう恋の闇⫽VII　幾世かなたに我佇みて／君の微笑み、夢におさめてただ目守《まも》り／微笑みかえして君に応えん／君の魂、届きしことを」。そしてティエンは、この詩の中の「幾世かなたに我は佇み／君の微笑み、夢におさめてただ目守り」という句と、阮攸の『翹伝』の句「今はいつともえ分かず／眼《まなこ》はしかと開けども夢に迷える心地なり」をもって、「グエン・ズーとハン・マック・トゥー、この二人の『異人』がこのように簡単な二つの詩句をこの世に残していさえすれば、私たちは、時が地上の他の一切の詩を消し去ってくれるよう、すすんで願うことができるのだ」という文で論を結んでいる（Phạm Công Thiện, *Một Đêm Siêu Hình Với Hàn Mặc Tử và Một Ngày Vô Hình Với Henry Miller, William Carlos Williams và Joseph Brodsky*〔『ハン・マック・トゥーとの形而上夜およびヘンリー・ミラー、ウィリアム・カルロス・ウィリアムズ、ヨセフ・ブロツキーとの無形の日』〕, Nhà Xuất Bản Viên Thông, California, 2000, pp. 42-45）。

英語原作では、reducto absurdum とラテン語が崩れた形になっているが、ここでのベトナム語の引用内では正しいラテン語に直されている（William Faulkner, *The Sound and the Fury*〔ウィリアム・フォークナー『響きと怒り』〕, 2 ed., W. W. Norton & Company, New York, London, 1994, p. 48 参照)。

73 該当するフォークナーの英語原文の his or his father's は、ベトナム語訳では của những người chung quanh con, của cha con（おまえの周りの人たちやおまえの父さんの）となっているが、英語原文に従って修正した。

74 *prasaṅga* は背理法、帰謬法の意。*vākya* は論証法の意。

75 『思想の深淵』附録「中観論思想における深淵についての易化法」では、ナーガールジュナの『中論』について次のように述べられており、その内容は第二章の章題とも関連する。「解脱があるのは、真空（śūnyatā）に体入したときであり、そして真空は〈深淵〉と同義である。真空に体入する道は〈中道〉であるが、ここでの中道は二極端の外にあるという意味での中道ではない。『中観論』における中道は、どこへも到らない道であり、道ではない道、毀滅の道、あらゆる道を毀滅する道、via negativa であり、自己毀滅の道である。が、自己毀滅は、生きるためあるいは死ぬためではない、なぜなら、〈中道〉は八不であり、八不とは、不生、不滅、不断、不常、不一、不異、不来、不去であるからだ」（Phạm Công Thiện, *Hố Thẳm Của Tư Tưởng*, pp. 141-142）。

76 ベトナム語原文では vực thẳm となっており、〈深淵〉（Hố Thẳm）と区別するため、「深渕」と訳したが、両者の間に大きな意味の違いはないと思われる。

77 乾の卦には、「九四。あるいは躍《おど》りて淵《ふち》に在《あ》り。咎《とが》なし。／九五。飛龍天に在り。大人を見るに利《よ》ろし」、という言葉がある（『易経（上）』高田真治・後藤基巳訳、岩波文庫、一九六九年、八〇頁）。

第二章　毀滅道《ウィア・ネガーティーワ》

1　第二章の原題は、ラテン語表記でVIA NEGATIVA。「否定道」を意味する語で、通常、否定神学を指す。本書では、via negativa に対応する表現として、「破壊（の）道」（con đường phá hoại）、「毀滅（の）道」（con đường huỷ diệt）という二つのベトナム語表現が使われているが、ここでは章副題でも用いられている「毀滅道」を訳語にあてた。第二章でのこの語の具体的な意味は、副題にあるように「西洋思想毀滅の道」、すなわち、西洋の思想・哲学に対する批判、否定、破壊、白紙還元のことである。また、本章末尾では『般若心経』のローマ字転写原文を引用しながら「〔『般若心経』の否定辞の〕連なりほど、高くそびえる山頂に到って〈太極〉の深淵を凍えさせる毀滅の道（via negativa）は、西洋にも東洋にもない」と述べているように、『般若経』の如く否定辞を連ねて教義を示す大乗仏教思想についても、この語は指し示している。なお、鈴木大拙の英文著作では、大乗仏教の般若思想について via negativa と呼んでいるが、ティエンは鈴木大拙の英文著作を読んでいることから、via negativa という表現には鈴木の影響もおそらくあると考えられる（D. T. Szuki, *Essays in Zen Buddhism*, Third Series〔『禅論集』第三集〕, Munshiram Manoharlal Publishers Pvt Ltd., New Delhi, 2004 (1 ed., 1953), p. 228, p. 234, p. 238 を参照）。

2　sémantique générale は通常、「一般意味論」と日本語に訳されている。なお、その提唱者でポーランド出身の Korzybski は、日本語では「コージブスキー」と表記されるのが一般的だが、本訳ではポーランド語の発音により近い表記「コジプスキー」とした。

3　アナクシマンドロス断片Ａ一一にはこうある。「それ〔無限なる本性のもの〕は永遠すなわち『不老』であり、すべての諸世界を取り囲んでいる〔περιέχειν〕」（内山勝利編『ソクラテス以前哲学者断片集』第Ｉ

分冊、岩波書店、一九九六年、一六七頁）。「包囲する」のベトナム語原文は viền thế（円勢）。

4 アナクシマンドロス断片Ｂ一にはこうある。「存在する諸事物の元《もと》のもの（アルケー）〔ἀρχή〕は、無限なるもの（ト・アペイロン）〔ἄπειρον〕である。……存在する諸事物にとってそれから生成がなされる源、その当のものへと、消滅もまた必然に従ってなされる。なぜなら、それらの諸事物は、交互に時の定めに従って、不正に対する罰を受け、償いをするからである」（同書、一八一頁）。

5 ドイツ語の Verhängnis（宿命、凶運、不幸）の訳語でもある。附録「ニーチェの沈黙への回帰」第六断章、一六三頁も参照のこと。

6 ヘラクレイトス断片Ｂ五〇にはこうある。「私にというのではなく、この理《ことわり》（ロゴス）に聞いてそれを理解した以上は、それに合わせて、万物は一である〔ἓν πάντα〕ことに同意するのが知というものだ」（同書、三二三頁）。

7 この段、ハイデッガーの『哲学とは何か』も参照のこと（マルティン・ハイデッガー『ハイデッガー選集Ⅶ　哲学とは何か』原佑訳、理想社、一九六〇年、一五―一七頁）。

8 ヘラクレイトス断片Ｂ二にはこうある。「それゆえ、遍《あまね》きもの（すなわち共通なもの〔ξυνόν〕）に従わなければならない。しかるに、この理《ことわり》〔λόγος〕こそ遍きものであるというのに、多くの人びとは、自分独自の〔ἰδίαν < ἴδιον〕思慮を備えているつもりになって生きている」（『ソクラテス以前哲学者断片集』第Ⅰ分冊、三〇九頁）。

9 ヘラクレイトス断片Ｂ一〇八にはこうある。「ヘラクレイトスの言葉：わたしがその言うところを聞いたかぎりの人々のうち、だれ一人として、知（なる存在）がすべてのものからかけ離れたもの〔κεχωρισμένον〕であることを認知するに至っていない」（同書、三四〇頁）。

10　ヘラクレイトス断片Ｂ一一二にはこうある。「健全に〔σω-〕思慮を働かせること〔φρονεῖν〕が最大の有能さ〔ἀρετή〕であり、英知〔σοφίη〕とは、ものの本性〔φύσις〕に耳傾けつつ、真実を語り、ものの本性〔φύσις〕に即して行為することにある」（同書、三四一頁）。

11　ヘラクレイトス断片Ｂ一一九にはこうある。「性格がその人に憑《つ》いた神霊（ダイモーン）である」（同書、三四三頁）。

12　『新約聖書』「ヨハネによる福音書」は、「初めにロゴスがあった（Ἐν ἀρχῇ ἦν ὁ λόγος）」という一文で始まる。

13　*Métaphysique*, Z 1, 1028b 2sqq. ハイデッガー『哲学とは何か』、一九頁も参照のこと。

14　超体学、超形学いずれも、通常、形而上学と日本語訳されるメタフィジクス（metaphysics）のこと。ベトナムでは通常、siêu hình học（超形学）と訳されるが、ティエンは「形」の部分を、「体」「存在者」の意味に取り、siêu thể học（超体学）と訳している。

15　ἐὸν ἔμμεναι は、「体（存在者）が存在する」という意味。もし「体があると言い、考える必要がある」にまで対応するギリシア語原文を記載するのなら、χρὴ τὸ λέγειν τε νοεῖν τ᾽ ἐὸν ἔμμεναι とすべきだっただろう（Diels/Kranz, *Fragmente der Vorsokratiker*, Bd. 1, Weidmann, Zürich, 1996, p. 233）。

16　パルメニデス断片Ｂ六にはこうある。「あるもの（のみ）があると語りかつ考えねばならぬ〔χρὴ τὸ λέγειν τε νοεῖν τ᾽ ἐὸν ἔμμεναι〕。なぜなら〔γάρ〕それがある〔ἔστι εἶναι〕ことは可能であるが／無があることは不可能だから。このことをとくと考えるよう　私は汝に命ずる」（内山勝利編『ソクラテス以前哲学者断片集』第Ⅱ分冊、岩波書店、一九九七年、八一頁）。

17　パルメニデス断片Ｂ一にはこうある。「汝はここで　すべてを聞いて学ぶがよい——／まずはまるい「真理」〔Ἀλήθεια〕の　ゆるぐことのないその心も、／そして死すべき人の子らの　まことの証しなき思わく

〔δόξα〕も」（同書、七六頁）。

18 パルメニデス断片Ｂ八にはこうある。「語られるべき道として なお残されているのはただ一つ――／すなわち（あるものは）ある〔ἔστιν〕ということ。この道には／非常に多くのしるし〔σήματα〕がある」（同書、八六頁）。

19 パルメニデス断片Ａ一にはこうある。「またアメイニアスによってパルメニデスは静かな生活〔ἡσυχία〕に転向させられたのであって（……）」（同書、四七頁）

20 パルメニデス断片Ｂ三にはこうある。「なぜならば 思惟することとあることとは同じであるから」（同書、七九頁）

21 アリストテレス『形而上学』一〇二八ｂ一にはこうある「『存在《オン》とはなにか？』という問題は、帰するところ、『実体《ウーシア》とはなにか？』である」（アリストテレス『形而上学（上）』出隆訳、岩波文庫、一九五九年、二二八頁。ハイデッガー『哲学とは何か』、二〇頁も参照のこと）。

22 ベトナム語の là は、Ａ là Ｂの形で「ＡはＢである」の意味となる繋辞であって、通常、存在を表さないが、ティエンは、là をここに挙げられている西洋語の直訳として「存在する」の意味でも用いている。

23 ベトナム語原文は、Là là gì ?で、前訳註にあるように、ティエンは冒頭の Là を「ある」「存在する」の意味で用いている。

24 「万物は流転する」の意。ただし、ハイデッガーは、ヘラクレイトスのこの言葉について「偽ヘラクレイトス的表象」であるとしている（マルティン・ハイデッガー『ニーチェⅠ』細谷貞雄監訳、平凡社ライブラリー、一九九七年、四一六頁）。

25 第二章訳註16を参照。ἐὸν ἔμμεναι: ἐόν = ὄν; ἔμμεναι = εἶναι.

26　ルネ・シャールの詩「エフェソスのヘラクレイトス」より。その散文の末尾部分は次のとおり。「ヘラクレイトスはディオニュソスと悲劇に照らされて、最期の歌と最後の対決に向かって進む近代性のサイクルを閉じる。彼の進み行きは私たちの日々の暗く電撃的な段階に達する」（西永良成『激情と神秘ルネ・シャールの詩と思想』、岩波書店、二〇〇六年、二〇二―二〇三頁）。

27　ベトナム語原文は、tư thế（思勢）。ヘラクレイトス断片B一一三にはこうある。「思慮するということ〔φρονέειν〕は万人に遍《あまね》き一つのこと」（『ソクラテス以前哲学者断片集』第Ⅰ分冊、三四二頁）。

28　ベトナム語原文は、định thế（定勢）。パルメニデス断片B八にはこうある。「そしてこれらについての判定〔κρίσις〕は一にかかってのことにある／すなわち、あるかあらぬか――」（『ソクラテス以前哲学者断片集』第Ⅱ分冊、八七頁）

29　ベトナム語原文は、hiển thế（顕勢）。νοεῖν については、第二章訳註16も参照のこと。ハイデッガーは、νοεῖν の意味について、根源的には「何かを注目―の―うちへ―取り容れること」であると解釈する（マルティン・ハイデッガー『ハイデッガー全集第8巻　思惟とは何の謂いか』四日谷敬子、ハルトムート・ブフナー訳、創文社、二〇〇六年、二二二頁）。

30　*cf. Chemin de Campagne, in *Questions III*, Gallimard, Paris 1966, p. 12.「讀むことと生きることの古き巨匠エックハルトが語るやうに、語つて語らざる世界の言葉のうちにおいて、神は始めて神である」（マルティン・ハイデッガー『ハイデッガー選集Ⅷ　野の道　ヘーベル――家の友』高坂正顕、辻村公一訳、理想社、一九六〇年、九頁）。

31　エックハルトの「説教九」に現れる Beiwort という語は、ここではベトナム語で liên ngôn（連言）と訳されているが、田島照久は「譬え言《ことば》」と訳し、「〔エックハルトは〕神を『言《ことば》』ととらえ、その『言』のかたわらにある言、『譬え言』としてわれわれはあらねばならないと説く」と註記している（『エックハルト説教集』田島照久編訳、岩波文庫、一九九〇年、六一—六三頁および二七七頁の訳注（二四））。

32 * Matt. 5, 3: Beati pauperes spiritu quia ipsorum est regnum coelorum.

33 * *Warum wir sogar Gottes ledig werden sollen.*

34 * Meister Eckhart, *Predigten und Schriften*, Fischer Bücherei, Fr. am M., 1956, p. 191.

35 * *Bulle de Jean XXII*, 27, III, 1329.

36 『悦ばしき知識』所収の詩。この詩は、ティエンの英文書簡「ベトナムにおける現行の戦争の存在論的背景（ヘンリー・ミラーへの公開状）」（『ダイアローグ』所収）にも引用されており、そこではこの詩に関して次のように述べられている。「確かに、ニーチェは私が思いつくうちの誰よりもよく近代的人間の没落を理解していました。ニーチェの出発点は、人間のまったく騙された状態です。人間は実存的に眠っており、錯覚の罠にかかっている、いわばまったく意識のない夢遊病者である、と彼は述べています。そしてニーチェがあらゆる価値の引き下げの定式化の基礎としていた象徴的な点は、『神秘の小舟』*Der geheimnissvolle Nache* と題された詩の中で述べられています」(Phạm Công Thiện, "The ontological background of the present war in Vietnam (An open letter to Henry Miller)", Thích Nhất Hạnh, Bùi Giáng, Tam Ích, Hồ Hữu Tường, Phạm Công Thiện, *Dialogue*〔ティック・ナット・ハン、ブイ・ザン、タム・イック、ホー・ヒュウ・トゥオン、ファム・コン・ティエン『ダイアローグ』〕, Lá Bối Xuất Bản, Sài Gòn, 1965, pp. 80-81)。

37 * cf. *Ainsi parlait Zarathoustra*, Notes et Aphorismes, Gallimard, 1947, p. 319.

38 「戦場の舞踏者」からここまでの引用は、「ディオニュソス頌歌」(Dionysos-Dithyramben) の詩句。

39 『悦ばしき知識』所収の詩「さすらいびと」(Der Wandrer) より。Todtenstille は日本語訳では「死の静寂」

（ニーチェ『ニーチェ全集8 悦ばしき知識』信太正三訳、ちくま学芸文庫、一九九三年、三三三頁）。

40 「閃光が深淵から空へと一撃する」から、ここまでの引用は、「ディオニュソス頌歌」の詩句。

41 前段の「〈一〉が変わって〈二〉になるのを見た」とこの句は、『悦ばしき知識』所収の詩「ジルス・マリーア」（Sils-Maria）からの引用。

42 ニーチェは『ツァラトゥストラはそう言った』第二部「救済について」の中で、「時間とその《そうあった》に対する意志の敵意、これが、いやこれのみが、復讐そのものなのだ」と述べている（ニーチェ『ニーチェ全集9 ツァラトゥストラ（上）』吉沢伝三郎訳、ちくま学芸文庫、一九九三年、二五五頁）。

43 vor-stellen は、通常、「表象する」と訳される語で、Vor-stellung はその動名詞形。vor- は「前に」、stellen には「立てる」の意味があり、後年のハイデッガーはこの意味を強調して用いる。そのため、ハイデガーの術語としては、日本語で「前に-立てる」という訳語を当てることもある。ティエンの「前像」という訳語は、近代では世界が「像」として人間の前に立てられる、とするハイデガーの見解に基づくもの（マルティン・ハイデッガー「世界像の時代」、『ハイデッガー全集第5巻 杣径』茅野良男、ハンス・ブロッカルト訳、創文社、一九八八年、九七―一三四頁参照）。

44 ベトナム語原文では、tướng thế（相勢）。

45 Martin Heidegger, Wer ist Nietzsches *Zarathustra* ?, *Vorträge und Aufsätze*, Gesamtausgabe 7〔マルティン・ハイデッガー「ニーチェのツァラトゥストラとは何者なのか?」『全集7 講演と論文』〕, V. Klostermann, Frankfurt, 2000, p. 111. および Martin Heidegger, Qui est le Zarathoustra de Nietzsche ?, *Essai et Conférences*〔マルティン・ハイデッガー「ニーチェのツァラトゥストラとは何者なのか?」『論文と講演』〕, André Préau trans., Gallimard, 1958, p. 129-130 参照。

46 durchstimmt は「調律する」、bestimmt は「規定する」の意。

47 * cf. Heidegger, *Was heisst Denken*, p. 34. 「『道徳』や『心理学』は、形而上学的なものに基づいている。人間本質の救済のためには、心理学は、それだけで単独に受けとられた場合には、また精神療法としても、何ごとも能くしえない。人間があらかじめ有への或る別の根本的関わりあいへ達しているのでなければ、（……）有への本質的な諸連関へと開いて保つことに向けて自分自身を開くのでなければ、道徳は単なる学説や要求としては何ごとも能くしえない」（マルティン・ハイデッガー『ハイデッガー全集第8巻　思惟とは何の謂いか』、九九―一〇〇頁）。

48 ベトナム語の tính には、漢字の「性」と「併」のいずれもが当てはまる。「併」に対応する tính には「計算する」という意味があり、tính toán（併算）も、「計算する、精算する」という意味がある。ここでは、ティエンは現在のベトナム語表記では同じく tính と表記される二つの意味を用いて、計算としての思考を批判し、〈性〉を思想するべきことを訴えている。

49 * cf. Heidegger, *Questions III*. 「野原へと戻る道を整え……」からここまでの一段について、ハイデガーのフランス語訳書 *Questions III*〔『問いⅢ』〕を参照するよう指示があるが、具体的には「野の道」と「ヘーベル――家の友」のことと思われる。

50 * *Über den Humanimus.* 『「ヒューマニズム」について』の該当箇所では次のように述べられている。「もしも哲学というものが、思索の問題事象すなわち存在の真理へとまずもって関わるという可能性をたえず阻止することにのみ従事するならば、そのかぎりにおいて、そうした哲学は、自分の扱う問題事象の容易ならざるむずかしさにいつの日にかぶつかって崩れ折れるという危険なぞ露知らずその外部に立って、みずからの安全性の保たれたものにとどまる。それゆえに、挫折に関してこれを上から見おろしながらあれこれ論評するような『哲学する』やり方などは、みずから挫折のなかに立って思索するやり方からは〔von einem scheiternden Denken〕、一つの裂け目によって分け隔てられているのである」(マルティン・ハイデッガー『「ヒューマニズム」について』渡邊二郎訳、ちくま学芸文庫、一九九七年、八八—八九頁)。

51 * *Hölderlin und das Wesen der Dichtung.*

52 ベトナム語の原文では uyên nguyên。本書では、「深淵」と訳している hố thẳm と区別するため、uyên nguyên に対応する漢語に訳したが、いずれもドイツ語の Abgrund の意味である。なお、ドイツ語の Grund には基礎、根拠の意味があるが、それに除去や脱落、否定を表す接頭辞の ab- が付いた Abgrund は、「基礎なし、根拠なし」と解釈できることにも注意したい。

53 この一文には、大乗仏教の「如」の考え、および華厳教学の「理事無礙」の考えが込められているだろうか。附録「ニーチェの沈黙への回帰」第七断章一七〇—一七二頁の〈如性〉(das Selbe)について語っている箇所および同章訳註20に引用した井筒俊彦による考察も参考のこと。

なお、ベトナム語原文では、この文の直前に引いているハイデッガーの文およびそれを改変したティエンのこの文の中では、主要な単語のドイツ語原語も示されているが、そのうち、「体」(thể)の原語については Seiende と記されている。ハイデッガーの文では正しくは (ein) Seiendes であるため、そのように改めた。以下に、ティエンが引いたハイデッガーの二つの文のドイツ語原文を挙げておく。Den Grund finden wir nie im Abgrund; Das Sein ist niemals ein Seiendes. (cf. Martin Heidegger, *Erläuterungen zu Hölderlins Dichtung*〔『ヘルダーリンの詩作の解明』〕, Vittorio Klostermann, Frankfurt am Main, 1971, p. 41)。

54 Martin Heidegger, *Über den Humanimus*〔マルティン・ハイデッガー『「ヒューマニズム」について』〕, V. Klostermann,

Frankfurt, 10 Aufl., 2000, p. 50.

55 * cf. Rimbaud, *une Saison en Enfer*, Mercure de France, Paris, 1951.

56 「俺はとうとう人間の望みという望みを、俺の精神の裡《うち》に、悶絶《もんぜつ》させてしまったのだ」（ランボオ『地獄の季節』小林秀雄訳、岩波文庫、一九七〇年改版、七頁）。以下、同様に、ランボーからのフランス語引用文の日本語訳を小林秀雄訳で註記する。

57 「俺は正義に対して武装した」（同書、同頁）。

58 「およそ職業と名のつくものがやり切れない」（同書、九頁）。

59 「俺は祖国を怖れている」（同書、一二頁）。

60 「いかにも俺は獣物だ、黒ん坊だ」（同書、一四頁）。

61 「飢え、渇き、叫び、ダンス、ダンス、ダンス、ダンス」（同書、同頁）。

62 「進軍」（同書、一七頁）。

63 「歴史を蔑み、諸原理を忘れ」（同書、一九頁）。

64 「俺は、すべての神秘を発《あば》こう」（同書、二〇頁）。

65 「まことの生活というものがないのです」（同書、二三頁）。

66 「私たちのいるのはこの世ではありません」（同書、同頁）。

67 「近代の詩や絵の大家らは、俺の眼には馬鹿馬鹿しかった」（同書、三〇頁）。

68 「俺は沈黙を書き、夜を書き」（同書、同頁）。

69 「描き出す術もないものも控えた」（同書、同頁）。

70 「俺は、砂漠を、萎《しお》れ枯れた果樹園を（……）愛した」（同書、三五頁）。

71　「疲れた足を引き摺り、臭い路次を過ぎ、瞑目してこの身を火の神太陽に献げた」（同書、同頁）。

72　「俺に食いけがあるならば／先ず石くれか土くれか」（同書、三六頁）。

73　「独り居の夜も／燃える日も」（同書、三八頁）。

74　「土に還る」（同書、五一頁）。

75　「友の手などあろう筈はない」（同書、同頁）。

76　「復讐成った以上は亡者どもだ」（同書、同頁）。

77　「ただ手に入れた地歩を守ることだ」（同書、同頁）。

78　「断じて近代人でなければならぬ」（同書、同頁）。

79　「役は終った。俺はヨーロッパを去る」（同書、一一頁）。

80　「なぜって俺はいつかは遠いところに行っちまうんだからな」（同書、二七頁）。

81　「俺たちの舟は、動かぬ霧の中を、纜《ともづな》を解いて」（同書、五〇頁）。

82　「妾《わたし》は奈落のどん底にいます、もうお祈りする術《すべ》も知りません」（同書、二七―二八頁）。

83　「俺はすべての存在が、幸福の宿命を持っているのを見た」（同書、三九頁）。

84　「あの科学の宣言以来、キリスト教が、人間が、わかりきった事をお互に証明しては、ふざけ合い、証明をくり返しては悦に入り、およそ外に生きる術がなかった」（同書、四四頁）。

85　「哲学者、君らは君らで西洋種だ」（同書、四五頁）。

86　「人間の事業、これが折々俺の深淵に光を放つ爆発だ」（同書、四七頁）。

87　「俺にははや話す術すらわからない」（同書、四九頁）。

88　「俺は再び東洋に帰った、永遠の当初の叡智《えいち》に帰った」（同書、四四頁）。

89 「行為は生活ではない」(同書、三九頁)。

90 「道徳とは脳髄の衰弱だ」(同書、同頁)。

91 前段落では「生活」(đời sống) というように、ランボーのフランス語原文に相応しい訳をしているが、ここでは、ランボーの言葉を用いて「生命」と「性命」の議論をしているため、ティエンは「生命」(sinh mệnh) という訳語で大胆に意訳している。

92 * cf. Oswald Spengler, *l'homme et la technique*, Gallimard, 1958, p. 157.「われわれは、この時代に生まれたのであり、そしてわれわれに定められているこの終局への道を勇敢に歩まなければならない。これ以外に道はない。希望がなくても、救いがなくても、絶望的な持ち場で頑張り通すのが義務なのだ。ポンペイの城門の前でその遺骸が発見された、あのローマ兵士のように頑張り通すことこそが。——彼が死んだのは、ヴェスビオ火山の噴火のときに、人びとが彼の見張りを交代させてやるのを忘れていたためであった。これが偉大さであり、これが血すじのよさというものである。この誠実な最期《さいご》は、人間から取り上げることのできない〈ない〉、ただひとつのものである」(オスヴァルト・シュペングラー『人間と技術』駒井義昭、尾崎恭一訳、富士書店、一九九一年、一一九―一二〇頁)。

93 * Henry Miller, *Tropic of Cancer*, p. 1.「俺はただ〈存在する〉」と訳した箇所のベトナム語原文は、tôi LÀ!。ヘンリー・ミラーの英語原文は、I am. である(Henry Miller, *Tropic of Cancer*〔ヘンリー・ミラー『北回帰線』〕, Grove Press, New York, 1961, p. 1)。

94 * cf. Henry Miller, *the Books in my life*, Icon Books; 1963, p. 96.

95 * cf. *New Direcctions IX, New Directions XI.*『わが生涯の書物』の註では、「青春のコロンブス」という表現は、『ニューディレクションズ』第九巻および第一一巻(*New Direcctions IX, New Direcctions XI*)が初出であると記されている（Henry Miller, *The Books in My Life*〔ヘンリー・ミラー『わが生涯の書物』〕, New Directions, New York, p. 90）。

96 *op. cit.*〔前掲書〕, p. 48.

97 英語原文は、“And behold”, says Meister Eckhart, “everything is one now!”（Henry Miller, *Remember to Remember*〔ヘンリー・ミラー『追憶への追憶』〕, The Grey Wall Press, London, 1952, p. 120.）

98 *cf. Henry Miller, *Remember to Remember*.

99 英語原文は、everything must be one（*op. cit.*, p. 121）。

100 Henry Miller, *The Books in My Life*, p. 97を参照。

101 Henry Miller, *The Smile at the Foot of the Ladder*〔ヘンリー・ミラー『梯子の下の微笑』〕, New Directions, 1958, p. 40. 日本語訳は、「ちょうど飛び立つ鳥のように、本能的に、彼はすべてを抱擁するかのごとく両腕を広げた」。

102 *ibid.*〔同書、同頁〕

103 *op. cit.*, p. 46.

104 *op. cit.*, p. 47.

105 *op. cit.*, p. 48.

106 *op. cit.*, p. 47.

107 「全体」に対応する英語原文は、that which is で「存在するもの」の意味だが、ティエンは、「存在者全体」の意に取っている。

108 Henry Miller, *The Smile at the Foot of the Ladder*, p. 47.

109 *op. cit.*, p. 40.

110 *op. cit.*, p. 46.

111 英語原文は次のとおり。All happens only once, but that is for ever. (...) If nothing is lost neither is anything gained. There is only what endures. I AM.（Henry Miller, *Remember to Remember*, p. 149.)

112 中村元校訂の『般若心経』テクストにおける該当箇所は次のようになっている。

iha Śāriputra sarva-dharmāḥ śūnyatā-lakṣaṇā anutpannā aniruddhā amalāvimalā nonā na paripūrṇāḥ. tasmāc Chāriputra śūnyatāyāṃ na rūpaṃ na vedanā na saṃjñā na saṃskārā na vijñānaṃ. na cakṣuḥ-śrotra-ghrāṇa-jihvā-kāya-manāṃsi, na rūpa-śabda-gandha-rasa-spraṣṭavya-dharmāḥ, na cakṣur-dhātur yāvan na mano-vijñāna-dhātuḥ.

na vidyā nāvidyā na vidyākṣayo nāvidyākṣayo yāvan na jarāmaraṇaṃ na jarāmaraṇakṣayo na duḥkha-samudaya-nirodha-mārgā, na jñānaṃ na prāptiḥ.

tasmād aprāptitvād bodhisattvānāṃ prajñāpāramitām āśritya viharaty a-cittāvaraṇaḥ. cittāvaraṇa-nāstitvād atrasto viparyāsātikrānto niṣṭhanirvāṇaḥ

「ベトナム語に訳すのは差し控えたい」と記されているように、原書では、ここに記載されているサンスクリット語の意味は不明なままになっているが、以下に『般若心経』の該当部分の漢訳、書き下し文、現代語訳（中村元校訂テクストに従う）を載せておく。【玄奘漢訳】舍利子。是諸法空相。不生不滅。不垢不浄。不增不減。是故空中。無色。無受想行識。無眼耳鼻舌身意。無色聲香味觸法。無眼界。乃至無意識界。無無明。亦無無明盡。乃至無老死。亦無老死盡。無苦集滅道。無智亦無得。以無所得故。菩提薩埵。依般若波羅蜜多故。心無罣礙。無罣礙故。無有恐怖。遠離［一切］顛倒夢想。究竟涅槃

【書き下し文】舎利子よ、この諸法は空相にして、生ぜず、滅せず、垢つかず、浄からず、増さず、減ら

113

ず、この故に、空の中には、色もなく、受も想も行も識もなく、眼も耳も鼻も舌も身も意もなく、色も声も香も味も触も法もなし。眼界もなく、乃至、意識界もなし。無明もなく、また、無明の尽くることもなし。乃至、老も死もなく、また、老と死の尽くることもなし。苦も集も滅も道もなく、智もなく、また、得もなし。得る所なきを以ての故に。菩提薩埵は、般若波羅蜜多に依るが故に。心に罣礙なし。罣礙なきが故に、恐怖あることなく、（一切の）顚倒夢想を遠離《おんり》して涅槃《ねはん》を究竟《くきょう》す【現代語訳】シャーリプトラよ。／この世においては、すべての存在するものには実体がないという特性がある。／生じたということもなく、滅したということもなく、汚れたものでもなく、汚れを離れたものでもなく、減るということもなく、増すということもない。／それゆえに、シャーリプトラよ、／実体がないという立場においては、物質的現象もなく、感覚もなく、表象もなく、意志もなく、知識もない。眼もなく、耳もなく、鼻もなく、舌もなく、身体もなく、心もなく、かたちもなく、声もなく、香りもなく、味もなく、触れられる対象もなく、心の対象もない。眼の領域から意識の領域にいたるまでことごとくないのである。／（さとりもなければ、）迷いもなく、（さとりがなくなることもなければ、）迷いがなくなることもない。こうして、ついに、老いも死もなく、老いと死がなくなることもないというにいたるのである。苦しみも、苦しみの原因も、苦しみを制することも、苦しみを制する道もない。知ることもなく、得るところもない。それ故に、得るということがないから、諸の求道者の智慧の完成に安んじて、人は、心を覆われることなく住している。心を覆うものがないから、恐れがなく、顚倒した心を遠く離れて、永遠の平安に入っているのである（『般若心経・金剛般若経』、一〇―一三頁、一七四―一七五頁）。

『ブリハドアーラニヤカ・ウパニシャッド』第三篇第九章第二六節その他に見られる、ヤージュニャ

114 ヴァルキヤ仙の言葉で、意味は「非也・非也」「そうではない、そうではない」。「この我はただ『非也・非也』と説き得べきのみ」（辻直四郎『ウパニシャッド』、六三頁）。ヘルダーリンの詩「あたかも祝いの日の明けゆくとき……」の一節。この句を含む一聯は次のとおり。「だがいまこそ夜は明ける！　わたしはながく待った、そしてそれが来るのを見た、／そしてわたしが見たもの　聖なるものこそ、わたしのことばであれ！／すなわち、もろもろの時代より古く／西の神々　東の神々のさらに上にあるもの、／その自然が、いま剣戟の音とともに目ざめたのだ。／そしてエーテルの高みから深淵の底にわたって、／太古に変らぬ確乎たる掟により聖なる渾沌から生み出されて／霊活の気はふたたびおのれの新生を感ずるのだ、／万物を創造する霊活の気は」（『ヘルダーリン全集2』手塚富雄、浅井真男訳、河出書房新社、一九六七年、一四五－一四六頁）

ランボーの歩みの上に……

1 「生命」（sinh mệnh）は、通常は「運命」という程度の意だが、ティエンは「生命」を「性命」と対立的に独自の術語として用いている。第一章訳註60を参照のこと。

2 ランボーの詩「酔いどれ船」の一節。なお、ベトナム語原文では、ランボーの詩からの引用は斜体になっているが、本章の訳文では、それらはすべて「　」で囲んで示すこととする。以下同様。

3 フランス北東部にあるランボーの生まれ故郷。

4 ランボー『地獄の季節』冒頭章の一節。

5　ランボーの詩「夜明け」の一節。
6　同作品。
7　同作品。
8　いずれもベトナム人の女性名。
9　ランボーの詩「夜明け」の一節。
10　ランボー『地獄の季節』の反古草稿「言葉の錬金術」に見られる nobles minutes のことか。
11　ランボー『地獄の季節』、「錯乱Ⅱ」の一節。
12　ランボーの詩「永遠」の一節。ここでは「〜をもって」(avec) が用いられているが、『地獄の季節』、「錯乱Ⅱ」の同内容の詩では「と」(et) となっている。
13　ランボー『地獄の季節』、「錯乱Ⅰ」の一節。
14　同書、「錯乱Ⅰ」の一節。
15　ランボーの詩「夜明け」の一節。
16　ランボーがジョジュル・イザンバールに宛てた一八七一年五月〔一三日〕付けの手紙の中にある言葉。フランス語原文は JE est un autre。
17　「易化」「易化法」は、ティエンが用いる、dialectique, dialectic（弁証法）の別の訳語。第一章二九頁および同章訳註66を参照のこと。
18　ランボーの詩「盗まれた心臓」の一節。
19　ランボーの詩「夜明け」の一節。
20　ランボーの詩「永遠」の一節。「告白」と訳した元のベトナム語は lời nguyện、その意味は「祈りの言葉」「祈念」で、フランス語での vœu に対応すると思われる。その vœu は『地獄の季節』所収のものでは現れるが、その他のベトナム語の語句が対応している単独の詩「永遠」の中に出てくるのは aveu なので、ここでは「告白」と訳した。

21 ランボーの詩「夜明け」の一節。

22 ランボーの詩「酩酊の午後」の一節。

信条《クレードー》

1 原文では、ラテン語表記で CREDO。このラテン語の直訳は「われ信ず」。

2 * Nikos Kazantzakis, *Ascèse*, p. 56. 訳者が参照できたフランス語訳では、次のような表現になっている。Ton devoir, tranquillement, sans espoir, avec courage, c'est de mettre le cap sur l'abîme（おまえの義務、それは、静かに、希望を持たず、勇敢に、深淵へと向かうことだ）（Nikos Kazantzakis, *Ascèse: Salvatores Dei*, J. Razgonnikoff trans., Aux forges de Vulcain, Paris, 2013, p. 34）。また、英訳では、次のような表現になっている。Without hope, but bravely, it is your duty to set your prow calmly toward the abyss（希望を持たず、だが勇敢に、おのれの舳先を静かに深淵へと向けることがおまえの義務だ）（Nikos Kazantzakis, *The Saviors of God: Spiritual Exercises*, Kimon Friar trans., Simon and Schuster, New York, 1969, p. 59）。

3 『般若心経』の一節。

4 * San Juan de la Cruz.

5 *Sor Juana Inés de la Cruz.

6 『般若心経』の一節。漢訳の「不生不滅。不垢不浄不増不減」に対応する部分（『般若心経・金剛般若経』、一〇—一一頁）

7 *Fray Luis de León.

8 ティエンの評論集。主に欧米の作家、詩人、思想家、そして欧米で当時注目されていた禅の思想などについて論じている。一九六四年に出版して話題を呼んだ。「ニーチェへの手紙」は、この評論集の「結論」として書かれている。

9 *Nietzsche, *Also sprach Zarathustra*, III.

10 『般若心経』の一節。漢訳の「不生不滅不垢」に対応する部分（『般若心経・金剛般若経』、一〇頁）

11 ベトナム人女性の名。附録「ニーチェの沈黙への回帰」第九断章、一九四頁および同章訳註28を参照。

12 ドイツ語の原語は brunnen で、ベトナム語では「井戸」（giếng）と訳されているが、既存のいくつかの日本語訳にあわせて「泉」とした。

13 『般若心経』の一節。a と na は漢訳の「不」、sarva-dharmāḥ は「諸法」、śūnyatā は「空」、lakṣaṇā は「相」に対応する。anutpannā 以下は本章訳註6を参照のこと。

14 *Heidegger, *der Feldweg*.

1 「形而上学」のベトナム語原文は、siêu hình học（超形学）で、ドイツ語のMetaphysik、英語のmetaphysicsの訳語。ティエンは、並行してsiêu thể học（超体学）という訳語も用いて、「体（存在者）」を超越した」、という意味を強調する。第二章では他の術語との関連からsiêu hình học（超形学）はそのまま「超形学」と訳したが、本章では、Metaphysikの一般的な日本語訳である「形而上学」で訳出することとした。

2 * cf. *Philosophie*, III, p. 233, sqq.

3 * *Die fröhliche Wissenschaft*, No. 264.

4 * cf. Heidegger, La fin de la philosophie et la tâche de la pensée, in *Kierkegaard vivant*, N.R.F., 1966.

5 一九六六年出版のティエンの思想書。第三版序文で、「この『思想の深淵』は、筆者の或る段階、徹底的な否定の段階をしるし付けた。この徹底否定の後にあるのは、〈深淵の沈黙〉である。／『深淵の沈黙』を読まずに『思想の深淵』を読むことなどできない。『思想の深淵』を見ずに『深淵の沈黙』を読むこともできない」と述べられているように、『思想の深淵』は本書『深淵の沈黙』と、ティエンの思想を相互に補い合う関係にある（Phạm Công Thiện, *Hố Thẳm Của Tư Tưởng*, p. 5）。

6 第一章訳註71を参照。

7 * *Ecce Homo*, N. R. F., p. 165.

8 ニーチェのÜbermenschは、通常「超人」と日本語に訳されるが、ティエンは「越南《ヴィエットナム》」の「越」の意味も含めて、việt nhân（越人）と訳している。本書でも、それに従い、「越人」と訳す。

9 * *Vorträge und Aufsätze*, Pfullingen, Neske, 1954.

10 * cf. *Essais et Conférances*, pp. 88-89. 該当箇所にはこう述べられている。「形而上学は宿命〔Verhängnis〕なのであるが、それは厳密に、以下のように考えられる意味においてのみ、そうなのである。すなわち、西洋的―ヨーロッパ的歴史の根本特徴としての形而上学は、存在するもののただなかに人類を吊るしたままにしておく〔hängen lässt〕が、そのさいいつか存在するものの存在が両者の二重襞として〔als die Zwiefalt〕形而上学から、そして形而上学によって、それの真相において〔in ihrer Wahrheit〕経験され、問いだだされ、接合されることはありえない、という意味でそうなのである」（マルティン・ハイデッガー「形而上学の超克」、『技術への問い』関口浩訳、平凡社ライブラリー、二〇一三年、一二六―一二七頁）。

11 * cf. Heidegger, *Nietzsche*, t.II, p. 75.

12 ドイツ語引用文の斜体強調は、ティエンによるものである。日本語訳は次のとおり。「形而上学とは、存在者そのものの全体について思惟の言葉に組み込まれる真理であると規定することができる」（マルティン・ハイデッガー『ニーチェⅡ』細谷貞雄監訳、平凡社ライブラリー、一九九七年、三一七頁）。

13 原文では des Wesens des Seins。以下、本訳書ではすべて das Wesen des Seins に改めた。

14 * *Essais et Conférence* (N. R. F., Paris, 1958).

15 * cf. Heidegger, *Nietzsche*, t.I, p.475.

16 * Heidegger, *Nietzsche*, t. I (Pfullingen, Günther Neske, 1961).

17 * cf. Heidegger, *Über den Humanismus*〔p. 56〕.「来たるべき思索は、もはや哲学ではない」（ハイデッガー『「ヒューマニズム」について』、一四五頁）。

18 *op. cit.*〔前掲書〕, p. 55.「それであるから、本質的な思索者たちは、つねに同じこと〔das Selbe〕を言い述べ

るのである」（前掲書、一四三頁）

19 *ibid*〔同書、同頁〕.「しかし、等しいこと〔das Gleiche〕を言い述べるという意味ではない」（同書、同頁）。

20 『思想の深淵』では、次のようにも述べている。「〈性〉とはすなわち〈如〉である。梵語（サンスクリット）の〈如〉は、Tathatā であり、〈性〉の梵語は Tat である。（中略）画は見ることであり、見ることは〈見〉である。見は〈見性〉である。見性は画龍点睛である。点睛は、〈如し〉（NHƯ LÀ）を〈ある〉（LÀ）に転じることである。〈ある〉（LÀ）は〈如性〉（NHƯ TÍNH）である」（Phạm Công Thiện, *Hố Thẳm Của Tư Tưởng*, p. 121）。

「如」の考えについては、以下の井筒俊彦の考察も参考になるのではないだろうか。「〔禅の〕無『本質』の世界。それは存在的透明性と開放性の世界。『水清くして底に徹す。魚の行くこと遅遅たり。空闊《ひろ》くして涯《かぎ》りなし。鳥の飛ぶこと杳杳《ようよう》たり』（宏智『坐禅箴』）。この魚は、道元のいわゆる「魚行きて魚に似たり」の魚、この鳥は「鳥飛んで鳥のごとし」の鳥。魚は魚、鳥は鳥として立派に分節され区別されていながら、しかも、この鳥とこの魚との間には不思議な存在相通があり、存在融和がある。つまり、分節されているのに、その分節線が全然働いていないのだ、まるで分節されていないかのように。／分節されている『に似たり』、分節されている『かのごとし』の事態——これこそ存在の究極的真相、存在の『如如』、すなわち『真如』と呼ばれるものでなくて何だろう」（井筒俊彦『意識と本質』岩波文庫、一九九一年、一六五頁）。

21 * cf. F. Nietzsche, *Werke in Drei Bänden*, t II, p. 1152.

22 日本語では通常『存在と時間』（あるいは『有と時』）と訳されるハイデッガーのこの著作について、ベトナム語原文では、*Sein und Zeit* とドイツ語表記のまま記されている。ティエンはハイデッガーの *Sein*

を「存在」あるいは「有」と訳すことを避けているため、本翻訳でも『存在と時間』あるいは『有と時』という日本語訳は避けた。ティエンがハイデッガーの『真理の体性について』(*Vom Wesen der Wahrheit*) を翻訳、出版した際に、解説として附された「ハイデッガーの履歴と作品についての訳者による粗略的註釈」の中で、*Sein und Zeit* は、*Thể Tính và Thời Tính*（『体性と時性』）あるいは *Tính thể và Thời thể*（『性体と時体』）とベトナム語に訳されている。その訳語を参考に、ここではとりあえず後者の『性体と時体』で訳出することとした（Phạm Công Thiện, "Chú thích sơ lược của dịch giả về tiểu sử và tác phẩm của Heidegger"〔「ハイデッガーの履歴と作品についての訳者による粗略的註釈」〕, in Martin Heidegger, *Về Thể Tính của Chân Lý*, Phạm Công Thiện trans., Hoàng Đông Phương, Sài Gòn, 1967, p. 9 参照)。

23　* cf. Martin Heidegger, *Sein und Zeit*, Max Niemeyer Verlag, Tübingen, 1960.

24　ハイデッガーは次のように述べている。「彼〔ニーチェ〕は歴史学について、記念碑的、好古的、批判的という三つの様式を区別しているが、この三重性の必然性とそれらの統一の根拠をとりたてて示していない。歴史学の三重性は、実は、現存在の歴史性のなかに予描されているのである。そしてこの歴史性にもとづいて、本来的な歴史学がいかなる意味でこの三つの可能性の事実的に具体的な統一態でなければならないのかということも、理解できるのである。ニーチェの分類は偶然のものではない。彼の『考察』の書きおこしをみると、彼が言明した以上のことを理解していたということが推測される」（マルティン・ハイデッガー『存在と時間（下）』細谷貞雄訳、ちくま学芸文庫、三四八頁）

25　日本語訳は次のとおり。「有は基づける有として如何なる根據《もと》をもたない、有は脱–底としてかの遊戯を演ずるのであり、すなはちその遊戯は、命運として吾々に有と根據とをこつそりと手渡す遊戯である」（マルティン・ハイデッガー『根據律』辻村公一、ハルトムート・ブフナー訳、創文社、一九六二年、二二六頁)。ティエンのベトナム語訳は、少々解釈が異なっているが、ここではティエンのベトナム語に基づき訳出した。

26 * Heidegger, *Der Satz vom Grund*, Neske, Pfullingen, 1965, p. 188.

27 ティエンは、一九六五年から一九六六年にかけて、アメリカ留学、留学の放棄とフランスへの逃避、世界各地の放浪を経験しているが、『四月の空』はそれらの経験に基づき書かれた自伝的な短編小説で、一九六六年にサイゴンで出版されている。

28 クエ・フオン *Quế Hương*（桂香）は、ティエンが一六歳の頃に思いを寄せていたものの、ふられてしまった初恋の女性の名。『蛇の生まれ出づる日』の中で、何度も言及されている。*Quế Hương* という女性名は、「故郷」を意味するベトナム語 *Quê Hương* と発音が非常に近いため、詩の中で、初恋の女性の名は同時に、望郷の念も呼び起こしている。

29 一二篇の詩が収められたティエンの小詩集。一九六六年初秋に初版がパリで出され、ベトナム帰国後の同年末に第二版が出ている。ティエンの生まれ年は、一九四一年の巳年であるため、「蛇」は彼自身を象徴するものである。なお、ティエンは自身を「詩人」と見なしているが、詩集として出版されたのは、この『蛇の生まれ出づる日』と『一切頂上には寂静』（二〇〇〇年）の二冊のみである。

30 『蛇の生まれ出づる日』第七番の詩の末尾の言葉。第七番の詩の全文は次のとおり。「ギヨーム・アポリネール通りでぼくは黒い毒を飲み込む／サン・ジェルマン・デ・プレから／愚鈍な教会が伸びてくる／黒いコーヒーは転生の魂を／ぼくの頭上の火山で舞踏する／百万の黒い亡霊に変える／ぼくは青い服に身を包み／黒革の時計を巻き／残った六本のマッチに／六つの狂った炎を忍ばせる／ぼくはフオンを呼び、そして気を失い／天に駆け、夜通し蛇になる／血は黒い雨を注ぐ／幼い頃の／ああ、蔓紫よ／僕はそっと呼ぶ／未来に／とぐろ巻く蛇を」(Phạm Công Thiện, *Ngày Sanh của Rắn*, An Tiêm, Sài Gòn, 1966, pp. 15-16)。

31 「道はギリシヤ語では ὁδός と言はれてをり、μετά とは《nach》〈後に、従つて〉と言ふことであり、μέθοδος とは、その上に於て吾々が或る一つの事柄を追跡して行くところの道であり、すなはち方法である」（ハイデッガー『根拠律』、一二七頁）。

32 この言葉は、一九六七年に出版されたティエンの小説の題名でもある。

33 * cf. R. Otto, *Das Heilige*.

34 * *Also sprach Zarathustra*, III, Der Wanderer.

35 * *Zarathustra*, I, von den drei Verwandlungen.

36 * Nietzsche, Aus hohen Bergen 〔in *Jenseits von Gut und Böse*〕.

37 * *Qu'appelle-t-on penser ?* (P.U.F., 1959, p. 125).

38 ここまでに挙げられている五つの翻訳の訳者名と書名の原文を以下にまとめて提示する。* André Préau, *Essais et Conférence*; Aloys Becker, Gérard Granel, *Qu'appelle-t-on penser ?*; Henri Albert, *Ainsi parlait Zarathustra*; Maurice Betz, *Ainsi parlait Zarathustra*; Walter Kaufmann, *Thus spoke Zarathustra*, *The Protable Nietzsche*.

39 * F. W. J. Schelling, *Écrits philosophiques*, t. Ier, Landshut, 189, p. 419. なお、引用されているシェリングの言葉は、フランス語訳『講演と論文』では、Le vouloir est l'être *primordial*（意志は本源的な存在である）と書かれている（Martin Heidegger, *Essais et Conférences*, p. 131. 斜体強調引用者）。

40 本章訳註28を参照。

41 * cf. Nietzsche, *Lettres choisies*, traduites par A. Vialatte, Gallimard, pp. 214-216.

42 全文（原文は英文）の日本語訳は次のとおりである。「ヘンリー・ミラーはイエス・キリストのペニスの上のほくろだ。仏陀の脇の下の疣だ。またミラレパの権化だ。名詞、形容詞、動詞、副詞の痙攣的オーガズムの絶頂で〈痴呆〉と〈狂喜〉とが失われつつある時に、謎というものの練金秘薬を味わいたがっているやつらに、ヘンリー・ミラーの神々しい現前を、恍惚をもって感じさせてやるために、私は世界中の図書館をすべてぶち壊してやりたい。／ヘンリー・ミラーは、シェークスピア、ドストエフスキー、ホイットマン、ニーチェ、ハイデッガー、ゲーテあるいは地上にかつて存在した他のどんな天才よりも偉大、はるかに偉大だ。／私たちは、また別の発見不可能な領域を横断するのだから、『より偉大である』か『偉大でない』かの点において考えることは、ここではまったく厚かましいことだ。／ヘンリー・ミラーが東西文化一切の歴史において最も偉大な天才であると述べることは、表現不可能ながら避けて通れないものを表現するために用いる言葉の表現上の問題にすぎない。／天使と悪魔は、『ヘンリー・ミラーの精神からの〈不可触なるもの〉の誕生』と題されたメッセージを、書き、そして発送したことだろう。／ヘンリー・ミラーは存在するものであり、存在しないものである。彼は〈実在（リアル）〉であり、〈非実在（アンリアル）〉である。私は彼を〈存在〉（BE）するがままに、そして〈非＝存在〉（NOT-BE）のままにさせておかなければならない。／彼について書き、語ることは、〈沈黙〉そのものを通じての〈沈黙〉の上での〈沈思〉である。//ファム・コン・ティエン／パリ、一九六六年八月」（Phạm Công Thiện, *Hố Thẳm Của Tư Tưởng*, pp. 201-202）。

43* André Gide, *Dostoïevski*, N.R.F., 1964, p. 191.

44* Nietzsche, Dionysos-Dithyramben, cf. *Werke in drei Bänden*, p. 1253.

45* Eugen Fink, *La philosophie de Nietzsche*, Éditions de Minuit, p. 220.

46 * cf. *Lettre au Gréco*, p. 315.

47 * cf. Jakob Boehme, *Sämtliche Werke*.

48 * cf. Nicolas Berdyaev, *The Meaning of The Creative Act*, Collier books, 1962, pp. 139, 295.

49 * Heidegger, pourquoi des poètes ? in *Chemins qui ne mènent nulle part*, NRF, 1962, pp. 220-221.

50 * cf. Nietzsche, *Der Wille zur Macht*, III, 797, p. 226. 日本語訳は次のとおり。「『遊戯』、無用のもの――累積された力をもつ者の理想としての、『子供らしさ』としての。神の」（ニーチェ『ニーチェ全集13　権力への意志（下）』原佑訳、ちくま学芸文庫、一九九三年、三一〇頁）。

51 * *Der Cherubinische Wandersmann*, (1657, I, no 289).

52 アンゲルス・ジレジウスの詩の中で、薔薇の花は次のように詠われている。「薔薇は何故無しに有る、それは咲くが故に咲く、／それは自分自身に氣を留めないし、ひとが自分を見てゐるか否かと、問ひはしない」（ハイデッガー『根據律』、七二頁）。

53 * *Der Satz vom Grund* (Pfullingen, Neske, 1957).

跋《コーダ》　深淵の沈黙　結論

1 原題は、CODA。音楽用語で、楽曲の終結部分を指す。

2 * cf. Nietzsche, *Unzeitgemäße Betrachtungen*, III, 3.

附註

1 * Friedrich Nietzsche, *Werke in drei Bänden*, cuốn II, do Karl Schlechta san nhuận (Carl Hanser Verlag, München, 1960).

訳者解説

本書は、ベトナム人の思想家・詩人、ファム・コン・ティエンの思想書『深淵の沈黙』の全訳である。後述するように、本書にはいくつかの版があるが、翻訳にあたっては、その初版本Phạm Công Thiện, *Im Lặng Hố Thẳm*, nhà xuất bản An Tiêm, Sài Gòn, 1967を底本とした。

時代背景について

『深淵の沈黙』は、一九六七年に旧南ベトナム（ベトナム共和国）の首都サイゴン（現在のホーチミン市）でアンティエム出版より初版が出版されている。一九六七年当時は、言うまでもなく、ベトナムが世界史に名を刻むベトナム戦争の時代であった。

少し遡ったところからベトナム戦争に到る流れを概略しておくと、一九四五年の第二次世界大戦終結直後、ホー・チ・ミンはベトナム民主共和国の独立を宣言するものの、宗主国であったフランスはそれを認めず、一九四六年に抗仏戦争（第一次インドシナ戦争）が勃発。一九五四年にベトナム民主共和国側が勝利するものの、ジュネーヴ協定でベトナムは南北に分断される。第二次大戦後の冷戦構造を背景に、北ベトナム（ベトナム民主共和国）はソ連を中心とする東側の社会主義陣営が支援し、南ベトナムはアメリカを中心とする西側の自由主義陣営が支援して対峙。一九五九年には北ベトナムが南部の武力解放を決定し、一九六〇年には南部解放民族戦線（蔑称ベトコン）が結成され、南ベトナム国内での内戦が始まる。南ベトナムの初代大統領ゴ・ディン・ジエムはカトリック優遇政策を実施し仏教徒を弾圧したことで、一九六三年には抗議のため仏僧の焼身自殺が起こり、一一月にはゴ政権がクーデターにより崩壊。一九六四年のトンキン湾事件をきっかけに、一九六〇年代半ば以降、アメリカ軍が直接武力介入し、戦争はエスカレートしていく。そうしたベトナム戦争の状況下、本書は世に出ている。

著者について

著者のファム・コン・ティエン（ファムは姓、コンは中間名、ティエンは名である。漢字で表記すると、范公善となる。ベトナム人同士では一般的に名で呼び合う慣習があるため、以下、ティエンと略称することとする）は、ベトナム南部、サイゴンの南西約七〇キロメートルに位置する、メコン河沿いの町ミィトーで、一九四一年六月一日に生まれている。『深淵の沈黙』出版の一九六七年にはまだ二六歳、第二章末尾には日付が「一九六六年五月二二日」と記されており、本篇

（序文に相当する「高峰と深淵のはざまを行く」と第一章、第二章をもって「本篇」と呼ぶこととする）執筆時には満年齢で二五歳にまだ満たなかったことになる。原書で三八〇頁以上に及ぶ晦渋で衒学的な本書をそのような若さで書き上げた彼は、かなり早熟で極めて優秀で、そして相当に規格外《エキセントリック》な人物であった。彼自身が書いた自己紹介文やエッセー、自伝的小説などに基づきながら、その経歴を以下に簡潔に紹介したい。

ティエンは、カトリック教徒の裕福な家庭に生まれ育ち、カトリック系私学に通ったものの、一三歳の時には神父の校長と学問論争をして放校処分となり、その後は正規の教育を受けずに独学している。一四歳の頃から本を書き始め、一九五七年、一六歳の時には『英語精音辞典』という英語の発音についての小辞典を出版している。一六歳から二〇歳の頃は、英語教師として自分より年上の生徒たちに教えていたという。一〇代後半から仏教思想に関心を深めていき、二〇歳で出家し仏門に入っている。一九六四年、二三歳の時には、一八、九歳の頃から書いていた、主に二〇世紀欧米の文学、哲学に関する批評をまとめ、原書初版で六五〇頁以上に及ぶ最初の代表作『文芸と哲学における新たな意識』を出版し、話題を呼ぶ。一九六五年には留学の機会を得て、渡米。一六、七歳の頃に、本書第二章でも極めて重要な位置付けをされているヘンリー・ミラーの著作を読んで心酔していたティエンは、ミラー宅を訪れ、初対面のミラーに向かって感激のあまり、「ヘンリー・ミラー、ぼくはあなたを殺す！」と宣言。ミラーは彼を抱擁し、「ランボーの生まれ変わり」と讃えている。アメリカの留学生活では、「俺はハイデッガーやヘラクレイトスを血と涙で読むというのに、教授どもときたら近視眼でしか読めない」と大学教授たちを軽蔑して、留学を放棄。精神病院への入院を勧められるも精神分析医と論争し、あきれた医師から「将来、君は何になるつもりなのか」と問われた際には、「ブッダ《覚者》になる」とも答えている。一九六五年秋にはフランスのパリに渡る。このパリ滞在中に、本書の本篇部分が書かれている。その後、パリを離れ、世界各国を放浪した後、一九六六年秋頃に南ベトナムに帰国。帰国後は、当時サイゴンにあった仏教系私立大学、万行《ヴァンハン》大学文学・人文科学学部の学部長に二五歳で就任している。サイゴンでは、本書『深淵の沈黙』の他、立て続けに小説、詩集、思想書、翻訳書の数々を出版。彼の著作は、若者たちの支持を集めて飛ぶように売れ、当時一九六〇年代後半の南ベトナムでは「ファム・コン・ティエン現象」という一種の流行現象、社会現象にさえなっている。だが、一九七〇年、国際会議に出席するため出国するとそのまま失踪。祖国を捨て、それとほぼ同時に筆を断っている。失踪後は、フランスのパリ第四大学で学び、一九七五年にはフランス南部のトゥールーズ大学で西洋哲学の助教授職に就いている。が、この職も一九八三年には辞してフランスを離れ、生活の場をアメリカに移す。一九八七年には、一七年の沈黙を破ってベトナム語での本格的な執筆活動を再開。その後、アメリカとオーストラリアを往復しながら研究、執筆を続け、一九七〇年以降二度と祖国の土を踏むことのないまま、二〇一一年三月八日にテキサス州ヒューストンで流浪の生涯を閉じている。訳者が確認しているところでは、彼は生涯のうちに、単著のみを数えるなら、詩集二冊、小説四冊、思想書・評論集一七冊、辞書一冊、翻訳書七冊を刊行している。

『深淵の沈黙』について

執筆の目的と動機について

以下に本書『深淵の沈黙』について訳者なりの説明をしていくが、まずは、この思想書を書くにあたってのティエンの目的と動機について確認しておきたい。端的に言えば、本書はベトナム戦争に対する思想闘争の書である。時代状況を確認した際に述べたように、本書はベトナム戦争のさなかに書かれている。第一章で、「人類の最たる恐慌、混沌、混乱の一切が、ベトナム人を打ちのめしている。深淵が広く深く開かれている。炎と血が、天から注がれ大地より噴き上がる」とあるような、まさに深淵的《アビ》＝奈落《サル》的な状況下、ティエンはこの災厄に対して思想的に対峙しようとした。附録「ニーチェの沈黙への回帰」第三断章で、「二〇世紀の科学は、西洋形而上学の成就である。西洋形而上学は、現在のベトナムでの過酷な戦争において成就した」とあるように、彼は、ハイデッガー思想に触発されながら、西洋形而上学をベトナム戦争の窮極的原因と見定め、それを批判し、その西洋的思惟とその思惟に基づく世界観およびそれによって構築されてきた近代世界を、彼がベトナムに見出す思想によって乗り越えようとしたのである。

ティエンが翻訳したハイデッガーの『真理の体性〔本質〕について』は、『深淵の沈黙』刊行から約半年後の出版であるが、その「訳者の紹介文」の中にも、ちょうど『深淵の沈黙』でティエンが目指したものが示されているので確認しておこう。

　今日のベトナム戦争は、西洋の機械技術の成就である。到来するベトナム思想は、西洋形而上学を乗り越え（Überwindung der Metaphysik）、イギリス、アメリカの数学的論理学（logistique）を乗り越え、ロシア、中国の弁証法的唯物論も乗り越えなければならない。「越南《ベトナム》」の「越」は、「乗り越える」という意味である。到来するベトナム思想は、その超越的性格に向かわなければならない。簡略して言えば、〈越性〉（l'essence du Viet Nam）へと向かわなければならないのである。

（「訳者の紹介文」、ハイデッガー『真理の体性について』ベトナム語訳所収、一九六八年）

　この一段に続けてティエンは、「到来すべきベトナム思想」のための「三つの道のり」なるものを提示する。その「三つの道のり」を簡潔にまとめると、次のようになる。（一）ハイデッガー思想を用いて、西洋の伝統文化の限界を問い、西洋文化の外へと越え出る。（二）『ヴェーダ』に現れる bhū の語、『大品般若経』の bhāva の語、『易経』との対話を通じて、根源的な〈性〉の問いを復活させ、東洋の体性〔存在および本質〕を問うことで、東洋の体性を回復させ、『ヴェーダ』『般若経』『易経』以後に現れた東洋思想全体を破壊し、アナクシマンドロス以降に現れた西洋思想全体を破壊して、東洋思想とアナクシマンドロスとの対話に向かう。(三)ベトナムの体性である〈越性〉(超越性)を復活させ、東洋と西洋の伝統の外へと乗り越えて、人類に共通の故郷である「深淵の沈黙」へと向かう、というものである。そして「三つの道のり」の提示に続けて、『真理の体性について』の翻訳行為が『深淵の沈黙』と同じくそのような歩みの一つである旨が述べられている。このことから、本書が、「深淵の沈黙」へと向かうための「三つの道のり」の上にあることが確認できるし、実際、本書に目を通せば、その内容が(『ヴェーダ』『大品般若経』についての具体的議論はないものの)、この「三つの道のり」におおよそ対応するものであることが分かるだろう。

このようにしてティエンが提示する思想の道のりは、「科学と省察」の中でハイデッガーが述べた次の一段を想起させるものである。

問いつつ、熟慮しつつ、そのようにしてすでにともに行動しつつ、われわれが刻々経験している世界的震撼の深みに応答することを今日あえて実行するひとは、われわれの今日の世界が現代科学の知識欲によってくまなく支配されていることに注目するにちがいないが、それだけではない。そのようなひとは、いま存在するのはなんであるかということについてのあらゆる省察［Besinnung］が芽生え、そして成長するのはただギリシアの思索者と彼らの言葉と対話することによってそうした省察がわれわれの歴史的現存在の根本に根を下ろす場合だけであるということをも、なによりもまずよく考えているにちがいない。そのような対話はいまだに開始を待っている。それはまだほとんど準備されてさえいないが、しかしそれ自体が同時にわれわれにとっては東アジア世界との不可避的な対話のための前提条件でありつづけているのである。

（マルティン・ハイデッガー『技術への問い』関口浩訳、平凡社ライブラリー、二〇一三年、七一―七二頁）

ハイデッガーは、ソクラテス以前のギリシアの思想家たちの元初の言葉と元初の思想との執拗なほどの対話を続け、そこに西洋が忘却してきた「存在」の痕跡を見出した。しかし、結局のところ、ここに書かれているような「東アジア世界との不可避的な対話」にまで本格的に到ることはなかった。それに対し、ティエンの場合には、ハイデッガーとは逆に、東アジアのベトナムから東洋の元初の思想を求め、また同時にハイデッガーと同様、〈性〉（存在）を忘却した西洋形而上学を批判しながら、本書第二章で言及される思想家や詩人、作家たちの言葉の中に〈性〉の痕跡を見出し、西洋形而上学が覆い隠してきた元初へと、洋の東西の淵源的対話のための共通地平へと到ろうとした。ベトナムに災厄をもたらした西洋形而上学とは異なる人間と世界と言語のあり方の可能性を求めて、ティエンはハイデッガーがなし得なかった東西の元初の思想の対話を東洋のベトナムから行おうとしたのである。その道程の一つが『深淵の沈黙』だと言うことができる。

次に、本書を書くにあたってティエンを突き動かした思いについても紹介しておきたい。一九六九年に行われた雑誌『文』のインタビュー（以下、「文インタビュー」と略）の中で、彼は以下のように語っている。

ベトナムにおいて、二〇世紀初頭から現在に到るまで、私は、現代の地球にいる人間の悲惨な亡国の思いの中での、西洋の文化伝統の有限性への激しい尋問を前にして、東洋の文化伝統の有限性とベトナム言語の有限性との間の極度の緊張に端を発する残酷な苦悶を語りえるベトナム語での思想や哲理の本を一冊も読んだことがありませんでした。

（「雑誌『文』との対話」、『ニコス・カザンザキス』所収、一九七〇年）

西洋近代が作り出した戦争状況下の、東洋の国ベトナムにあって、人類規模に拡大する現代世界の悲劇を根源的に問うべき、ベトナム語で語ったベトナムの思想が不在だという、切実な思いがティエンにあったことがこの発言から分かる。「西洋の文化伝統の有限性への激しい尋問」という表現に見られるように、西洋の側では、科学技術を発展させた西洋近代について、「存在」そのものを忘却しているとしてその限界を告発した思想家ハイデッガーがいる。だが、西洋近代の矛盾ないし破綻が戦争という残酷な形で成就したベトナムにおいてこそ、自国の根を問い直し、そのようなハイデッガー思想と同じ淵源的地平に立って対話する思想が現れてもいいはずなのに、それがいまだに不在ではないか、との思いがティエンにはあった。この時、彼の脳裡に対抗者の一人としてあったのは、北ベトナムの哲学者チャン・ドゥック・タオ（Trần Đức Thảo）であっただろう。チャン・ドゥック・タオは一九五〇年代のフランスで高く評価され、ベトナム人哲学者としてすでに有名であったが、彼が哲学を書くために用いた言語はフランス語であって、ベトナム語ではなかった。それのみならず、ティエンからすればより一層本質的な問題もある。前掲「訳者の紹介文」の中では、チャン・ドゥック・タオが依拠するマルクス主義は、所詮は西洋形而上学に基づいているにもかかわらず、その限界を分かっていないし、その上、彼のハイデッガー批判はあまりに浅薄で、ハイデッガー思想の重要性をまったく理解していない、とティエンは批判している。こうした思いもあって、ティエンは独自のベトナム語表現を用いながら独自のベトナム思想の表現を試みたのだと言うことができる。

版の異同について

次に、版の異同と構成という、本書の形式的な側面について確認する。まずは版の異同から。本書は一九六七年に初版が刊行された後、一九六九年にはファムホアン出版（Phạm Hoàng）より第二版が出ている。一九八七年には、アメリカ、カリフォルニア州ガーデングローブのチャンティー出版（Trần Thi xuất bản）より再版がなされている。二〇〇七年には、ドイツ在住ベトナム人女性作家ファム・ティ・ホアイ（Phạm Thị Hoài）が主宰していたベトナム文芸のウェブサイトtalawas上に全文が電子版で公開され、talawas自体の活動は終わっているものの、二〇一七年現在でも閲覧可能の状態にある（http://www.talawas.org/talaDB/showFile.php?res=10703&rb=08）。二〇一七年には、ホーチミン市の慧光修院という仏教僧院附設の慧光図書館（Thư viện Huệ Quang）より、初版の影印版が復刊刊行されている。

初版と第二版との違いは、表紙デザインの相違の他、表紙の副題が、初版では「ベトナム哲理の道」となっているが、第二版では、第二章の副題「ヘラクレイトス、パルメニデス、エックハルト、ニーチェ、ランボー、ハイデッガー、ヘンリー・ミラーを通じての西洋思想毀滅の道」が載せられていることと、初版では本文中に出てくるギリシア文字が手書き貼り付けのものであったが、第二版では活字になっていることの二点のみで、他に本文中の目立った違いはない。

アメリカでの再版本では、表紙デザインの相違の他、表紙の副題が「ベトナム哲理の道／〈越〉と〈性〉についての思惟方法」となっていて、本文は初版の影印が用いられている。その他、冒頭に「『深淵の沈黙』についてのファム・コン・ティエンの言葉、アメリカでの最初の再版の機会に」という一頁が付け加えられている。その前半では版権についての事務的な事項が記されているが、後半には本書執筆当時のティエンのぎりぎりの精神状態が回想されているので、参考のためここに訳出しておく。

私はちょうど二五歳のときに、パリで『深淵の沈黙』を執筆した。地上における二〇年以上が経過し、私はまだ生きている。本来なら、『深淵の沈黙』を書き終えた後、当時のパリで私は自殺するべきであった……

どうして私はまだ語らなければならなかったのだろうか、突然、沈黙が出現したというのに！

二〇一七年の慧光図書館刊行本は、上質な紙と製本で初版本がそのまま印刷されており、加えて、初版出版当時に付いていた帯も付いている。ちなみに、訳者の私がホーチミン市の古書店で二〇年ほど前に入手し長年使用してきた初版本には帯がすでにない状態だったため、その存在を知らずにきたが、この度、慧光図書館刊行本によって初めて帯の存在を知るに到った。そこには、ティエンに強く影響を及ぼしたヘンリー・ミラーの、小説『北回帰線』からの一節がベトナム語に訳され引用されている。その激烈なアジテーションは、本書の内容に直結しその思想を体現する重要な一部分となっていると言っても過言ではない。ベトナム語の訳文はミラーの英語原文と若干異なる箇所もあるが、ティエンの訳したベトナム語から日本語に訳して、以下に紹介しておこう。

俺たちの体には災厄が取り憑いていて、希望はもはや微塵も残っていないのかもしれない。俺たちの誰にも、だ。ならば、俺たちは、血も凍りつく悶絶の叫びを上げようじゃないか。最後の叫びを、反抗の叫びを。突撃の叫びを！　もう嘆くな、めそめそ泣くな、葬儀の歌はもうやめろ！　伝記も物語も図書館も博物館も捨てちまえ！　死人は死人に喰わせておけ。で、俺たちは！　生者は、深淵のふちで踊ろうじゃないか、最後の絶息の舞踏を！　精一杯の舞踏を！

（ヘンリー・ミラー『北回帰線』）

これは著者自身の実存の叫びそのものだ。この常軌を逸しているとしか言いようのない叫びが、一九六〇年代後半、泥沼化していくベトナム戦争の時代の狂気の真っ只中で叫ばれていたことに、私はあらためて戦慄を覚える。

構成について

本書は大きく、本篇（本篇という呼び名は付いていないが便宜上そう呼ぶこととする）と附録とに分けることができる。ベトナム近世の大詩人、阮攸《グエン・ズー》への献辞に続いて、本篇は、序文に相当する「高峰と深淵のはざまを行く」と第一章「背理帰結法《レドゥクティオー・アド・インポッシビレ》」および第二章「毀滅道《ウィア・ネガーティーワ》」で構成され、原書では一〇三頁までとなっている。

附録には、「ランボーの歩みの上に……」「信条《クレードー》」「ニーチェの沈黙への回帰」の三篇のエッセーが収録されている。附録に続いて、「跋《コーダ》」があり、その後、本訳書では省略したが、原書では「附註」において、本書中に引用されているニーチェの『ツァラトゥストラはそう言った』のドイツ語原文が参考のため載せられている。その後には、「深淵の沈黙」へと到る道を示す黙示的な短文と、出版日を記した短文があり、ここまでで原書で三八七頁まである。全体の約四分の一が本篇で、四分の三近くが附録という破格的な構成となっている。

内容について

次に、本書の内容面について見ていこう。以下に各章の概略を記す。

序文に相当する「高峰と深淵のはざまを行く」では、かつてベトナムにいたとされる空路禅師の叫びが冒頭に引用されて「沈黙」を標榜する本書が逆説的な形で始まり、その叫びに見出されるベトナム思想の〈性〉と〈越〉という鍵言葉が提示される。西洋の矛盾が二〇世紀後半のベトナムの悲劇として顕現していることが示唆されるが、それは〈性〉と〈越〉の成就なのであり、その成就こそがベトナムの深淵的状況なのだとティエンは言う。すべての哲理は沈黙し、深淵へと到らなければならないと宣言されるが、沈黙に還元された後に、沈黙のままに留まらず、その後、再び空路の叫びの如き叫びが現れ、その時、人間は人間を超越したものとなっている、とティエンは述べる。

本篇第一章では、まず、〈性〉と〈越〉という二つの、人類にとって根底的で普遍的な超越的概念をティエンは提示し、二〇世紀のベトナムで生じた混乱、戦争は、人類文化の悲劇的集約であり、それは〈性〉の運命であることが示唆される。〈性〉と〈越〉について問うとしても、ベトナム語での問い方自体が今では西洋的な思惟に基づいていることが問題視され、〈性〉と〈越〉を問うための前段階として、プラトン以降の西洋哲学と、インド、中国およびベトナムの東洋思想の中で、両概念が歴史的にどのように現れ、どのように扱われてきたのかが概観される。このうち、東洋思想に関して言えば、般若智＝超越的叡智としての〈越〉、思弁に対する釈迦の沈黙、『易経』の世界観の根源に〈易〉という名で現れる〈性〉が、本篇の展開の中では重要なので注意したい。続いて、マルクス＝レーニン主義および近代科学が、〈性〉〔存在〕を忘却し「体」〔存在者〕のみを見る西洋的思惟に基づくものであることが指摘される。西洋哲学の歴史の中での〈性〉の忘却を告発し、〈性〉についてあらためて問い直したハイデッガーすらも、彼の「体性分別」〔存在論的差異〕は西洋的思惟の枠内にあるとティエンは批判する。「弁証法」という訳語でベトナム語に定着したプラトン以降の西洋的思惟の思惟方法であるdialectique《ディアレクティック》も〈性〉を忘却し「体」のみを見る考え方として批判され、それに対し、dialectique でも別の訳語で示される「易化法」こそが、〈性〉と〈易〉を指向するものだと主張される。続いて、哲学者たちの言説よりも詩人、作家の作品にこそ卓悦した思想は見出されるとして、フォークナー作品の中の背理帰結法〔背理法、帰謬法、reductio ad absurdum, reductio ad impossibile〕が取り上げられる。そして、東洋思想では、ナーガールジュナの dialectique ＝易化法において、背理帰結法が用いられ、一切の思弁を破壊し沈黙へと到らしめたことが指摘される。

本篇第二章では、まず、コジプスキーの一般意味論が反アリストテレス主義的主張をしているにもかかわらず、実は西洋的思惟の枠内に留まっていることが批判される。西洋的思惟から抜け出し、〈性〉と〈越〉に到るには一切の言語的意味、表象を破壊しなければならないとされる。次に、西洋思想の歴史の中で、先人たちの思想を破壊し、西洋思想の流れに決定的な影響を与えた人物として、ヘラクレイトス、パルメニデス、エックハルト、ニーチェ、ハイデッガー、ランボー、ヘンリー・ミラーの七人が取り上げ挙げられ、彼らの思想が紹介される。ギリシアでアナクシマンドロスが用意した「体」(存在者)についての世界観は、ヘラクレイトスの「易」(流動体)とパルメニデスの「常」(恒常体)に分岐する。この二人がその後の西洋哲学を用意する。ただ、彼らまではまだ〈性〉との紐帯の内に留まっていたものの、その後は〈性〉から離れてしまう。一三―四世紀になってエックハルトが現れ、貧心の思想によって、すべてから離れ神からさえ自由になろうとすることで、〈性〉への道筋を示す。その後、ニーチェが現れて西洋形而上学を破壊し、復讐精神からの解脱のための越人(超人)の思想を説く。続いて、ハイデッガーが〈性〉を忘却してきた西洋哲学を破壊し、〈性〉へと向かった。ただし、第一章と同様、ハイデッガーの体性分別(存在論的差異)の考え方は、西洋の限界の内に留まっているとティエンは批判している。次に、ニーチェとハイデッガーの関係と相似的な関係にある詩人、作家として、ランボーとヘンリー・ミラーが取り上げられる。ランボーは、ヘラクレイトス、パルメニデス、エックハルト、ニーチェ、ハイデッガー、そして神秘主義者たちが言いたかったことを詩文の中で述べ、西洋の生命〔運命宿命〕を告発し破壊した。しかし、ランボーは東洋に回帰しようとしたものの西洋の外には出ることができなかったとティエンは指摘する。続くヘンリー・ミラーについては、西洋の機械文明を代表するアメリカの現代文明を告発し、西洋の生命から解脱して、深淵へと、〈性命〉へと到った人物であると捉えられている。そして、ミラーが自らを禅僧になぞらえていたことからの連想で、『般若心経』のサンスクリット語原文ローマ字転写の一部が引用され、その経典の否定辞の連なりに、戦争状況下に置かれたベトナムにおいてあり得べき思想、道なき道、空路としてのベトナム思想をティエンは見出している。

次に附録収録の三篇についてだが、「ランボーの歩みの後に……」では、ランボーの詩句を引用しつつ、ランボーの反逆的、暴動的な人生と詩についてティエンは論じている。ランボーの暴動的な人生、放浪の人生について語った思いは、そのままティエン自身の孤高の人生にも重なるだろう。また、これはランボーを通じてのティエン自身の詩論でもある。惰性の中に生きる世間と世間の言語に対して叩きつける次の言葉、すなわち、「言語は再び創造されなければならない、人間は再び創造されなければならない。創造は、暴動の最後の意味だ。創造を恐れることは命懸けになろうとしないことだ。創造は尊敬ではない。創造は、地雷のように遅かれ早かれ爆発することだ。すべての感覚に反逆するための暴動だ、すべての感覚を掘り起こすための暴動だ、すべての気息の催促だ」という言葉には、ティエンの創造的破壊の意志、詩的言語による世界再創造の意志が込められている。最後にゴチック体の太字で附記された「俺ナンテ糞クラエ」というランボーの反復句は、ティエンの一切破壊の意志が己自身にまで及んでいることを示している。

「信条」は、ニコス・カザンザキスの箴言や『般若心経』の一節、ニーチェの『ツァラトゥストラはそう言った』、サン・ファン・デ・ラ・クルスその他のキリスト教神秘主義者の詩句等を引用しつつ、自身を死刑囚になぞらえ、そして深淵へと旅立つ者と見なしながら、ヨーロッパ放浪の道中での思いを詩的に綴った断章形式のエッセーとなっている。最後の断章三七の文章からは、執筆当時のティエンが、相当に自らの死を意識していたふしがうかがい知れる。

「ニーチェの沈黙への回帰」は、ハイデッガーの思想とニーチェの哲学を主題として扱い論じたもので、講義ノートのような書き方をしているようにも見えるが、大学での講義の際に用いられたか否かは定かでない。ティエンはこの論の中で、通常は狂気状態に陥ったと見なされるニーチェの約一〇年の晩年を、ニーチェの破壊的思想が当然辿り着くべき「深淵の沈黙」の場として思想的に捉える。ハイデッガー思想を援用しつつ、ベトナムに戦争をもたらした窮極的原因としての西洋形而上学を批判するものの、ニーチェを西洋形而上学の完成者と見なすハイデッガーの見解については徹底的に批判し、ニーチェの「同体の復体」〔同じものの永遠回帰〕の思想は、「如性」(das Selbe)の観点、相即相融的、華厳思想的観点から捉えるべきだとする。

〈性〉という訳語について

ここで、本書の鍵言葉である〈性〉について、その意味を詳しく確認しておきたい。他に〈性体〉、〈体性〉という語も同義で頻出するが、まずはその中の軸となっている〈性〉の一語について見ていく。〈性〉は、本書の割註でも簡単に説明しているように、ハイデッガーの用いるドイツ語Sein《ザイン》の訳語である。ハイデッガーのSeinは、他の言語に訳される場合、英語ではBeing、フランス語ではÊtreと訳されている。日本語の場合には、通常、「存在」ないし「有」という漢語で訳されている。日本と同じく漢字文化圏に属し、「有」(現在のベトナム語表記でhữu)や「存在」(同様にtồn tại)という漢語も用いられているベトナムにあっては、これらの語をSeinの訳語としても問題はないようにも思える。また、一九七三年にサイゴンで翻訳出版された*Sein und Zeit*(『存在と時間』)の、チャン・コン・ティエン(Tấn Công Tiến)によるベトナム語訳の題名は*Hữu thể và Thời gian*(『有体と時間』)となっていて、SeinにHữu thể(有体)という漢語をあてている。しかし、ティエンは、これら「有」「存在」「有体」のいずれもSeinの訳語として用いていない。それは何故なのか。これは、Seinという語に関するハイデッガーによる語源学的考察と関連してくる問題である。ティエンは語源学的根拠に基づきながら、ハイデッガー思想と東洋思想との根源的対話のための共通地平をSeinとの共通語源の語に求めるのである。『真理の体性について』「訳者の紹介文」で述べているところによれば、ティエンが辿った手順は次の通りである。ハイデッガーは、ドイツ語のsein動詞のうちのbinやbistや、ギリシア語のphysis(その他、英語のbeなども）は、インド＝ヨーロッパ祖語の*bhūから派生してきたものだと指摘している。ドイツ語と根を同じくするインドのサンスクリット語を調べると、binやbistと同じく*bhūから派生してきた語にbhāva《バーヴァ》とbhava《バヴァ》という語がある。中村元の英語論文を参考にすると、bhāvaは「有ること」(das Sein)を意味し、bhavaは「現実の人間として生存していること」(Existenz)を意味しているが、中国人は仏典を訳す際にどちらも同じく「有」と訳してしまっているという問題点を中村は指摘する。また、「有」という語は、「所有」の意味もあり人間中心的であって、人間から切り離された「有ること」一般を中国人は考えていない。このような中村の指摘を参考にして、ティエンはハイデッガーのSeinに相当するサンスクリット語はbhāvaであることを確認する。さらに、クマーラジーヴァが仏典を漢訳する際に「無」と対立させるために「有」という語を用いていることもティエンは問題視する。ハイデッガーのSeinは、そのような「無」と対立的意味での「有」ではないのである。これらの理由により、彼は、ハイデッガーのSeinの訳語としては、「有」を避けて、bhāvaを漢訳する際に用いられている他の漢語の「性」を選択する。要するに、「性」(tính)という語は、ドイツ語のsein動詞の一つと同根のサンスクリット語bhāvaの漢訳なのである。

それに加えてもう一つ、語源学的考察とは別の次元で、ティエンが「性」を選んだ積極的な意味論的理由がある。彼は、ハイデッガーについて、まだ見性には到っていないものの、禅の見性（悟り）の途上にあるとも考えており（『文芸と哲学における新たな意識』第一部第三章「超脱の意

識　ハイデッガー哲学からの推論を通じて禅宗仏教の意義について考える」参照）、禅をベトナム思想の中核に据えようとしていた当時の彼は、その「見性」の「性」の意味もSeinの訳語に込めたかったのである。

「存在」という語が選ばれない理由についてティエンは何も述べてはいないが、私の見解では、古くは唐代の漢籍にこの語が見られるものの、漢訳仏典の中では主要な語としては使われてこなかった言葉であり、柳父章が「『社会』と同じように、翻訳語『存在』は日本製である、と言えよう」（柳父章『翻訳語成立事情』岩波新書、一九八二年、一〇九頁）と指摘しているように、主に近代以降、西洋語の訳語として用いられるようになった漢語である、という点から、ベトナムの伝統と結びつけることはできないものとして排除されたのだと考える。以上のようにして、彼はハイデッガーのSeinをTính〈性〉と訳し、『深淵の沈黙』でベトナム思想を展開する上での主要語の一つとしたのである。

次に「性体」（Tính thể）、「体性」（Thể tính）という語について確認しておきたい。いずれも漢訳仏典で「本質」という意味で使われている語であるが、これらの語もSeinの訳語として用いられている理由の一つは、ベトナム語の文中で類似表現や対立表現が現れる場合には音節を揃えたほうがおさまりがいいという、おそらくベトナム語表現の慣習的な問題にあると思われる。本書附録「ニーチェの沈黙への回帰」第六断章にある、「体と対立させるためには、Seinは性と訳す。／体体と対立させるためには、Seinは性体と訳す」という説明も、第一義的にはそのことを示していると私は解釈する。ここでの「体」と「体体」はいずれもハイデッガーの言う「存在者」(Seiendes, Seiende)の意味であり、その「存在者」の意味で「体体」という二音節の語が使われる場合には、それと区別するために「存在するということ」の意味で同じく二音節の「性体」が用いられているのである。その他、ベトナムでSeinの訳語として当時使われていた「有体」という語をティエンは「存在者」と見なしているため、「有体」(存在者)とは異なることを強調するためにも、「性体」という語は用いられている。「体性」については、同じく「本質」を意味するドイツ語のWesenについて、ハイデッガーがsein動詞との語源的繋がりを意識して用いていることから、ティエンはそれに擬して、「体性」にもSeinとWesen両者の意味を込めて使用したものと考えられる。

その他、ハイデッガーのSeinを〈性〉とすることで、ティエンは〈性〉の付く中国思想の用語もハイデッガーの用語の訳語として用いている。例えば、『中庸』に見られる「率性」という語句は、Seinlassen(あるがままにすること)の訳語として、「〈性〉〈存在〉に率《したが》う」という意味で用いられている。

本書に頻出する「性命」(tính mệnh)について見れば、古くは『易経』に見られる言葉で、天より享けた性質、運命という意味があり、通常、一般のベトナム語では「生命」(sinh mệnh)と同義で「いのち」の意味で用いられる語であるが、これをティエンは、ハイデッガーのGeschick des Seins, Seinsgeschick(存在の運命)の訳語として、「〈性〉の運命」という意味で使っている。そして、

「性命」と対照させる形で「生命」の語がSchicksal（運命、宿命）の訳語として用いられている。ハイデッガーの場合には、Schicksalを現存在（個々人）の運命ないし宿命の意味で用いているが、ティエンの「生命」の語の使い方を見ると、第一章に「〈生命〉は西洋と同義である。〈生命〉は西洋を西洋にする」という文がある。私は、本書の文脈においてのこの場合の「西洋」とは、〈性〉〔存在〕そのものを忘却し体〔存在者〕のみを見る西洋的世界観と捉え、「生命」という語を、体の位相に立った「〈性〉を忘却した者たちの運命」「〈性〉を忘却した世界の運命」という意味で解釈した。

　このように、日本語の中でも用いられる言葉であるけれども、それとは別の特殊な意味で〈性〉やその他の語が、本書では用いられている。本書を翻訳するにあたって、読みやすさを考慮に入れるなら、〈性〉という鍵言葉についても、「性」ではなく、「存在」としたほうがよかったのかもしれない。しかし、本書附録「ニーチェの沈黙への回帰」第六断章では、「ベトナムにおいては、今日に到るまで、ハイデッガーのSeinを訳しえたものはまだ誰もいない。なぜなら、〈深淵〉を前にした〈思想〉の使命の中での熟思関係をまだ作りえていないからだ（私の『思想の深淵』と『深淵の沈黙』が、Seinを〈性〉、〈性体〉、〈体性〉と訳したことは、世界の哲学史と〈史性〉における〈ベトナム思想〉の重要な転向をしるし付けるものである）」と確信的に述べられている。また、『真理の体性について』「訳者の紹介文」では、「ハイデガーのSeinの訳語を『性体』とすることは、どう訳してもいいなどということではない。Seinを『性体』と訳すことは、全東洋の思想における重要な事件である（『文芸と哲学における新たな意識』『思想の深淵』『深淵の沈黙』は、Seinを『性』『性体』『体性』と訳した時に実現している）。というのも、Seinを『性体』と訳すことは、インドと中国の思想全体を見た後の、訳者の熟思の努力から発したものであるからだ」とも述べられている。ティエンにとって、Seinの訳語としての〈性〉の語は、先ほどその翻訳の根拠を概観したように、彼の熟思の結果なのであって、訳者の私としては、これを安易に「存在」という語と入れ替えるわけにはいかなかった。それに、「存在」という語では、「見性」の意味も見えなくなるし、「性命」といった中国思想に端を発する語をあえて利用しその意味を変化させたティエンの意図も通じなくなってしまう。開き直って言ってしまうなら、そもそもハイデッガーのSeinの訳語として日本語では「存在」が自然であるという前提も疑う必要があるのではないか、とも私は思う。ティエンは中村元の見解に基づきながら「有」という訳語を批判しているものの、日本のハイデッガー研究者たちの中には「存在」ではなく「有」という訳語のほうがハイデッガーのSeinに相応しいと考える者もいる。Ontologie, ontologyという語の日本語訳について見てみると、現在の日本では「存在論」が定着しているが、これにしても、明治時代に西周が「理体学」と訳したのを始まりに、その後、「実体学」「本躰論」「実躰論」「実有論」「本体学」等々と訳され、「存在論」という訳語が現れるのは一九二九年になってからで、それが一般化するのは一九三〇年代だという（平凡社『世界大百科事典』第二版、「存在論」の項を参照）。Ontologieがギリシア語のon（存在ないし存在者）の複数形ontaとlogos（学、論、言葉）の組み合わせであることを考えるなら、日本語の「存在」という訳語は、昭和初期までの Ontologie の訳語の中の、「理体」「実体」「本体」「実有」などでもあり得たかもしれないだろう。そう考えれば、「存在」という訳語が、自明であるとは言いがたいのではないだろうか。それでも、他の訳語よりも「存在」という語がごく自然に思えるのは、言語によって私たちの意識が縛られていること、それから自由になることの困難さを示しているのではないか、とも思いたくなる。ともかく、「性」というティエンの訳語は見性の「性」の意味も込められており、決してハイデッガー思想に対して中立的な訳語ではないとはいえ、ティエン自身の思想を示す重要な用語であり、その他の語と組み合わせた表現も多くあるため、そのまま漢字表記で訳出することにした次第である。この一語の訳語だけでも読みにくい印象を読者には与えてしまうだろうが、これは拙訳に限ったことではなく、そもそも本書のベトナム語原文をベトナム語話者が読んだとしても、ティエン独自の言葉遣いのために相当に読みにくい難解な文章であることも付け加えておきたい。

〈性〉とは何か?

ところで、そもそも、〈性〉という語でティエンが名指していることとは一体どのようなことなのであろうか。本書の中でそれは厳密な定義をなされていない。「〈性〉と〈越〉は問いを問いにさせる」という言葉が出てくるが、そうであるなら、「〈性〉とは何か」と問うた時点で〈性〉はすでにその問いを支えているものであるのだから、ティエン自身述べているように「問いを問いに成すものを問い直すことはできない」のであり、〈性〉そのものにその問いが到ることはできないだろう。「〈性〉は、〈性〉ではなく、性でもない」という言葉もある。そこでは、〈性〉は〈性〉であるという自同律も否定されている。実のところ、〈性〉は、ハイデッガーの「存在」と同様、本来は名指し得ぬ出来事、表象的言語では表現することのできない出来事である。「文インタビュー」では、『深淵の沈黙』執筆時を振り返りながら以下のように語っているが、その中の「考ええないもの」が〈性〉であると考えられる。

　ハイデッガーの高くそびえる大きな失敗から、忍耐をもってゆっくり、私は西洋哲理と東洋道理の伝統全体において読むに値するもののすべてを読み直しました。その耐え忍んだ思惟の結果が『深淵の沈黙』です。『深淵の沈黙』において、私はハイデッガーの偉大な失敗を用いて、西洋哲理と東洋道理の行方を書き直しましたが、しかし最も難しかったのは、私の表現方法です。というのも、考ええないものを前にして、私は明確で脈略のある言語では表現できなかったからです。明確で脈略があるということは、つまり、哲理と思想を大学教授の偏狭な立論をもって書くということですが、そうすると私は、〈虚無〉と〈世命〉〔世界の運命〕の前に置かれた人間の思惟の努力に対する最大の裏切りに陥ってしまうことになるのです。

要するに、〈性〉（および〈越〉）の問題は、客観的に論理的に（これらは西洋形而上学によって規定された概念だ）に論じたり問うたりできない問題であり、己の実存において問わなければならない問題なのだ。ティエン自身もそれを己の問題として問うていることは、第二章の次の一段、すなわち、

〈越〉とは何か？〈性〉とは何か？（……）この二つの問いは、もう問えなくなるまで、問う者が絶望、絶意、絶思、絶想、絶念しなければならなくなるまで、問われなければならない。その時、この二つの問いは、二つの言葉、〈越〉と〈性〉に化体する。この二つの言葉は読み上げられるだろう。もはや読む力がなくなるまでひたすら読まれるだろう。その時、二つの言葉は一つの言葉に化体する。その唯一の言葉は、〈性〉という言葉である。〈性〉という言葉は、そびえ立つ山頂の、深淵上の山頂の、大声、叫び声、喚き声に化体する（……）

という文に如実に現れている。附言しておくと、この文からすれば、本書の序文冒頭で叫ばれた空路の叫びが、ティエン自身の実存の叫びでもあることもおのずから明らかだろう。

本来はそのような実存的問題と切り離せないものであることは承知の上で、しかしながらここで、別の観点からの〈性〉の意味解釈を提示して、本書読解の補助となるようにしておきたい。援用するのは、日本の思想家、井筒俊彦の言語的意味分節理論の考えである。その基本となって

いるのは、世界は本来、どこにも境界線がなく、有るとも無いとも言えないような渾沌的なものであるが、それを人間は言語意識の網目構造によって様々に区切り、それぞれ独立した事物事象として意味付け「現実」として捉えているのだ、という考えである。井筒はこの考えに基づき、禅を言語哲学的に解釈する。通常、人間はそのような言語の枠組みの範囲内でものを見、考えているが、禅の立場からすると、それは言語に拘束されて本当の現実を言語によって歪まされたまま見ているのであって真の現実を見てはいないのだ、と禅の世界観では言語は否定的に捉えられている。そのため、禅僧たちは、坐禅や禅問答の修行を通じて、その言語的枠組み、言語意識を取り払った絶対無分節の境地へとまずは直接到ろうとするのだという。このような井筒の解釈（『意識と本質』その他を参照）に基づくなら、ティエンの言う〈性〉はどう解釈できるだろうか。まず言えるのは、先に引用した一段に続いて現れる「深淵は〈性〉を破壊して絶性になり、その時残るのは、深淵の沈黙のみである」という一文の中の「深淵の沈黙」という語で名指されている状態――それはベトナム戦争によって直面させられた生物学上の死も連想させる言葉であるが、言語哲学的観点から見た場合――は、存在論的に見れば言語による意味的分節線の入っていない絶対無分節の世界、有るとも無いとも名指すことのできない世界であり、意識論的に見れば主体的意識も消え去った絶対無の境地だということである。そして、先に引いた「〈越〉とは何か？〈性〉とは何か？……」という一段は、その絶対無分節の世界、境地に到るまでの意識と存在の変様過程であると解釈することができる。世界を切り分けていた言語意識が脱落していき、言語が存在させていた存在者が意識から消え失せ、問うている主体と世界とがただ剥き出しの「ある」としてのみが残った状態、それが〈性〉である。だが、そこには〈性〉という言葉の、言語意識の意味付けがまだ微かに残っている。それを否定するのが、意味なき叫びであり、それに続く言語活動そのものの停止、沈黙である。序文で「一切の哲理は〈淵黙〉へと回帰しなければならない」と言う時の〈淵黙〉（深淵の沈黙）は、そのような言語的無分節状態を表している。しかし、注意したいのは、井筒も禅の世界観に関して指摘しているように、その絶対的沈黙、絶対無分節的世界への到達ですべてが終わるわけではないということである。序文では先の言葉に続けて、「それから、人間の言語ははじめて山頂の叫び声になる」と言われている。一度、無となり沈黙となった世界から、再び叫びが現れるのだ。そしてその叫びによって再び「深淵の沈黙が突如、〈性〉と〈越〉とを響かせ」る。そこには、言語意識の網目を通じて現れていた現象的分節世界が、言語意識と主体意識の消え去った絶対無分節世界へと一旦還元され、そこから再び叫びと〈性〉（および〈越〉）が現れてくるという往還運動があるということを忘れてはいけない。そして、絶対無分節世界から叫びが響かせた〈性〉とは何かと言えば、先ほどの見た現象世界から無への移行とは逆方向で、無から現象への移行時の、存在論的には、千々に切り分けられ個々に固定された存在者がいまだ存在していない無分節世界が世界全体をあげて剥き出しの「ある」として発現した出来事であり、意識論的に見れば、主体と客体との分岐もいまだない状態でのその初源的世界の発現の気付き、「ある」の気付きだ。井筒の言語的意味分節理論の観点から、このように

〈性〉は解釈できるのではないだろうか、と私は考えている。

それから、もう一つ指摘しておきたいのは、一旦、無分節世界へと還元されてからまた新たに発現する世界は、以前と同じ日常的な言語意識に拘束された世界ではないということである。その世界は一見すると、元の日常世界と変わらないかもしれない。しかし、第二章後半でヘンリー・ミラーに言及しながら語られているように、その「深淵の沈黙」と世界の発現との只中に実存する者は、「常人の目で見る見方とはまったく異なった、新しい色彩を通じてこの世界を見」るのだ。この「新しい色彩」は、言語の謂いでもあるだろう。言語のあり方もまた変様しているのだ。序文末尾に記されている、言語が沈黙へと一度還元されてから叫びには、以前の日常言語とは異なる言語、すなわち〈詩〉の発現が示唆されている（詳しくは該当箇所の訳註を参照のこと）。人間の世界は、言語によって構築されてきた。それも古代ギリシアに端を発する特定の思惟、世界観（それは言語によって成り立っている）が、西洋近代を成立させ、世界全体を覆い尽くすこととなった。そして、言語が作り出したその世界は、ティエンの故郷にベトナム戦争という災厄をもたらすこととなった。ティエンは、その言語と言語構築世界を沈黙へと到らせ、西洋言語の翻訳でしかない言葉とその思惟体系の枠組みを無化し、これまでとは異なる言葉で世界を再創造しようとしているのである。

これに関連して、本書の中で主題としては現れていない問題なのだが、加えて述べておきたいことがある。これまでとは異なる言葉による世界の再創造ということを考える時、ティエンは、その言葉について、具体的には故郷の言葉つまりベトナム語を想定している。だが、「故郷の言葉」なるものを考える時、ベトナム思想を象徴的に表現する鍵言葉としての〈性〉という語の選択には問題点もある。ベトナムもその中に属する東アジアの思想あるいは漢字文化圏での思想として〈性〉という言葉を設定するならいいのだが、ティエンの用いる〈性〉という語に中国儒教思想の意味付けはないにしても、あくまでそれは中国起源の語であって、ベトナム文化、ベトナム語の文法体系、語彙体系の中だけで固有に用いられている語というわけではないのである。ドイツ語の体系内で思想したハイデッガーに触発されたティエンであるなら、当然、そのようなことを意識していたはずだし、思想を語る時の言語をよりベトナム語に純化しなければならないと考えていたはずである。おそらくそのような理由から、本書出版からほどなくして、一九六八年頃には、彼は、〈性〉、〈性体〉、〈体性〉という術語をそれ以降も用いてはいるものの、それと並行して、ベトナム語固有の語彙による思想も提唱するようになる。それは、カイ（cái）とコン（con）という、品詞で言えば類別詞というものに分類される語を鍵言葉とした、「カイとコンのベトナム思想」である。今日のベトナム語の文法体系の中で、カイとコンは、冠詞的な役割や助数詞の役割（カイは日本語の「個」に対応しコンは「匹」に対応する）を担っているが、カイという語がかつては「母」を意味していたこと、それからコンは現在でも「子」を意味していることに注目しながら、彼は「カイとコンのベトナム思想」を展開していく。これは、「ハイデッガーの Sein はヘンリー・ミラーの cunt だ」という、後にティエンが提示する挑発的な命題とも関連してくる話であるが、いずれも本書の内容からは外れる問題なのでこれ以上の説明は控える。ただ、〈性〉という鍵言葉の設定が孕んでいる問題とその後の彼の思想の展開として、ここに記しておくこととしたい。

ティエンと『深淵の沈黙』の受容について

本書では、ベトナム語の文章の中に、サンスクリット語、パーリ語、ギリシア語、ラテン語、漢語、ドイツ語、英語、フランス語、イタリア語、スペイン語が引用され、ローマ字を基本としたクォックグーと呼ばれる現代のベトナム語の文字以外に、ギリシア文字および現在一般のベトナム人には読むことができない漢字も現れることから、読者はそれだけでも面食らうだろうし、その上、内容も難解で、少なくともハイデッガーの思想と大乗仏教思想についてのある程度の前提的知識がなければ著者の言いたいことをきちんと把握するのは困難だろう。もしこれが日本ならば、ハイデッガーの著作について言えば、例えば理想社のハイデッガー選集が一九五〇年代から出ているが、ベトナムにあっては、私が知る限り、一九六〇年代初頭の南ベトナムにおいてハイデッガーに関する論文があることは確認できているものの、ティエンが一九六八年に訳した『真理の体性について』以前にはハイデッガーのベトナム語の翻訳書は出ていない。フランスの植民地だったこともあって、ティエンのようにフランス語で教育を受けた知識人ならば、ハイデッガーの著作をフランス語訳で読んでいただろうと推測するが、一般の読者にとってはハイデッガー思想を知るための条件は整っておらず、それ故、本書の理解も容易ではなかっただろう。それにもかかわらず、「文インタビュー」でティエンが「『深淵の沈黙』は四千部印刷され、もう売り切れました。アンティエム出版が再版を申し出たとき、私の気持ちは冷たく、気分が盛り上がることも何らありませんでした」と言っているように、本書は出版当時かなり売れているし、第二版も別の出版社から出されている。難解な内容で不明なところが多くても、ティエンのベトナム語表現から直に伝わる激情、ティエン＝空路の〈性〉と〈越〉の叫びが、きっと悩める若い読者たちの心を激しく揺さぶったのだろう。ベトナム戦争も終局にさしかかった一九七三年、批評家のチャン・トゥアン・キエット（Trần Tuấn Kiệt）は、別の著作を挙げながらではあるが、次のように述べている。

ファム・コン・ティエンの憤怒、狂暴さに満ちた『爆発の意識』『〔文芸と哲学における〕新しい意識』は、若者に一斉に受け入れられたが、それは荒波にもまれる若者の魂が、荒波に浮かぶ筏につかまり、地獄の迷宮内の手探り状態を軽減しようとしたからでもある。

日本の読者も本書を読めば、たとえ不明なところが多かったとしても、この批評の言葉が本書にもそのまま当てはまるものだということはきっと容易に分かるだろう。

そもそもティエン自身、読者が本書を読むのに多くの知識を動員して読むよりは、「放心状態の詩人の夢想の心で読んでもらいたい」(「文インタビュー」)とも述べている。そして事実、彼のベトナム語は、その激しい内容だけでなく、独特な修辞、詩の韻を踏むようなベトナム語表現によっても、ベトナム語の読者を惹きつける(そのため、彼の思想の真価が十分議論されてこなかったという弊害もあるのだが)。現在、在外ベトナム文芸界の先頭に立つ者の一人である文芸批評家グエン・フン・クォック(Nguyễn Hưng Quốc)は、ティエンの文章の魅力について、次のように語っている。

ファム・コン・ティエンは、彼の読者がたとえ本を閉じた後に彼が何を言っていたのかさっぱり分からなかったとしても、読者の興味を惹きつけ、陶酔させ、心服させるという非常に類まれな特別な才能を持っている。そのため、彼の書く作品が難解で有名だとしても、彼には、かなり多くの、かなり忠実で、時にかなり庶民的な読者がいる。それはつまり、ファム・コン・ティエンの最も傑出した第一の強さは、まさに、表現能力、換言すれば、彼の語り口にあるのだということでもある。その語り口は、不思議な魅力を持つものであり、博識かつ情熱的で、大変知的でありながらとても詩情豊かな口調なのである。

本書の中での、その「詩情豊かな口調」の分かりやすい例を挙げれば、附録「ニーチェの沈黙への回帰」各断章冒頭で反復される「どうしてニーチェは沈黙しなければならなかったのか？」という文は、詩の畳句、頭韻のようでもあるだろう。もう一つ例を挙げれば、拙訳では見えなくなっているが、ベトナム語原文では「テー」という音が多く現れる。ベトナム語読みで「テー」（thể）となる漢語の「体」という語が多用されているだけでなく、可能や推量の意味を表す「コーテー」（có thể）という表現中の同一音の「テー」、それとは若干抑揚が異なるが近い音で「それ」という意味の「テー」（thế）およびそれと同一音で漢語の「勢」のベトナム語読みである「テー」（thế）という音も頻出する。こうした独特で詩的な言葉遣いも、多くの読者を惹きつけた理由である。

しかし、一九六〇年代後半、彼を慕う読者は相当数いただろうが、彼自身は孤立無援であったこともここに触れておこう。以下の自己紹介文末尾の一節は、孤立も辞さない彼の思想的覚悟を強烈に物語っている。

> 現在は、狂うのを待ちながら、そして死ぬのを待ちながら生きており、徹底してあらゆる政治イデオロギーの外部に立ち、すべての宗教論争の外部に立ち、人類の文明すべてを軽蔑、あらゆる社会組織を嫌悪、限りなく傲慢で、ただ一人で歩み、そしてベトナム随一の天才を自任している。
>
> （詩集『蛇の生まれ出づる日』表紙裏、一九六六年）

　このような彼の傲慢で挑発的な言葉と思想的立場が、多くの敵を作ったことは想像に難くあるまい。一九六〇年代当時、北ベトナムで発行された英字新聞では、南ベトナム政権下の文芸を批判する記事の中でティエンの思想が「病的な傾向」の一つとして取り上げられ、「読者から社会の厳然たる現実と革命闘争を忘却させる」、「反動的な観念哲学」だとして断罪されている。しかし、北ベトナム側のイデオロギーから批判されているからといって、当時南ベトナムを支援していたアメリカの代弁者に彼がなっていたわけではなく、むしろヘンリー・ミラーに共感しながら、アメリカ現代文明を徹底的に批判していることは本書の本篇第二章を読めば分かることであり、そのため、アメリカの追随者からも忌み嫌われていた。また、当時の南ベトナムのカトリック系知識人を代表する学者グエン・ヴァン・チュン（Nguyễn Văn Trung）の博士論文を徹底的に批判して騒動を起こしてもいるし、現在、欧米で大変名が知られ日本でも翻訳書の数々が出ている禅僧ティク・ナット・ハン（Thích Nhất Hạnh、釈一行）はティエンの兄弟子にあたるが、ティエンは南ベトナムにいた頃に喧嘩別れをしている。

　ティエンが一九七〇年に南ベトナムを去ってからのティエン受容の状況についても簡単に見ておくと、一九七五年の南ベトナム崩壊と翌年のベトナム社会主義共和国としての南北統一以後のベトナム国内では、ティエンの著作のみならず南ベトナム政権下の文芸・思想そのものが、批判の対象になりこそすれ、長らく肯定的な評価は得られないできた。一方、難民となって国外へ出たベトナム人作家や知識人たちは、海外で結成された文芸サークル発行の雑誌などで、一九八七年の執筆再開以降のティエン作品について批評文を寄せるなどして、彼に対する関心は持続してきた。インターネットの発展に伴い、ウェブ上でティエンとの思い出を発表する南ベトナム出身のベトナム人文芸者たちも現れた。前出の talawas のように南ベトナムの文芸・思想を電子化しネット上で公開する動きも現れ、二〇〇六年からは一九六〇年代当時のティエン作品の多くが閲覧可能となっている。二〇一一年三月にティエンが亡くなった直後には、ネット上で毀誉褒貶様々な意見が飛び交ったことも記憶に新しい。一方、ベトナム国内に戻ると、一九九〇年代以降、政治に関わりのない南ベトナムの文学作品については、アンソロジーで取り上げられたり、積極的評価を与える研究論文も一部にはあったが、南ベトナムの文芸・思想が教育の場で取り上げられることはなく、ティエンに関しても今日のベトナムの若い世代は、インターネットなどを通じて自分で意識的に調べでもしない限り、まったくその存在を知ることのない状況となっている。それでも、一部には、「反逆的作家か文芸の神像か――ファム・コン・ティエンの場合」(二〇一四年)という論文を発表したグエン・マイン・ティエン(Nguyễn Mạnh Tiến)のように、ティエンに関心を示す若い学者も現れている。また、先に名を挙げたホーチミン市の慧光図書館では、旧南ベトナム時代に出版された仏教関連書籍を複写再版する活動を二〇一四年から行っており、二〇一七年現在に到るまで、当局からの中止命令などの圧力はなく、活動は持続している。その活動の一環で、二〇一七年には、本書を含む旧南ベトナムで出版されたティエンの著作、翻訳書のすべてが再版され、入手可能となっている。今後のベトナム国内でのティエンの再評価ならびに旧南ベトナムの仏教徒たちの活動に関する研究の進展が期待される。

日本でのティエン受容と本訳書の出版について

日本ではこれまでベトナム戦争に関連する多くのベトナム文学作品が翻訳されてきた。一九六〇年代後半から七〇年代前半にかけて抗仏戦争（第一次インドシナ戦争）をテーマにした小説やベトナム解放文学が翻訳紹介され、ベトナム戦争終結後も、二〇〇八年に池澤夏樹＝個人編集世界文学全集に収録されたバオ・ニン（Bảo Ninh）の『戦争の悲しみ』、同年翻訳出版のダン・トゥイー・チャム（Đặng Thuỳ Trâm）の『トゥイーの日記』のように、ベトナム戦争関連の文学作品が近年に到るまで翻訳紹介されている。日本人作家では、ベトナム戦争を描いた開高健の『輝ける闇』が戦争文学として極めて高い評価を得ているし、二〇〇五年にはベトナム戦争中に起きた仏僧ティック・クアン・ドゥック（Thích Quảng Đức）の焼身自殺を主題とする宮内勝典の小説『焼身』が出版され読売文学賞を受賞している。このように、日本でのベトナム戦争への文学的関心は持続してあるのだが、ティエンの存在は、残念ながら日本では長きに渡って知られてはこなかった。私が知る限りでは、ベトナム戦争当時、開高健が現地での取材をまとめたルポ『サイゴンの十字架』（一九七三年）の中で、ティエンの名前は直接記されてはいないものの、「ミラーから弟のように遇されていたという若い坊さん」という表現で紹介されているのを除けば、それ以降、拙著『新しい意識　ベトナムの亡命思想家ファム・コン・ティエン』(二〇〇九年)に到るまではほとんど知られずにきたと言っていいだろう。その理由の一つとしては、もしティエンがまったく評価に値しない人物、紹介するに値しない人物ではないとするなら、ベトナム語という言語の壁が大きく立ちはだかっていたことが考えられる。哲学分野においては先に名を挙げたチャン・ドゥック・タオの著作の日本語訳が二冊出版されているが、これは原書がフランス語である。ティエンの著作の場合には、ごく一部がフランス語、英語に抄訳されているだけで、まとまった形での英語やフランス語での翻訳本はこれまで存在してこなかったため、重訳という形での紹介の機も逃してきた。

今回刊行する『深淵の沈黙』の拙訳は、ティエンの著作の、初めての外国語での翻訳出版ということになる。それ故、翻訳に際して参考にできる他の言語による翻訳もなく、ティエンの思想や本書に関するベトナム人の研究も限られており、また本書で言及されている古今東西に渡る哲学思想に関する訳者の知識も乏しいため、拙訳には間違いも多くあるかもしれない。それでもまずは現時点での拙訳で、ベトナム戦争の時代に立ち現れたこのベトナム思想について、ベトナムやベトナム戦争に関心のある日本語読者に紹介できれば幸いである。本訳書での誤訳、誤解、誤謬、誤認などについては、識者の方々よりのご教示を乞い願いたい。また本書を通じて、ティエンに関心を抱かれた方には、先に挙げた拙著でより詳しくティエンの思想と詩作を論じているので、参考にしていただければ幸いである。

なお、本書は、単にベトナム戦争関連の歴史的資料として読まれるだけでなく、ベトナム戦争終結から四〇年以上が経った現代において読まれても、そして、ベトナムという一地域を越えて、日本や他の地域で読まれたとしても、決してその価値を失わないものだと私は思っている。たとえば哲学研究の分野においては、本書は、日本以外のアジア、とりわけ漢字文化圏、大乗仏教文化圏でのハイデッガーの受容や翻訳の問題の一端を紹介する資料ともなるだろうか。禅を中心とする東洋の伝統思想と西洋の近代哲学との相克の問題という点では、日本の京都学派との類縁性や、そこに孕むポリティクスの諸問題について考えてみてもいいだろう。文学研究の分野では、本書で取り上げられているランボー、ヘンリー・ミラー、フォークナー、ニコス・カザンザキス——それにニーチェも含めていいだろう——といった欧米の詩人、作家たちに対する思想的評価をあらためて提示するものであるだろうし、空路の叫びやヘルダーリンの詩句に示唆されるポエティクスの問題も提供するだろう。さらに、より一般的な問題としては、西洋近代の知が少なくとも表面的には世界全体を覆い尽くし、科学技術の発展が生活の利便性をもたらしてくれる一方で核の脅威にも私たちは晒され、そしてコンピューターやインターネットの進化によりこれまでの人間とは異なる人間へと私たちが変貌していく今日の世界の中で、そのような近代知が作り出した人間とは異なる人間のあり方を示唆するものとして、あるいは人間言語の別の可能性を示すものとして、本書は読まれていいと私は思っている。日本の大学での人文科学教育が軽視されている今日にあって、人文知の重要性――そして「人文知」を越えた叡智の可能性――を、本書はあらためて提示するものだと私は考える。

だが、そのような外向けの出版の理由付けは、本心を言えば、どうでもいい。訳者の私がささやかながらただ願うのは、この時代、この世界の「夜」に耐え忍びながら、どこまでも深い己の「闇」を見つめる者たち、そんな「孤独な鳥」(サン・フアン・デ・ラ・クルス)たちのもとに本書が届けばいいということだけである。

最後に謝辞を。本書の翻訳出版にあたっては、多くの方々のお力添えがあった。

著作権に関する手続きでは、カリフォルニア州ベルフラワーのベトナム仏教寺院、円通寺のティック・トン・ニエム住職と檀家のフエさん、ティエンの三番目の妻で現在カリフォルニア在住のチャン・ティ・ロアンさん、ティエンの子の一人で現在オーストラリア在住のティナさんに多大なるご協力をいただいた。

本書には様々な言語が現れ、訳者の力だけではどうにもならなかったところがあった。しかし、本学の職場環境にあっては、世界の様々な言語に通じた先生方に助けていただくことができた。サンスクリット語、パーリ語は水野善文先生より、そして、私も同じ出版会編集委員としてお世話になっている三人の先生方――ギリシア語、ラテン語は岩崎務先生より、ドイツ語は千葉敏之先生より、スペイン語は久野量一先生より、訳者の不明なところについて多くご教示いただいた。また、本学出身の馬場わかな先生からもドイツ語について、本学博士後期課程在籍の梁奕華さんからは漢文について教えていただいた。なお、もし誤訳等があったとしても、それは訳者の確認不足のためであり、責任の一切は訳者が負うことをお断りしておく。

それから、一切の人間言語を否定し沈黙へと到るという、まさに本学の存在意義を全否定するとも受け取られかねない本書の翻訳出版を後押ししてくださったのは、東京外国語大学出版会の編集長で文化人類学者の真島一郎先生である。学生時代、真島先生の授業では散々ご迷惑をかけたあげく授業について行けず途中で逃げ出した者であるにもかかわらず、私の研究に関心を持ってくださり声をかけていただいたことで、今回の翻訳出版の運びとなった。

本学出版会の石川偉子さんには、できるだけ読みやすいものとなるよう、細部にわたる訳稿のチェックをしていただいた。大内宏信さんには、出版会の膨大な仕事を一人で抱える中、原稿の段階から出版に到るまでの編集作業をしていただいた。本訳書をこうして世に出せるのも、この本のために地道な作業をしていただいたお二人のおかげである。

お世話になったこれらの方々にあらためて深く感謝申し上げる次第である。

二〇一七年一二月七日

野平宗弘

著者紹介

ファム・コン・ティエン
Phạm Công Thiện

1941年、ベトナム南部ミィトー生まれ。詩人、思想家。小学校を退学後、10代半ばより執筆活動を始める。評論集『文芸と哲学における新たな意識』(1964年)、詩集『蛇の生まれ出づる日』(1966年)、思想書『深淵の沈黙』(1967年)、小説『太陽などありはしない』(1967年)といった1960年代半ばより発表された一連の著作によって、ベトナム戦争当時の南ベトナムで話題となり時代の寵児となる。1966年から1970年まで仏教系私立大学万行大学文学・人文科学学部の学部長を務める。1970年に南ベトナムを去るのと同時に断筆。1975年から1983年までフランスのトゥールーズ大学で西洋哲学の助教授を務めた後、アメリカに移住。1987年に執筆活動を再開し、小説『地上における荒廃した一夜の果てへ』(1988年)、詩集『一切頂上には寂静』(2000年)の他、文学・哲学・仏教思想に関する多くの著作を発表。2011年、テキサス州ヒューストンにて没。

訳者紹介

野平宗弘《のひら むねひろ》

1971年生まれ。東京外国語大学大学院総合国際学研究院講師。専門はベトナムの文学・思想。著書に、『新しい意識　ベトナムの亡命思想家ファム・コン・ティエン』(岩波書店、 2009年)、『バッカナリア　酒と文学の饗宴』(共著、成文社、2012年)、翻訳書に、井筒俊彦『禅仏教の哲学に向けて』(ぷねうま舎、2014年)、ヘンリー・ミラー『ヘンリー・ミラー・コレクション15　三島由紀夫の死』(共訳、水声社、2017年)などがある。

深淵の沈黙

二〇一八年二月二八日　初版第一刷発行

著　者　ファム・コン・ティエン

訳　者　野平宗弘

発行者　立石博高

発行所　東京外国語大学出版会
〒一八三‐八五三四
東京都府中市朝日町三‐一一‐一
電　話　〇四二（三三〇）五五五九
ＦＡＸ　〇四二（三三〇）五一九九
e-mail　tufspub@tufs.ac.jp

印　刷
製　本　モリモト印刷株式会社

ISBN 978-4-904575-66-6